세계 단편소설 모음

벤자민 버튼의 시간은 거꾸로 간다

rBook

벤자민 버튼의 시간은 거꾸로 간다

THE CURIOUS CASE OF BENJAMIN BUTTON etc.

세계 단편소설 모음

차 례

벤저민 버튼의 시간은 거꾸로 간다 F.S.피츠제럴드 _____ 9

"내가 누군지는 나도 몰라요." 노인은 불만스럽게 우는 투로 대답했다. "난 겨우 몇 시간 전에 태어났잖아요. 그렇지만 내 성은 버튼이 확실해요."

고양이 토버모리 사키 _____ 57

"그럼 당신이 동물에게 인간의 말을 가르치는 교수법을 발견했다는 것과 저 귀엽고 늙은 토버모리가 최초로 성공한 제자라는 것을 우리더러 믿으라는 겁니까?"

코코트 이야기 기 드 모파상 _____ 71

젖이 축 늘어진 빼쩍 마른 암캐였다. 오래 굶주려 불쌍해 보이는 그 개는 꼬리를 양다리 사이에 감추고 귀를 축 늘어뜨린 채 프랑수아의 뒤를 졸졸 따라왔다.

Life

그림자 아쿠타가와 류노스케 _____ 83

> 귀하의 부인이 정조를 지키지 않음에 재삼 충고 하지 않을 수 없어… 귀하가 지금까지 단호한 행동을 하지 않았기에… 그러니까 부인은 정부(情夫)와 함께 밤낮으로…

폴의 이야기 윌라 캐더 _____ 106

> 특히 이 빨간 카네이션은, 적어도 교직원들이 느끼기엔 정학 처분을 당한 소년이 가져야할 반성의 태도와는 전혀 어울리지 않아 보였다.

아버지의 달걀 정복기 셔우드 앤더슨 _____ 146

> 대부분의 철학자들은 양계장에서 성장한 것이 틀림없을 것 같다. 양계장을 하는 사람들은 병아리들을 보면서 많은 소망을 갖게 된다. 그 때문에 막상 꿈에서 깨어났을 때의 실망감이란 이루 말할 수 없다.

아침 다자이 오사무　　　　　　　　　169

사실 그곳은 여자 혼자 사는 방이다. 그 젊은 여자는 아침 일찍 니혼바시의 어느 은행으로 출근한다. 나는 그 이후에 여자의 방으로 가서 네댓 시간 일을 하고 여자가 은행에서 돌아오기 전에 나온다.

시나고 잭 런던　　　　　　　　　177

그래봤자 아주 단순한 사건이니 아산이 범인이라는 사실은 벌써 밝혀낼 수 있어야 했다. 이 프랑스인들은 정말 어리석은 자들이었다.

황제폐하 요제프 로트　　　　　　　　　203

황제의 말년이 무의미했음을 나는 분명히 깨닫고 있었다. 하지만 바로 그 무의미함이 또한 내 소년기의 일부임을 부정할 수 없었다. 합스부르크 가의 차디찬 태양은 꺼졌다.

진창 가지이 모토지로　　　　　　　　　214

무엇을 해도 흐지부지 이어졌다. 또한 그런 상태가 거듭되면서 당연히 대부분의 생활이 어정쩡해졌다. 그렇게 나는 꼼짝할 수 없는 늪에 빠진 것처럼 헤어날 수가 없었다.

Life

에드와 조지 마크 트웨인 _____ 228

브랜트 부부는 "순수해라, 정직해라, 침착해라, 부지런해라, 남을 존중해라. 그러면 네 인생은 성공할 것이다."라는 말을 늘 입에 달고 살았다.

영혼의 숲 구스타보 아돌프 베케르 _____ 242

"다음 날에 눈밭 위로 해골들의 앙상한 발자국이 선명하게 찍혀 있는 것을 봤다는 마을 사람들도 있어. 그래서 소리아에서는 그곳을 '영혼의 숲'이라고 부르지."

죽은 사냥꾼 그라쿠스 프란츠 카프카 _____ 256

머리카락과 수염이 아무렇게나 자라 있고 온몸이 구릿빛인 그 사람은 사냥꾼처럼 보였는데, 숨도 안 쉬는 것처럼 꼼짝하지 않아서 마치 죽은 사람 같았다.

명사들의 사냥 후예핀 _____ 265

명사들로 구성된 사냥 부대는 새 사냥복 차림에 엽총을 메고 갖가지 사냥 도구를 챙겨 가지고 쇠약한 민족을 정복하러 떠나는 듯 무리를 지어 M현으로 향했다.

F. S. 피츠제럴드
F. S. Fitzgerald

벤자민 버튼의 시간은 거꾸로 간다
The Curious Case of Benjamin Button

1

제법 오래 전인 1860년에는 아기란 으레 집에서 낳는 줄로만 알았다.

그런데 지고하신 의학의 신께서 '아기의 첫 울음소리가 소독약 냄새 가득한 병원에서 들리게 하라'고 명하신 후로, 오늘날의 새로운 유행이 자리 잡았다고들 한다. 그러니까 1860년 어느 여름날 로저 버튼 부부가 첫 아이를 병원에서 낳기로 결정한 것은 그 시대의 유행을 무려 50년이나 앞지른 셈이었다. 이 시대착오적인 발상이 지금부터 이야기하려는 역사에 어떤 놀라운 결과를 불러올지 그들로서는 전혀 예상하지 못했던 것이다.

과연 무슨 일이 벌어졌을까? 이 사건에 대한 판단은 어디까지나 독자의 몫이다.

남북전쟁이 일어나기 전, 볼티모어 시에서 로저 버튼 집안은 사회적으로나 경제적으로 남들의 부러움을 사는 위치에 있었다. 그들은 남부 지역 사람이면 누구나 알 만한 이름 있는 가문들과 교류했고, 남부연합에 대거 포진한 귀족 집안들과 자신들이 동떨어진 부류가 아니라고 자부했다. 한편, 출산이라는 매혹적이고 오래된 관습을 처음 경험하게 된 버튼 씨는 당연히 조바심이 났다. 그는 사내아이가 태어나기를 바랐는데, 코네티컷 주의 예일대학이 '커프'라는 간단명료한 애칭으로 불리는 것을 4년 전 처음 안 뒤로 그 대학에 아들을 보내고 싶었기 때문이다.

엄청난 사건이 발생하게 될 9월의 그날 아침, 버튼 씨는 6시에 부산하게 일어나 옷을 차려 입고 흠잡을 데 없는 폭넓은 넥타이를 고쳐 맨 다음 밤의 어둠이 새 생명을 출산했는지 알아보기 위해 볼티모어 시내를 가로질러 병원으로 향했다.

'신사숙녀를 위한 메릴랜드 사립병원'을 100미터쯤 앞뒀을 때, 버튼 집안의 주치의 킨 박사가 모든 의사들에게 그들 전문직의 불문율로 요구되는 동작을 취하며(양손을 씻듯이 매만지며) 병원 현관의 계단을 내려서는 것이 보였다.

'로저 버튼 철물 도매상' 사장인 로저 버튼은 그 시절의 세련된 남부 신사다운 품위를 여지없이 내팽개치고서 킨 박사를 향해 허겁지겁 달려갔다. "킨 박사님! 아이고 박사님!"

박사는 자신을 부르는 소리를 듣자 주위를 살폈는데, 버튼 씨가 다가오기를 기다리는 동안 의사다운 냉엄한 얼굴이 묘하게 일그러졌다.

"어떻게 됐습니까?" 버튼 씨는 숨을 헐떡이며 다급하게 물었다.

"뭔가요? 아내는요? 아들이에요? 뭐가 나왔죠? 어떤 게…?"

"품위를 지키시게!" 킨 박사가 날카롭게 말했다. 박사는 평소와 달라 보였다.

"아기는 나왔나요?" 버튼 씨가 간절하게 물었다.

킨 박사는 얼굴을 찡그렸다. "아니, 그래, 말하자면, 그런 것 같네."

박사는 또다시 묘한 눈길로 버튼 씨를 쳐다보았다.

"아내는 괜찮은가요?"

"그럼."

"아들인가요, 딸인가요?"

"그만 하게!" 박사는 완전히 짜증이 난 듯 소리를 빽 질렀다. "지금 당장 자네가 가서 직접 보게. 기가 막히니까!" 박사는 마지막 말을 단번에 내뱉고는 돌아서서 중얼거렸다. "자넨 이번 일이 의사인 내게 무슨 도움이 될 줄 아나? 한 번만 더 이런 일이 있다간 난 망하고 말 거야. 누군들 안 그러겠나."

"무슨 문제라도?" 간절하게 묻던 버튼 씨는 흠칫 놀랐다.

"세 쌍둥이군요?"

"아니, 세 쌍둥이 아냐!" 박사는 단번에 잘라 말했다. "그보다 더 하니까 자네가 가서 두 눈으로 보게. 그리고 다른 의사를 구하게. 이 보게, 버튼. 내가 자네를 세상에 받았고 자네 집안에서 40년째 의사 노릇을 했지만, 이젠 끝일세! 두 번 다시 자네나 자네 집안사람들을 보고 싶지 않네! 잘 있게!"

박사는 두말없이 휙 돌아서더니 길가에 대기해 있던 마차에 올라 쏜살같이 사라졌다.

도로 옆에 혼자 남은 버튼 씨는 온몸이 마비되는 듯했고 머리끝부터 발끝까지 전율을 느꼈다. 도대체 무슨 일일까? '신사숙녀를 위한 메릴랜드 사립병원'에 들어가고 싶은 마음이 순식간에 사라져 버렸다. 잠시 후, 억지로 계단을 올라 병원 현관에 발을 들여놓기까지 그는 상당히 애를 먹었다.

병원의 어두침침한 복도 한쪽에 책상이 있고 간호사가 앉아 있었다. 버튼 씨는 용기를 내서 간호사에게 다가갔다.

"어서 오세요." 간호사가 반갑게 맞으며 인사를 했다.

"안녕하시오. 나, 난 버튼이라고 하오만."

버튼 씨의 말이 떨어지기 무섭게 간호사의 앳된 얼굴에 완전히 당황한 기색이 어렸다. 간호사는 자리에서 벌떡 일어났으며 당장 복도로 달아날 성 싶었는데, 그러지 않으려고 애를 쓰는 것이 역력해보였다.

"내 아기를 봤으면 하오." 버튼 씨가 말했다.

간호사의 입에서 약한 비명이 흘러나왔다. "아… 물론이죠!" 그녀는 발작하듯 외쳤다. "2층이요. 바로 위층이에요. 올라…가세요!"

간호사가 방향을 가리켰고, 식은땀에 흠뻑 젖은 버튼 씨는 머뭇머뭇 몸을 돌려 2층으로 가는 계단을 올랐다. 2층 복도에서 대야를 들고 다가오는 다른 간호사가 있어서 그는 다시 말을 붙였다. "나는 버튼이라고 합니다만." 그는 또박또박 말하려고 상당히 애를 썼다.

"내 아기를 봤으면 하는데…."

철커덩! 대야가 바닥에 떨어지더니 계단이 있는 쪽으로 굴러갔다. 철컹! 철컹! 마치 이 신사 양반이 병원에 막연한 공포라도 불러왔다는 듯이 불길하고 규칙적인 굉음이 건물 전체에 울려퍼졌다.

"아기를 보고 싶다고!" 버튼 씨는 거의 외치다시피 했다. 당장에라도 쓰러질 것만 같았다.

철커덩! 대야는 마침내 1층에 닿았고, 그제야 간호사는 제정신을 차린 듯 아주 못마땅한 눈으로 버튼 씨를 쳐다보았다.

"그러셔야죠, 버튼 씨." 간호사가 말했다. "잘 됐네요! 그렇지만 오늘 아침 저희 병원에 무슨 난리가 났는지는 아셔야 할 거에요! 아주 기가 막히니까요! 이제 저희 병원이 어떤 소문에 시달릴지…."

"얼른! 정말 더는 못 기다리겠소!" 버튼 씨가 호통을 쳤다.

"그럼, 버튼 씨 이리 따라오세요."

그는 간호사를 따라 겨우 몸을 이끌었다. 긴 복도의 끝자락에 이르자 가지각색의 울음 소리가 터져 나오는 방이 있었다. 확실히 그곳은 후일 전문용어로 '울음 방'으로 불릴 만한 곳이었다. 버튼 씨와 간호사는 그 방에 들어갔다.

방에는 흰색 에나멜을 칠한 바퀴 달린 아기침대 여섯 개가 벽을 따라 줄지어 놓여 있고, 침대 끝에 이름표가 제각각 붙어 있었다.

"음, 내 아기가 어디 있소?" 버튼 씨가 숨을 죽이며 물었다.

"저기요!" 간호사가 대답했다.

간호사의 손가락이 가리키는 쪽으로 시선을 돌린 버튼 씨가 본 장면은 이러했다. 다른 침대보다 유난히 비좁아 보이는 아기침대 한곳에 풍성한 흰 포대기에 감싸인 노인이 앉아 있었는데, 그는 겉보기에 족히 일흔 살은 되어 보였다. 드물게 남은 노인의 머리카락은 죄다 하얗게 셌으며, 뾰족한 턱 끝에는 잿빛 수염이 길게 늘어져 창을 통해 들어오는 산들바람에 이리저리 흩날렸다. 노인은 침침하고 쇠약한 눈으로 버튼 씨를 쳐다보았는데, 그 눈 속에 곤혹스러워하는 기색이 엿보였다.

"내가 잘못 본 것 아니오?" 버튼 씨는 호통을 쳤으며, 그의 두려움은 분노로 바뀌었다. "병원에서 이런 터무니없는 장난을 쳐도 되는 거요?"

"저흰 장난이 아닌걸요." 간호사가 매정하게 대답했다. "손님이 제대로 보셨는지 모르지만, 아무튼 손님의 아기인 건 분명해요."

버튼 씨의 이마에서 또다시 식은땀이 흘렀다. 그는 두 눈을 질끈 감았다가 부릅뜬 다음 재차 확인해 보았다. 착각이 아니었다(그의 눈앞에는 예순 하고도 열 살은 더 들어 보이는 노인이 있었다). 일흔 살 먹은 아기는 아기침대 양쪽으로 두 발을 늘어뜨린 채 앉아 있었다.

노인은 버튼 씨와 간호사를 잠시 가만히 번갈아 보더니 갑자기 입을 열어 늙수그레한 쉰 목소리로 물었다. "당신이 내 아버지에요?"

버튼 씨와 간호사는 다 같이 경기를 일으킬 뻔했다.

노인은 투덜대기 시작했다. "진짜 내 아버지면 제발 여기에서 날 좀 꺼내주든지, 아니면 좀 편안한 흔들의자라도 갖다 달라고 하세요."

"맙소사, 당신은 어디서 나왔소? 도대체 누구요?" 버튼 씨는 제정신이 아닌 양 고함을 질렀다.

"내가 누군지는 나도 몰라요." 노인은 불만스럽게 우는 투로 대답했다. "난 겨우 몇 시간 전에 태어났잖아요. 그렇지만 내 성은 버튼이 확실해요."

"거짓말! 이 사기꾼!"

노인은 피곤한 표정으로 간호사를 돌아보더니 쇠약한 목소리로 불평을 터뜨렸다. "갓 태어난 아기를 잘도 환영하는군요. 틀렸다고 말해줘야 하지 않아요?"

"버튼 씨, 틀리셨어요." 간호사가 잘라 말했다. "손님의 아기가 맞으니까 사실을 그대로 받아들이셔야 해요. 또 아기를 가급적 빨리 집에 데려가셨으면 좋겠어요. 오늘 중으로요."

"집에 데려가라고?" 버튼 씨는 믿을 수 없다는 듯 말했다.

"그래요, 여기서 저희가 데리고 있을 순 없어요. 정말로 그럴 순 없다고요. 아시겠어요?"

"듣던 중 반가운 소리네요." 노인의 넋두리가 이어졌다. "여긴 조용한 애들 가둬 두기에나 좋겠더군요. 어찌나 울고불고 하는지 잠시도 눈을 못 붙였다니까. 아까는 먹을 걸 좀 달라고 했더니(이 대목에서 노인의 억양은 한층 고조되었다), 달랑 젖병 하나를 주지 뭐야!"

버튼 씨는 침대 옆에 놓인 의자에 털썩 주저앉으며 양손으로 얼굴을 감쌌다. "맙소사!" 그는 화를 억누르지 못해 중얼거렸다. "사람들이 뭐라고 할까? 난 이제 어떡하지?"

"아기를 집에 데려가셔야죠." 간호사가 또 재촉했다. "지금 즉시요."

괴로워하는 남자의 눈앞에, 이 끔찍한 노인을 데리고 사람들이 붐비는 시내를 걸어가는 광경이 두렵고도 선명하게 떠올랐다. "난 못해. 난 못 해." 버튼 씨는 신음 소리를 냈다.

사람들이 말을 걸려고 불러 세우면 뭐라고 대답해야 할까?

적어도 옆에 있는 일흔 살 먹은 노인을 소개해줘야 하지 않을까? "이쪽은 내 아들이오, 오늘 아침 일찍 태어났다오."라고. 그러면 노인은 포대기를 둘러쓴 채로 몸을 더 웅크릴 테고, 두 사람은 터벅터벅 걸어서 복잡한 상점 앞을 지나, 노예 시장을 지나, (순간적으로 버튼 씨는 '아기가 차라리 흑인이면 좋았을 걸.' 하고 생각했다) 으리으리한 주택들을 지나, 경로당을 지나….

"어서요! 떠날 채비를 하세요." 간호사가 명령조로 말했다.

"잠시만." 노인이 갑자기 큰 소리로 말했다. "설마 내가 이 포대기를 뒤집어쓴 채로 집에 갈 거라고 생각하진 않겠죠? 그건 완전 착각이에요."

"아기들은 언제나 포대기를 두르는 거야."

노인은 잔뜩 심술이 났는지 작고 흰 기저귀용 천을 꺼내 들어 흔들면서 말했다. "보세요! 이걸 나한테 차라고 줬다니까요."

"아기들은 전부 그런 기저귀를 차는 거야." 간호사가 새침하게 말을 받았다.

"글쎄 나도 '아기'지만 지금 걸친 걸 당장 벗고 싶다고요. 이 포대기는 근지러워요. 차라리 수의를 걸치는 게 낫겠다고요."

"알았어! 알았다고!" 버튼 씨는 서둘러 말을 끊고서 간호사에게 물었다. "내가 어떡하면 좋겠소?"

"시내에 나가서 아드님에게 입힐 옷을 사오세요."

복도로 나서는 버튼 씨의 뒤에서 아들의 목소리가 들렸다. "그리고 지팡이도요, 아버지. 지팡이가 있으면 좋겠어요."

버튼 씨는 바깥에서 문을 쾅 하고 사정없이 닫아버렸다….

2

"안녕하쇼." 체서피크 의류점에 들어선 버튼 씨는 점원에게 신경질적으로 말을 건넸다. "애한테 입힐 옷을 살 거요."

"나이가 몇 살입니까?"

그는 잘 생각해 보지도 않고 대답했다. "여섯 시간 됐소."

"유아용 의류는 뒤쪽으로 가셔야 합니다."

"어, 아니, 틀렸소. 내 말은 그게 아니라. 애가 덩치가 꽤 크거든요. 특이할 만큼 커요."

"뒤쪽에도 치수가 큰 옷이 있습니다."

"아동복은 어느 쪽이오?" 버튼 씨는 다급하게 발을 굴렀다. 자신의 수치스러운 비밀을 점원이 눈치챈 것만 같았다.

"바로 여깁니다."

"으음." 그는 머뭇거렸다. 자신의 아기에게 어른 옷을 입힐 생각을 하자 비위가 상했다. 만약 치수가 아주 큰 아동복을 찾아낼 수 있다면, 그 길고 흉하게 늘어진 수염을 잘라내고 흰머리를 갈색으로 물들인다면 적어도 최악의 상황은 면할지도 모르고, 어쩌면 볼티모어 사교계에서 자신의 체면은 물론이고 자존심도 웬만큼 지킬 수 있을지 모른다는 생각이 들었다.

그렇지만 아동복 매장을 아무리 뒤져도 갓 태어난 버튼에게 맞을 만한 옷은 보이지 않았다. 물론 그는 가게를 탓했는데, 이런 경우 옷가게에 비난의 화살을 돌리는 것은 당연했다.

"아드님 나이가 몇이라고 하셨습니까?"

"그 애는… 열 여섯이오."

"아, 제가 잘못 들었군요. 아까는 여섯 시간 됐다고 말씀하신 줄 알았습니다. 청소년복은 복도 건너편 매장으로 가셔야 하거든요."

버튼 씨는 참담한 심정으로 몸을 돌렸다. 그러다가 대뜸 멈춰 서더니 얼굴이 환해지면서 창가에 서 있는 전시 인형을 손으로 가리켰다.

"저거요!" 그는 탄성을 질렀다. "저기 저 인형이 입은 옷을 사겠소."

점원은 그를 빤히 쳐다보고는 군소리를 늘어놓기 시작했다.

"예? 손님, 저 옷은 아동복이 아닙니다. 아무리 그래도 무도회장에서나 입을 옷인 걸요. 차라리 손님이 입으셔도 될 겁니다!"

"얼른 싸줘요." 버튼 씨는 조급하게 고집을 부렸다. "내가 찾는 게 저거니까."

점원은 어리둥절해 하면서도 버튼의 말을 그대로 따랐다.

병원에 돌아온 버튼 씨는 신생아실에 들어서자마자 아들에게 옷을 내던지다시피 했다. "네 옷이다." 말투는 냉랭했다.

노인은 포장을 풀고 당황스러운 표정으로 내용물을 보았다. "이건 조금 우스꽝스러워 보여요. 난 놀림감이 되기 싫은데…."

노인이 투덜거렸다.

"네가 벌써 날 놀림감으로 만들었어!" 버튼 씨가 사납게 꾸짖었다.

"우스워 보여도 신경 쓰지 마. 입어. 안 그러면 볼기짝을… 때려 줄 테니까." 마지막 말을 입 밖에 낼 때 그는 조금 망설였는데, 그래도 그렇게 말해야 타당할 것 같았다.

"알았어요, 아버지." 자식으로서 당연히 부모를 공경한다는 식의 이상야릇한 말투였다. "아버지가 저보다 오래 사셨으니 아버지가 옳으시겠죠. 말씀대로 할게요."

처음에도 그랬지만 버튼 씨는 "아버지"라고 부르는 소리를 듣자 또다시 경기를 일으킬 것 같았다.

"빨리 입어."

"빨리 입고 있어요, 아버지."

옷을 다 갖춰 입은 아들을 본 버튼 씨는 표정이 우울해졌다.

노인은 줄무늬 양말에 연분홍색 바지, 희고 넓은 깃이 달린 줄무늬 블라우스 차림이었다. 블라우스 깃을 덮은 채로 나부끼는 길고 허연 수염은 허리까지 닿았다. 모양새가 탐탁지 않았다.

"기다려!"

버튼 씨는 병원용 가위를 집어 들더니 손을 재빠르게 세 번 놀려 노인의 수염을 대부분 잘라냈다. 그렇게 해서 조금 나아지기는 했지만 그래도 여전히 전체적으로 조화가 맞지 않았다. 삐죽삐죽 솟은 턱수염, 축축한 눈매, 쪼글쪼글한 입매는 화사한 복장과 기묘하게 어긋났다. 그렇지만 버튼 씨는 완고했다. 그는 한 손을 내밀며 단호하게 말했다. "가자!"

아들은 아버지의 손을 주저하지 않고 잡았다. "아빠, 저를 뭐라고 부를 거예요?" 방을 나오면서 아들이 떨리는 목소리로 물었다. "좋은 이름을 정할 때까지는 계속해서 그냥 '아기'인가요?"

"나도 모른다." 투덜대던 버튼 씨는 나무라듯 일러줬다. "널 므두셀라(성경에 969세까지 살았다고 전해지는 유대 족장—옮긴이)라고 불러야겠다."

3

버튼 집안에서는 새로 생긴 가족의 머리를 짧게 잘라주고, 숱없는 머리카락을 어색하리만치 검게 염색시키고, 턱이 미끄러울 만큼 말끔히 면도를 해주었으며, 어리벙벙해 하는 재단사에게 아동복을 주문해 맞춰 입혔는데, 그래도 버튼 씨는 여전히 그가 자신의 첫 아이로 어울리지 않는다는 사실을 인정하지 않을 도리가 없었다. 벤저민 버튼(훨씬 적절해 보이지만 비위에 거슬리는 므두셀라 대신 아들의 이름을 벤저민으로 정했다)은 허리가 굽었어도 키가 170센티미터나 되었다. 큰 키를 옷으로 감출 순 없었고, 눈썹을 자르고 염색을 해도 흐릿하고 축축하고 피로해 보이는 눈매까지 숨기지는 못했다. 실제로, 미리 고용해 두었던 유모는 아기를 처음 보자마자 뛸 듯이 화를 내며 집을 나가버렸다.

그래도 버튼 씨는 고집을 꺾지 않았다. 벤저민은 아기이며, 계속 아기여야 했다. 처음에 벤저민이 데운 우유를 먹지 않으려 하자 그는 음식을 하나도 주지 않겠다고 단언했는데, 그래도 결국에는 빵과 버터를 먹어도 좋다고 허락했고, 타협 조건으로 이유식을 먹겠다는 약속을 받았다. 하루는 집에 딸랑이를 사와서 벤저민에게 건네주며 더할 나위 없이 분명한 말투로 "가지고 놀아."라고 시켰다. 노인은 짜증난 표정으로 딸랑이를 받아 들었고, 하루에 몇 차례 간격을 두고 딸랑거리는 소리를 의무적으로 냈다.

아무튼 벤저민에게 딸랑이가 무척 지루했음은 분명하지만, 그 후 혼자 남은 벤저민이 더 좋은 오락거리를 찾아낸 것 또한 틀림없었다. 일례로, 어느 날 버튼 씨는 자신이 지난 1주일 동안 평상시보다 담배를 유난히 많이 피웠음을 알았다. 이 현상은 며칠이 지난 뒤 아무런 기척 없이 아기 방에 들어갔다가 희미한 푸른 연기가 방안에 자욱하고, 벤저민이 죄지은 표정으로 짙은 색의 하바나(쿠바산 고급 시가―옮긴이) 꽁초를 감추는 것을 보고서야 납득하게 되었다. 물론 이 일로 벤저민은 볼기짝을 심하게 얻어맞았지만, 버튼 씨는 자신 역시 담배를 끊지 못하고 있음을 깨달았다. 그는 담배를 피우면 '성장이 멎는' 수가 있다며 경고를 주었다.

그 후에도 버튼 씨의 신념은 바뀌지 않았다. 납으로 된 병정 인형을 집에 가져왔고, 장난감 기차를 사왔으며, 면으로 만든 크고 화려한 동물 인형도 구해왔다. 적어도 자신이 지어낸 환상을 완벽히 충족시켜야 했으므로, 장난감 가게 점원에게는 "핑크빛 오리 장난감이 아기 입안에 들어갔을 때 칠이 벗겨져서는 안 된다."고 거듭 다짐을 받기까지 했다. 그러나 아버지의 지극정성에도 불구하고, 벤저민은 장난감에 흥미가 없었다. 벤저민은 하인들이 드나드는 뒷계단으로 몰래 내려가 브리태니커 백과사전 한 권을 집어왔고, 봉제 젖소 인형과 노아의 방주를 방바닥에 내팽개친 채 책을 탐닉했다. 이러한 고집 앞에 버튼 씨의 노력은 속수무책이었다.

처음에 볼티모어 시는 상당히 떠들썩했다. 다만 벤저민 때문에 버튼 가족과 그의 일가친척들이 사회적으로 어떤 불운을 겪었는지는 정확히 알 수 없는데, 남북전쟁이 발발하면서 사람들의 관심이 온통 전쟁에 쏠렸기 때문이었다. 한 치의 오차도 없이 예의가 바른 몇몇 사람들은 버튼 부부를 축하해주려고 머리를 굴려야 했다.

그리고 급기야 아기가 할아버지를 닮았다고 하는 창의적인 발상을 떠올렸는데, 노화 증상을 공통으로 겪는 일흔 살 먹은 노인들이 하나같이 비슷해 보인다는 점에서 틀린 말은 아니었다. 그러나 버튼 부부는 그런 축하의 말이 달갑지 않았고, 벤저민의 할아버지는 노발대발할 정도로 모욕감을 느꼈다.

병원에서 나온 뒤로 벤저민은 새로운 삶을 찾았다. 몇몇 꼬마 손님들이 그를 보러 오는 날에는 팽이놀이와 구슬치기에 흥미를 붙이려고 애를 쓰며 성가신 오후를 보냈다. 그러다가 한번은 아주 우연히 돌멩이를 던졌다가 주방 창문을 단번에 깨뜨리는 사고를 쳤는데, 이 일이 버튼 씨에게는 남모를 기쁨을 안겨 주었다.

그날 이후 벤저민은 매일 하나씩 어떤 것을 부수려고 노력했다.

자신이 그런 행동을 하기를 바라는 사람들 때문에, 또 그의 천성이 유순한 까닭에서였다.

할아버지가 손자에게 처음 느꼈던 적개심이 사라진 뒤로, 벤저민과 할아버지는 자주 어울리며 꽤 즐겁게 지냈다. 두 사람은 몇 시간씩 함께 앉아 있었고, 비록 나이와 경험의 차이가 컸지만 오래된 친구처럼 어울리며 단조롭고 지루하게 흐르는 일상에 관해 한결같은 이야기를 나누었다. 벤저민은 자신의 부모보다 할아버지와 있을 때가 더 편했다. 버튼 부부는 언제나 아들을 조금 겁내는 듯해서 부모로서 명령을 하긴 했어도 종종 벤저민의 이름 끝에 '씨'자를 붙였다.

그가 태어날 때부터 정신적으로나 육체적으로 명백히 조숙해 보인다는 사실은 다른 사람들뿐만 아니라 벤저민 자신에게도 의문이었다. 벤저민은 의학 잡지들을 두루 훑어보았지만 자신과 같은 사례는 기록을 찾을 수 없었다. 아버지의 명령으로 그는 또래 아이들과 어울리려는 순수한 시도를 했고, 종종 위험하지 않은 놀이에 끼었다. 풋볼은 너무 어지러웠는데 혹시라도 약한 뼈가 부러져서 다시 붙지 않을까봐 무서웠다.

벤저민은 다섯 살이 되자 유치원에 갔고, 그곳에서 오렌지색 종이에 초록색 종이를 붙이고, 색깔 지도를 짜 맞추고, 또 지겨운 마분지 목걸이 만드는 기술을 배웠다. 벤저민은 그런 놀이를 하다가 깜박깜박 조는 경향이 있어서 젊은 유치원 여선생을 짜증나고 놀라게 만들었다. 다행히 유치원 선생이 벤저민의 부모에게 불만을 털어놓은 덕분에 그는 유치원을 그만둘 수 있었다. 로저 버튼 부부는 친구들에게 벤저민이 아직 너무 어려서 그런 것 같다고 말했다.

그가 열두 살이 되자 버튼 부부는 아들에게 훨씬 익숙해졌다. 습관의 힘은 아주 강해서 부부는 자기네 아들이 여느 아이들과 더는 다를 것이 없다고 느끼게 되었고, 유별나게 비정상적인 일이 있을 때만 그 사실을 떠올렸다. 그런데 열두 번째 생일을 치른 지 몇주가 지난 어느 날, 벤저민은 거울을 보다가 놀라운 사실을 발견했다. 혹은 발견했다고 생각했다. 그의 눈이 잘못 되었을까? 아니면 12년의 세월이 흘러서 그 동안 염색으로 감추었던 흰 머리카락이 정말 짙은 회색으로 바뀐 것일까? 그의 얼굴에 그물처럼 퍼졌던 잔주름이 정말 줄어든 것일까? 그의 피부 상태가 더 좋아지고 탄력도 생기고, 불그스레한 기운마저 감도는 것이 진짜일까? 확실히 장담할 수는 없었다. 그렇지만 이제 상체를 구부정하게 다니지도 않았고 어릴 때보다 몸 상태가 나아진 것이 확실했다.

"이럴 수가…?" 벤저민은 속으로만 생각했지, 더 진지하게 따져볼 엄두는 내지 않았다.

그는 아버지에게 갔다. "제가 성장했어요." 그는 단호하게 말했다.

"저, 긴 바지 입고 싶어요."

버튼 씨는 약간 주저하다가 끝내 말했다. "글쎄다. 내 생각은 다른 걸. 긴 바지를 입으려면 열네 살은 돼야지. 넌 겨우 열두 살이야."

"그렇지만 제가 나이에 비해 키가 크다는 걸 아버지도 아시잖아요?" 벤저민도 가만 있지 않았다.

버튼 씨는 아들을 멍하니 쳐다보았다. "아니, 나라면 그렇게 장담하진 않을 거다. 나도 열두 살 때 너만큼 키가 컸거든."

거짓말이었다. 다만 그는 아들을 정상으로 여기기로 스스로 다짐했기 때문에 그렇게 말했던 것이다.

끝내 타협이 이루어졌다. 벤저민은 머리를 계속 물들이기로 했다.

또래 아이들과 더 자주 어울려 놀기로 약속했다. 안경도 끼지 않고 길거리에서 지팡이도 짚지 않기로 정했다. 이러한 양보 덕분에 처음으로 긴 바지를 입어도 좋다는 허락을 받아냈다···.

4

열두 살에서 스무 살까지 벤저민 버튼의 삶에 대해서는 할 말이 별로 없다. 성장이 정상적으로 퇴보한 시기라고 기록하면 충분할 것이다. 벤저민은 열여덟 살이 되자 나이가 쉰인 어른처럼 허리를 꼿꼿이 펴게 되었다. 머리숱은 늘었고 대부분 짙은 회색이었다. 발걸음은 힘 있어졌고, 떨리고 갈라지던 목소리도 묵직한 중저음으로 바뀌었다. 그래서 버튼 씨는 아들을 코네티컷에 보내 예일대학 입학 시험을 치르게 했다. 벤저민은 시험에 합격해 신입생 자격을 얻었다.

대학 입학을 사흘 앞둔 어느 날, 대학 입학 담당자 하트 씨에게서 대학 사무실을 방문해 학과 일정을 짜라는 내용의 통지가 왔다. 벤저민은 거울을 흘깃 들여다보고는 머리를 갈색으로 물들여야겠다고 생각했는데, 서랍 속을 아무리 뒤져도 염색약을 담은 통이 눈에 띄지 않았다. 그제야 그는 요전 날 약을 다 쓰고 버렸던 사실을 떠올렸다.

벤저민은 고민에 빠졌다. 입학 담당자를 만나기로 한 시간이 5분 밖에 남지 않았던 것이다. 하는 수 없이 그는 자신의 본래 모습으로 입학 담당자를 찾아가기로 마음먹었다.

"어서 오십시오." 입학 담당자는 정중하게 인사를 했다. "아드님 문제로 오셨군요."

"아니요, 사실 제 이름은 버튼인데요…." 벤저민이 말을 끝맺기도 전에 하트 씨가 중간에 말을 잘랐다.

"만나서 반갑습니다, 버튼 씨. 아드님이 곧 올 겁니다."

"그게 저예요!" 벤저민의 목청이 높아졌다. "제가 입학생이에요."

"예?"

"제가 신입생이라고요."

"농담을 잘하시는군요."

"농담이 아니에요."

입학 담당자는 얼굴을 찡그리며 책상 위에 놓인 서류를 확인했다.

"아니, 여기에 적힌 벤저민 버튼 학생의 나이는 열여덟 살인데요."

"제가 열여덟 살입니다." 얼굴을 약간 붉히며 벤저민이 대답했다.

담당자는 난처한 표정을 지으며 벤저민을 눈여겨보았다. "분명히 합시다, 버튼 씨. 지금 저보고 그 말을 믿으라는 건 아니시죠?"

벤저민도 난처한 듯 미소를 지으며 "제가 열여덟 살이에요."라고 반복해 말했다.

하트 씨는 문이 있는 방향을 단호히 가리키며 말했다. "나가시오. 당장 이 학교에서, 이 도시에서 꺼져요. 당신, 위험한 정신병자로군."

"전 열여덟 살이라고요."

하트 씨는 직접 문을 열더니, "몹쓸 소리!" 하고 호통을 쳤다. "당신 나이에 여길 신입생으로 들어올 생각을 하다니. 당신이 열여덟 살이라고? 18분을 주겠어. 당장 이 도시에서 꺼져."

벤저민 버튼은 사무실에서 점잖게 나왔고, 복도에 대기하던 신입생 여섯 명이 호기심 어린 눈으로 그를 줄곧 쳐다보았다. 벤저민은 잠시 걸음을 옮기다가 뒤를 돌아보았는데, 사무실 문 앞에 버티고 서서 성난 표정을 짓고 있는 입학 담당자와 눈이 마주치자 결연한 목소리로 외쳤다. "난 열여덟 살이라고요."

풋내기 신입생들은 입이라도 맞춘 듯 다 같이 킥킥거리며 웃음을 터뜨렸고, 벤저민은 건물에서 빠져나왔다.

그러나 그의 운명은 상황을 쉽사리 벗어나게 해주지 않았다. 벤저민이 기차역으로 서글픈 발걸음을 옮기는 사이 그의 뒤를 쫓는 일단의 무리가 있었고, 그 수는 점점 불어나더니 급기야 수많은 학생들이 그의 뒤를 따랐다. 대학 입학시험에 붙은 어떤 미치광이가 열여덟 살 행세를 하고 다닌다는 소문이 순식간에 퍼졌다. 학교가 온통 야단법석이었다. 강의를 듣던 학생들은 모자도 쓰지 않은 채 쫓아 나왔고, 풋볼 팀은 연습도 마다하고 무리에 가세했다. 교수의 부인네들은 끈 달린 모자가 벗겨지고 치마 뒤를 불룩하게 받치는 허리받이가 뒤틀리는 줄도 모른 채 행렬의 뒤에 붙어 수다를 떨었으며, 벤저민 버튼의 여린 감수성에 상처를 주는 말들이 줄줄이 쏟아져 나왔다.

"'방랑하는 유대인'(최후의 심판 날까지 방랑할 운명을 짊어진 전설 속의 유대인-옮긴이)이 틀림없어!"

"저 나이라면 예비학교를 먼저 마쳐야지!"

"저기 신동을 보라고!"

"여기가 노인학교인 줄 알았나봐."

"하버드에나 가라!"

벤저민은 걸음을 재촉했으며, 이내 내달리고 있었다. 두고 보자! 정말로 하버드대학에 가서 저 분별없는 조롱꾼들을 후회하게 만들어줄테다!

볼티모어 행 기차에 무사히 오른 후에야 벤저민은 차창으로 머리를 내밀고 고함을 쳤다. "너희들 후회할 줄 알아!"

"하하!" 대학생들은 웃음을 터뜨렸다. "하하하!" 이것은 예일대학이 여태까지 저지른 실수 가운데 가장 큰 실수였다….

5

 벤저민 버튼은 1880년에 스무 살이 되었고, 로저 버튼 철물상에서 아버지의 일을 돕는 것으로 그해 생일을 기념했다. 같은 해에 '사교 활동'도 시작했는데, 그의 아버지가 상류인사들이 모이는 몇몇 무도회에 그를 데려가려 고집했기 때문이었다. 로저 버튼은 이제 나이가 쉰이었고, 아들과는 더욱 친해졌다. 벤저민이(여전히 희끄무레 하던) 머리 염색을 그만둔 뒤로 사실상 두 사람은 동갑내기로 보였으며, 형제로 보아도 무방할 듯했다.

 8월의 어느 날 밤, 버튼 부자는 정장 차림으로 쌍두마차에 올라 무도회가 열리는 볼티모어 근교의 셰블린 별장으로 마차를 몰았다.

 무척 아름다운 밤이었다. 보름달의 은은한 순백색 광선이 도로를 가득 적시고, 수확기의 만개한 꽃들은 고요한 대기에 들릴 듯 말 듯 낮은 웃음소리 같은 향기를 내뿜었다. 새하얀 밀밭이 펼쳐진 시골 개활지는 마치 한낮에 보는 양 투명해 보였다. 그 순수하고 아름다운 밤 풍경에 감동을 받지 않는다면 오히려 이상할 정도였다.

 "직물 사업이 전망이 좋다더구나." 로저 버튼이 말했다. 그는 고상한 인물은 아니었다. 미적 감각도 없었다.

 "나처럼 나이든 사람은 새로운 기술을 못 배운단다." 그는 진지하게 말했다. "너처럼 활력과 정력이 넘치는 젊은이들에게 멋진 미래가 기다리지."

오르막길의 한참 위 꼭대기에 두둥실 떠 있는 별장 불빛이 시야에 들어올 즈음, 깡깡대는 바이올린 가락인지, 아니면 달빛 아래 새하얀 밀이 부스럭대는 것인지 바람결에 실린 소리가 마차가 있는 곳까지 끊이지 않고 들려왔다.

버튼 부자의 마차는 덮개를 씌운 근사한 마차 뒤에 멈춰 섰는데, 앞 마차에서 이제 막 손님들이 내리고 있었다. 부인이 먼저, 그리고 나이든 신사가 나왔고, 마지막으로 몹시 아름다운 젊은 숙녀가 내렸다. 벤저민은 움찔했다. 어떤 화학 작용이 일어나 온몸의 세포 하나하나가 풀렸다가 다시 합쳐지는 것 같았다. 전율이 엄습했고 뺨과 이마에 온통 피가 쏠렸으며 한동안 귀도 멍멍했다. 그것은 첫사랑이었다.

젊은 아가씨는 날씬하고 가냘팠다. 달빛 아래에서 잿빛이던 머리카락은 현관의 탁탁거리는 가스등 불빛 아래에서 꿀빛으로 변했다.

화사한 노란 바탕에 검은 나비가 새겨진 스페인산 망토를 어깨에 걸쳤으며 활짝 부풀린 드레스 자락 아래로 구두 단추가 반짝였다.

로저 버튼은 아들 쪽으로 몸을 기울이며 말했다. "몬크리프 장군의 딸 힐데가르트 양이란다."

벤저민은 냉정하게 고개를 끄덕이고는 무심하게 말했다. "작고 귀엽네요." 그렇지만 잠시 뒤 흑인 소년이 마차를 이 동시키고 나자 "아버지, 소개해 주셔도 좋습니다."라고 덧붙였다.

버튼 부자는 힐데가르트 양을 둘러싼 사람들 사이에 섞였다. 힐데가르트는 오래된 관례대로 벤저민에게도 공손하게 몸을 낮췄다. 당연히 그는 춤을 청했다. 벤저민은 힐데가르트에게 고마움을 표시한 뒤 휘청거리며 뒷걸음질로 물러났다.

그의 차례는 영원히 오지 않을 것 같았다. 벤저민은, 힐데가르트 몬크리프의 주위를 빙글빙글 돌며 열렬히 감탄스러운 표정을 짓는 볼티모어의 젊은 양아치들을 도끼눈을 뜨고 노려보며 벽 가까이에 잠자코 서 있었다. 얼마나 역겹고 철없어 보이는 자들인가! 젊은 치들의 헝클어진 갈색 구레나룻을 보고 있자니 구역질이 날 것 같았다.

그렇지만 결국 자기 차례가 되어 힐데가르트와 함께 무대에 나가 파리에서 유행하는 최신 왈츠에 맞춰 춤을 추기 시작하자 질투와 근심은 눈 녹듯이 사라졌다. 사랑의 황홀함에 눈이 먼 벤저민은 이제 막 새로 태어난 듯한 기분이었다.

"저희가 온 직후에, 형제 분과 함께 도착하시지 않았나요?" 푸르게 빛나는 에메랄드 빛깔의 눈동자를 치켜 뜨며 힐데가르트가 물었다.

벤저민은 대답을 망설였다. 형제가 아니라 부자 관계라고 밝히는 게 옳을까? 그는 예일대학에서 겪었던 일을 잊지 않았고, 그래서 사실을 밝히지 않기로 마음먹었다. 숙녀의 짐작을 부인하는 것은 무례한 짓이다. 자신의 출생에 관한 기괴한 이야기로 소중한 시간을 망친다면 죄를 짓는 거나 다름없다. 아마 다음에 기회가 오겠지. 그래서 벤저민은 고개를 끄덕이고 미소를 지으며 귀를 기울이는 것만으로 행복한 시간을 이어갔다.

"전 당신 연배의 남성이 좋아요." 힐데가르트가 말했다. "젊은이들은 너무 어리석어요. 대학에서 샴페인을 몇 병이나 마셨는지, 카드놀이에서 돈을 얼마나 잃었다든지 하는 얘기만 떠들어대거든요. 당신만큼 나이가 들어야 여자의 마음을 헤아릴 줄 알아요."

벤저민은 당장 청혼을 하고 싶었지만 가까스로 충동을 억눌렀다.

"당신 같은 쉰 즈음의 나이가 딱 낭만적이에요." 힐데가르트가 계속 말했다.

"스물다섯은 지나치게 영악하죠. 서른은 과로로 지치기 쉬워요. 마흔은 온종일 시가를 태우며 지루한 말만 늘어놓을 나이에요. 예순은 음, 그건 일흔에 너무 가깝죠. 그러니 쉰 살이 딱 원숙할 나이에요. 저는 쉰 살이 좋아요."

벤저민에게도 그 나이가 황금기로 여겨졌다. 그는 자신이 정말 쉰 살이면 좋겠다고 간절히 바랐다.

힐데가르트가 또 말했다. "전 항상 입버릇처럼 말했어요. 서른 살의 남편을 만나 그를 돌봐야 하느니, 차라리 쉰 살의 어른과 결혼해 보살핌을 받고 싶다고요."

 그날 저녁 남은 시간 동안 벤저민은 자욱한 꿀빛 안개 속을 내내 헤매었다. 힐데가르트는 그와 춤을 두 번이나 더 추었고, 두 사람은 이날 주고받은 모든 질문들에 대해 서로 신기하리만치 똑같은 답을 품고 있음도 알게 되었다. 둘은 다가오는 일요일에 함께 야외에 나가기로 약속했고, 각자의 질문에 대해 그때 더 진지하게 이야기하기로 했다.

 버튼 부자는 해가 뜨기 직전이 되어서야 집으로 향하는 마차에 올랐다. 일찍 깨어난 꿀벌이 앵앵거리고 시원한 이슬 기운 속에 달이 희미하게 기우는 시각, 벤저민은 철물 도매 사업에 관해 이야기하는 아버지의 말소리가 도통 귀에 들어오지 않았다.

 "… 망치, 못 다음으로 우리가 주력해야 할 품목이 뭐라고 생각하니?"

 "러브(love)요." 벤저민은 반쯤 넋이 나간 채 대답했다.

 "러그스(lugs, 손잡이)? 그 얘기는 아까 했는데 뭔 소리야."

 동쪽 하늘에 갑자기 해라도 쨍 하고 비친 건지, 아니면 잠에서 깨어나는 나무들 사이로 꾀꼬리의 날카로운 하품이라도 들은 건지, 벤저민은 어리벙벙한 눈으로 아버지를 쳐다보았다….

6

6개월 후, 힐데가르트 몬크리프와 벤저민 버튼의 약혼 소식이 퍼지자('퍼지자'라고 적은 이유는 몬크리프 장군이 딸의 약혼을 정식으로 발표할 바에야 차라리 칼 위로 엎어지겠다며 으름장을 놓았기 때문이다) 볼티모어 시는 흥분을 넘어 광분의 도가니에 빠져들었다. 거의 잊혀졌던 벤저민의 출생에 관한 이야기가 다시 수면 위에 떠올랐고, 그에 대한 추문이 상상조차 하기 힘든 형태로 널리 퍼져나갔다. 벤저민이 실은 로저 버튼의 아버지라든지, 40년간 감옥살이를 한 로저 버튼의 형이라든지, 존 윌크스 부스(링컨 대통령을 암살한 배우—옮긴이)가 변장한 인물이라는 설이 나돌았고, 급기야 그의 머리에 뿔이 두 개 달렸다는 소문까지 떠돌았다.

뉴욕에서 발행한 어느 일요일 판 신문은 벤저민 버튼의 머리 달린 물고기와 뱀을 등장시킨 흥미진진한 삽화로 이 일을 비꼬았고, 급기야 놋쇠 몸통에 그의 머리를 단 그림까지 실었다. 결국 벤저민은 신문과 잡지에 '메릴랜드 주 출신의 수수께끼 같은 인물'로 소개되었다. 그렇지만 세상살이가 대개 그렇듯 진실한 이야기는 널리 퍼져나가지 않았다.

어쨌거나, 볼티모어에 사는 남자라면 누구나 탐낼 법한 어여쁜 자기 딸을 확실히 쉰 살이나 먹은 사내가 가로채가는 것은 '범죄'나 다름없다고 주장한 몬크리프 장군의 말에 토를 다는 사람은 아무도 없었다. 로저 버튼이 아들의 출생증명서를 확대해 『볼티모어 블레이즈』에 실었지만 소용이 없었다. 아무도 그 출생증명서를 믿지 않았다. 벤저민을 찾아가서 직접 만나보면 누구나 알 만한 노릇이었다.

그래도 결혼 당사자 두 사람의 마음은 조금도 흔들리지 않았다. 남편감에 대해 거짓 소문이 어찌나 무성했던지, 힐데가르트는 진실조차 믿으려 들지 않았다. 몬크리프 장군이 50대 남성, 혹은 50대로 보이는 남성의 높은 사망률에 대해 근거를 제시했지만 헛수고였다. 철물 도매사업이 불안정하다는 말로도 딸을 설득할 수는 없었다.

힐데가르트는 원숙한 남성과 결혼하기로 마음을 정했고, 실제로 결혼에 성공했다⋯.

7

최소한 한 가지 점에서 힐데가르트 몬크리프 주변 사람들의 예상은 빗나갔다. 철물 사업이 놀라울 만치 번창했기 때문이다. 벤저민 버튼이 1880년에 결혼을 하고 그의 부친이 1895년에 사업에서 손을 놓기까지, 15년이 지나는 동안 버튼 가족의 재산은 배로 불어났는데, 그럴 수 있었던 가장 큰 이유는 젊은 버튼이 사업에 가세한 덕분이었다.

결국 볼티모어 시에서 벤저민 부부를 사회의 정상적인 일원으로 인정한 것은 두말할 필요도 없다. 심지어 늙은 몬크리프 장군도 저명한 출판사 아홉 곳에서 출간을 거부당한 '남북전쟁의 역사'라는 장장 스무 권의 책을 펴낼 수 있게 돈을 대준 사위와의 화해를 마다하지 않았다.

15년 동안 벤저민에게도 많은 변화가 있었다. 그의 혈관에는 활력을 지닌 새로운 피가 넘치는 듯했다. 아침에 일어나기, 찬란한 햇빛의 분주한 거리를 힘찬 걸음으로 걷기, 피곤한 줄 모르고 망치와 못 상자 선적하기, 이러한 모든 일들이 그에게 기쁨으로 느껴지기 시작했다. 벤저민이 사업 수완을 발휘해 큰 성공을 거둔 것은 1890년이었다. 그는 '못 운반 상자에 박힌 못도 화물 수취인의 소유로 보아 주문량에서 포함시켜 계산한다.'는 구상을 떠올렸으며, 그의 신청이 법안으로 받아들여져 대법원의 승인을 얻으면서 '로저 버튼 철물 도매상'은 매년 600개 이상의 못을 절약할 수 있게 되었다.

아울러 벤저민은 스스로 인생의 밝은 면에 점점 끌리는 것을 깨달았다. 볼티모어 시에서 가장 먼저 자동차를 소유하고 굴린 사람이 벤저민이라는 사실 하나만 보더라도 그가 얼마나 쾌락에 열광했는지 알 수 있다. 길거리에서 벤저민을 마주치는 동년배들은 그의 건강하고 활기찬 모습을 부러운 눈길로 응시했다.

"벤저민은 해가 갈수록 젊어지는 것 같아."라고 그들은 말했다.

이제 나이가 예순다섯인 늙은 로저 버튼은 애초 아들의 출생을 적절히 환영하는 데는 실패했을지라도 결국에는 아첨에 버금가는 행동들로 그것을 보상해 주었다.

그렇다고 해서 안타까운 사연이 전혀 없지는 않았는데, 이 문제는 가급적 간략히 짚어보기로 하자. 벤저민 버튼의 유일한 근심거리는 단 하나, 아내가 더는 매력적으로 보이지 않는다는 사실이었다.

당시 힐데가르트는 서른다섯 살이었고, 아들 로스코는 열네 살이었다. 결혼 초창기에 벤저민은 아내를 떠받들 듯이 대했다. 그러나 세월이 흐르면서 아내의 꿀빛 머리카락은 칙칙한 갈색으로 변했고, 푸른 에나멜 빛깔의 눈동자는 싸구려 도자기 색깔을 띠게 되었다.

무엇보다 더 큰 문제는 힐데가르트의 살아가는 방식이 너무 뻔하다는 점, 흥분했을 때조차 너무 평온하고 너무 차분하며 너무 생기가 없다는 점, 취향마저 지극히 얌전하다는 점이었다. 신혼 시절 벤저민을 무도회나 만찬에 이끈 것은 아내였지만, 이제 상황은 바뀌었다. 힐데가르트는 사교적인 모임에 남편과 함께 참석해도 즐거워하는 기색이 없었고, 어느 날 갑자기 우리네 삶에 달라붙어 죽을 때까지 머무는 영원한 무기력증에 사로잡혀 버리고 말았다.

벤저민의 불만은 갈수록 커졌다. 1898년에 '미국·스페인 전쟁'이 일어났을 당시 그는 가정생활에 아무런 매력을 느끼지 못했고 그래서 군대에 가기로 결심했다. 사업의 영향력 덕분에 대위로 임관한 벤저민은 맡은 임무를 훌륭하게 소화해내 소령으로 진급했으며, 유명한 산후안 언덕 점령 전투에는 중령으로 참전했다. 그는 전투에서 가벼운 부상을 입어 훈장까지 받았다.

군 생활의 활력과 자극에 크게 매료된 벤저민은 군대에 계속 남기를 바랐지만, 집안의 사업 역시 모른 체 할 수만은 없었기에 군생활을 그만두고 귀향길에 올랐다. 그가 탄 기차가 역에 도착하자 군악대가 그를 환영했고, 집까지 호위해주었다.

8

힐데가르트는 현관에서 큰 비단 국기를 흔들며 남편을 환영했는데, 벤저민은 아내와 입을 맞추기는 했으나 지난 3년의 세월이 제값을 치르고 지나갔다는 사실에 마음이 무거워졌다. 이제 마흔줄에 접어든 아내의 머리에 희끗희끗한 머리카락이 군데군데 전선을 그려두었기 때문이다. 그래서 그는 우울해졌다.

2층 방에 들어선 벤저민은 낯익은 거울에 비친 자신의 모습을 보았다. 그는 거울에 바짝 다가서서 불안한 표정으로 자신의 얼굴을 요모조모 뜯어보기까지 했다. 잠시 뒤, 그는 군대에 가기 전 군복을 입고 찍은 옛날 사진과 거울에 비친 자신의 모습을 비교해보았다.

"맙소사!" 그는 탄성을 질렀다. 그는 여전히 변하고 있었다.

거울 속의 자신이 정말 서른 살로밖에 보이지 않는다는 사실을 더는 부인할 수 없었다. 해가 갈수록 젊어진다는 생각에 기쁨보다 불안이 밀려왔다. 그는 자신의 실제 나이와 신체 나이가 똑같아진 뒤로 자신의 출생과 연관된 기괴한 증상이 그만 멈추기를 바랐다. 소름이 끼쳤다. 자신의 운명이 끔찍하고, 믿기지도 않았다.

벤저민이 아래층에 내려가자 힐데가르트가 기다리고 있었다. 아내는 화가 난 것 같았다. 벤저민은 마침내 그녀가 무언가 수상하다고 눈치챘을지도 모른다고 생각했다. 저녁을 먹는 자리에서 벤저민이 이 문제를 나름 조심스레 입 밖에 낸 것은 어디까지나 두 사람 사이의 긴장을 줄여 보려는 노력에서였다.

벤저민은 슬쩍 말을 건넸다. "글쎄, 사람들이 전부 날더러 예전보다 젊어 보인다고 하더군."

힐데가르트는 비웃듯이 남편을 쳐다보았고 콧방귀를 뀌며 말했다. "그걸 자랑이라고 하는 거예요?"

"자랑하려는 게 아니라." 그는 초조하게 대꾸했다.

힐데가르트는 또 콧방귀를 뀌며 말했다. "그런 생각은… 이제 충분히 그만 둘 때도 됐다고 생각해요."

"내가 뭘?"

"당신과 말다툼을 하려는 건 아니에요." 아내는 날카롭게 쏘아붙였다. "그렇지만 뭘 하든 간에 옳고 그른 건 따져봐야죠. 당신이 남들과 다르게 살기로 작정했다고 한들 내가 말릴 수 있다고도 생각하지 않아요. 그렇지만 그런 행동은 전혀 사려 깊지 않아요."

"그렇지만, 여보, 나도 어쩔 수 없어."

"어쩔 수 있어요. 당신 고집 때문이죠. 당신은 스스로 다른 사람들처럼 살기 싫다고 생각하죠. 지금까지 그랬고, 앞으로도 그럴 거예요. 그렇지만 생각을 좀 해봐요. 세상 사람들이 모두 당신 같으면 세상 꼴이 어떻게 되겠어요?"

어리석고 대답하기도 곤란한 말싸움에 벤저민은 할 말을 잃었으며, 이때부터 부부 사이는 더 크게 벌어지기 시작했다. 벤저민은 도대체 자신이 왜 이런 여자에게 매력을 느꼈는지 의아할 따름이었다.

한편 부부 관계의 불화뿐 아니라, 새로운 세기에 접어든 이후 벤저민은 삶을 즐기고픈 욕구가 한층 강해진 것을 알았다. 볼티모어 시에서 열리는 파티라면 종류를 불문하고 어디에서든 벤저민을 볼 수 있었다. 그는 가장 젊고 예쁜 부인들과 춤을 추고, 가장 인기 있는 신참내기 아가씨들과 너스레를 떨며 사교의 매력에 흠뻑 빠져들었다. 한편 불길한 징조를 드리우는 늙은 아내는 샤프롱(사교계에서 미혼 여성의 후원자 역할을 하는 부인—옮긴이)들 틈에 자리를 잡고 앉아 오만하게 비난을 퍼붓는가 하면, 우울하고 당황하고 힐난하는 눈길로 남편의 뒤꽁무니를 쫓기도 했다.

"저것 봐!" 사람들은 수군거렸다. "정말 안됐어! 저렇게 젊은 친구가 나이가 마흔다섯이나 먹은 여자에게 매여 있으니 말이야. 남편이 아내보다 스무 살은 어린 게 분명해." 사람은 필시 망각의 동물인데, 1880년경에 바로 그들의 부모가 이와 동일하게 어울리지 않는 한 쌍에 대해 똑같이 수군댔던 사실을 그들은 기억하지 못했다.

집에서 느끼는 불만이 커질수록 벤저민은 다른 새로운 관심거리들로 그것을 보상했다. 그는 골프를 배워 대단한 성과를 거두었다.

춤에도 빠져들었다. 1906년에는 '보스턴 왈츠'의 대가였고, 1908년에는 '맥시 춤'의 명수로 이름을 날렸으며, 1909년에 그의 '캐슬 워크'는 도시 모든 젊은 남성들의 시샘거리였다.

물론 지나친 사교활동이 사업에 웬만큼 지장을 준 것은 사실이지만, 그래도 당시까지 그는 25년이나 철물 도매상 일에 전력했으므로, 얼마 전 하버드대학을 졸업한 아들 로스코에게 가업을 당장 물려줘도 괜찮을 것 같았다.

사실 사람들은 그와 그의 아들을 종종 오인했다. 벤저민은 그럴 때마다 기분이 좋았다. 미국·스페인 전쟁에서 돌아온 직후 그를 엄습했던 남모를 두려움은 얼마 지나지 않아 사라졌고, 이제 그는 자신의 용모에 은근히 자부심을 느끼게 되었다. 다만 아내와 함께 사람들 앞에 모습을 드러내기가 극히 민망해졌다는 점은 옥에 티라 할 수 있었다. 이제 거의 쉰

줄에 접어든 힐데가르트를 볼 때면 황당하다는 생각밖에 들지 않았다….

9

1910년 9월, 젊은 로스코 버튼이 '로저 버튼 철물 도매상'을 물려받은 지 몇 년이 지났을 때, 누가 봐도 스무 살 정도로밖에 보지 않을 한 청년이 케임브리지 소재 하버드대학에 신입생으로 들어왔다.

그는 자기 나이가 쉰이라고 실토하는 잘못을 반복하지 않았으며, 자기 아들이 10년 전에 그 대학을 졸업했다는 사실도 입 밖에 내지 않았다.

청년은 거의 대학에 입학한 순간부터 남다른 주목을 받았는데, 그것은 열여덟 살이 보통인 다른 학생들보다 나이가 조금 더 들어 보인다는 사소한 이유에서였다.

그렇지만 그가 성공할 수 있었던 가장 큰 이유는 예일대학과의 풋볼 시합에서 뛰어난 활약을 보여준 때문이었다. 그는 대단히 냉정하고 무자비한 적개심으로 무장한 채 수없이 몸을 들이받았고, 터치다운을 일곱 번, 필드 골을 14점이나 얻어내는가 하면, 예일대학 선수 열한 명 전원이 의식을 잃고 경기장에서 실려 나가도록 고군분투했다. 그는 학교에서 가장 촉망 받는 학생이 되었다.

이상하게 들릴지 모르지만, 3학년이 되면서 그는 팀에 별로 공헌하지 못했다. 코치들은 그가 무게감을 잃었다고 말했는데, 사실 눈썰미 뛰어난 몇몇 코치의 눈에는 그의 키가 예전만큼 커 보이지 않았다. 그는 터치다운을 따내지도 못했다. 실상, 그가 팀에 계속 남은 이유는 그의 엄청난 명성만으로도 예일대학 팀에 공포와 혼란을 야기할 수 있을지 모른다는 희망 때문이었다.

그는 4학년이 되자 팀에 전혀 도움이 되지 않았다. 체격은 더 호리호리해지고 약해져서 어느 날 새로 들어온 2학년생에게 자리를 빼앗겼고, 그 일로 심한 굴욕감을 느껴야 했다. 한편 그는 신동처럼 여겨져서(확실히 열여섯 살밖에 안 된 4학년이라는 둥), 학과 내의 몇몇 비속한 급우들을 보고 충격을 받는 경우가 종종 있었다. 학과 공부는 갈수록 어려워졌는데, 그에게는 학문이 너무 앞서가는 것 같았다. 그는 학과 친구들 가운데 많은 수가 대학에 들어오기 전 세인트 마이더스라는 명문 예비학교를 거쳤다는 말을 들은 적이 있었다. 그래서 대학을 졸업한 뒤 그곳에 들어갈 결심을 했는데, 자신과 체격이 비슷한 소년들 사이에서 보호를 받으며 생활하는 것이 적절할 것 같았기 때문이다.

1914년에 대학을 마친 벤저민은 하버드 졸업장을 호주머니에 넣은 채 볼티모어의 고향집으로 돌아왔다. 이 무렵 힐데가르트는 이탈리아에 머물렀기 때문에 벤저민은 아들 로스코와 함께 지내게 되었다. 집에서는 그를 대강 환영하는 분위기였으나 아버지를 대하는 로스코에게서 진심어린 표정은 찾아볼 수 없다는 점이 분명했다. 심지어 사춘기 청소년처럼 공상에 잠겨 집안을 맥없이 돌아다니는 아버지를 아들의 입장에서 걸림돌로 여기는 것이 눈에 뻔히 보일 정도였다. 이미 결혼을 해서 가정을 꾸린 로스코는 볼티모어에서 유명인사였고, 집안일과 관련된 소문이 바깥에 함부로 새어나가는 것을 바라지 않았다.

벤저민은 이제 더는 사교계의 신참내기 아가씨들과 젊은 대학생 무리에게서 환영 받는 인물이 아니었고, 가끔씩 이웃에 사는 열네살 소년 서너 명과 어울릴 때를 빼면 혼자 남겨지는 시간이 많았다. 예비학교에 가려던 결심이 다시 떠올랐다.

"아들아, 내가 예비학교에 가고 싶다고 몇 번이나 말했니?" 어느날 그는 로스코에게 말을 걸었다.

"글쎄, 가시라니까요." 로스코는 짤막하게 대답했다. 로스코는 이 문제를 성가시게 여겼고, 그래서 길게 이야기할 마음이 없었다.

"나 혼자서는 못 가." 벤저민은 어쩔 수 없이 털어놓았다. "네가 나를 데리고 가서 입학시켜줘야 한단 말이다."

"그럴 여유가 없어요." 로스코의 대답은 퉁명스러웠다. 그는 눈을 가늘게 뜨며 거북한 표정으로 아버지를 쳐다보았다. "전 정말 아버지가 이 문제를 더는 오래 끌지 않았으면 좋겠어요. 이제 그만 하셨으면 좋겠다고요. 아버지, 아버진…." 로스코는 잠시 말을 끊었고, 적당한 말을 찾는 사이 얼굴이 붉게 달아올랐다. "주위를 둘러보고 제대로 좀 사시란 말이에요. 장난치고는 너무 지나쳐요. 하나도 재미있지 않다고요. 아버지면 아버지답게 처신하란 말입니다!"

아들을 바라보는 벤저민의 눈에 눈물이 글썽였다.

"그리고 또 하나, 집에 손님이 오면 저를 '삼촌'이라고 불렀으면 좋겠어요. '로스코'가 아니라 '삼촌'이요, 아시겠어요? 열다섯 살 먹은 애가 제 이름을 함부로 부르는 꼴이 얼마나 황당해 보이는 줄 아세요? 아예 지금부터 항상 저를 '삼촌'이라고 불러요. 부르다 보면 곧 익숙해질 거예요."

로스코는 아버지를 매섭게 노려보고는 뒤돌아서 나가버렸다….

10

아들과의 대화가 무산되자 벤저민은 2층에서 우울하게 돌아다니다가 거울 속의 자신을 보았다. 벌써 석 달째 면도를 하지 않았지만 그의 얼굴에는 손댈 필요도 없어 보이는 하얀 솜털 말고는 아무것도 없었다. 대학을 마치고 처음 집에 도착했을 때, 로스코는 그에게 안경을 끼고 뺨에 가짜 수염을 붙일 것을 제안했는데, 그 순간 벤저민은 어린 시절의 우스꽝스러운 짓이 또다시 반복되는가 싶었다. 수염은 따끔거렸고 창피한 생각마저 들었다. 그가 눈물을 보이는 통에 로스코는 마지못해 물러났었다.

벤저민은 '비미니 만의 보이 스카우트'라는 책을 꺼내서 읽어나갔다. 그러자 전쟁에 대한 생각이 자꾸 떠올랐다. 미국은 한 달 전 연합국에 가담했다. 벤저민은 입대하고 싶었지만 군에 가려면 최소한 열여섯 살이 돼야 했다. 그는 그 정도로도 보이지 않았는데, 실제 나이도 쉰일곱이었기 때문에 아무튼 군대에 가기에는 부적격했다.

이때 문을 두드리는 소리가 났다. 집사가 커다란 정부 소인이 찍혀 있고 한쪽 구석에 벤저민의 이름이 적힌 편지를 전해 주었다. 벤저민은 서둘러 겉봉을 뜯고 들뜬 심정으로 편지를 읽었다. 편지는 미국·스페인 전쟁 당시 복무한 다수의 예비역 장교들을 재소집해 진급시켜 복무하게 한다는 내용이었다. 또 벤저민을 육군 준장에 임명할 예정이니 즉시 연락하라고 적혀 있었다.

벤저민은 기쁨에 겨운 나머지 벌떡 일어나서 온몸을 부들부들 떨었다. 이것이 그가 바라던 것이었다. 그는 모자를 집어 들었고, 10분 후 찰스 거리의 한 대형 양복점 건물에 들어가서 자신감 없는 새된 목소리로 군복을 맞출 수 있느냐고 물었다.

"왜? 병정놀이 하려고?" 점원이 무심코 말을 던졌다.

벤저민은 얼굴이 빨개졌다. "이봐요! 내가 뭘 하든 신경 끄시오!" 그는 성난 투로 받아쳤다. "내 이름은 버튼이고, 버논 광장에 살고 있소. 무슨 말인지 알겠소?"

점원은 마지못해 수긍했다. "아니, 나는 혹시나 너 말고 네 아빠가 입으실 게 아닌가 해서 말이지."

벤저민은 몸 치수를 쟀고, 1주일 후 군복이 완성되었다. 그는 제대로 된 장군 계급장을 구하느라 애를 먹었는데, 멋진 YMCA 배지가 장군 계급장만큼 근사해 보이고 가지고 놀기에도 좋을 거라며 상점 주인이 자꾸 우긴 탓이었다.

그는 로스코에게 알리지도 않고 한밤중에 집을 나와 기차에 올라 그가 지휘할 보병 여단이 주둔한 사우스캐롤라이나 주의 캠프 모스비로 향했다. 그가 부대 입구에 도착한 것은 찌는 듯이 더운 4월의 한낮이었다. 그는 기차역에서 그곳까지 태워준 택시 운전수에게 요금을 지불한 뒤 보초를 서는 위병 쪽으로 돌아섰다.

"내 짐을 가져갈 병사를 불러주게!" 벤저민이 기운차게 말했다.

위병은 엄한 눈으로 그를 노려봤다. "애, 너 장군 복장을 하고서 어딜 가는 거냐?"

미국·스페인 전쟁에 참전한 역전용사 벤저민은 눈에 불을 켜고 병사를 이리저리 훑어보았는데, 아, 그러나 슬프게도 그의 목소리는 새된 소리로 바뀌었다.

"차렷!" 벤저민은 제 딴에 천둥 같이 고함을 질렀다. 잠시

숨을 가다듬는 사이 위병도 대뜸 발뒤꿈치를 모으며 받들어 총 자세를 취했다. 벤저민은 흡족한 미소를 숨겼는데, 주위를 흘깃 돌아보고 나서는 그 미소마저 잃고 말았다. 위병은 그에게 복종한 것이 아니라 말을 타고 다가오는 위풍당당한 포병 중령을 본 것이었다.

"중령!" 벤저민은 날카롭게 불렀다.

가까이 다가온 중령은 말고삐를 당겼고, 두 눈을 깜빡이며 벤저민을 차갑게 내려다보았다. "이 애는 누군가?" 중령이 다정하게 물었다.

"내가 누군지는 곧 알려주지!" 벤저민은 악에 받쳐 소리를 질렀다. "말에서 내리게!"

중령이 껄껄 웃음을 터뜨렸다.

"아니, 말을 타고 싶은 건가요, 장군?"

"여기!" 벤저민은 필사적으로 악을 쓰며 중령에게 사령장을 내밀었다. "읽어보시오!"

사령장을 읽은 중령은 눈이 휘둥그레졌다.

"이건 어디서 났니?" 중령이 사령장을 자기 호주머니에 집어넣으며 물었다.

"정부에서 보낸 거요, 곧 알게 될 거요!"

"나와 같이 가보자." 중령은 어리둥절한 표정으로 말했다. "지휘부에 올라가서 이야기를 해보자구나. 따라오렴."

중령은 방향을 틀어서 지휘부가 있는 쪽으로 말을 몰았다.

벤저민은 가능한 한 품위를 지키면서 그 뒤를 쫓아가는 수밖에 없었다. 단단히 앙갚음을 하겠다고 속으로 다짐하면서.

그러나 이 앙갚음은 실현되지 않았다. 다만 이틀이 지난 뒤, 잔뜩 당황한 그의 아들 로스코가 볼티모어에서 허둥지둥 나타났고, 군복을 빼앗긴 울먹이는 장군을 호위해 집으로 데려갔다.

11

1920년에는 로스코 버튼의 첫 아이가 태어났다. 그런데 집안이 축하 잔치로 떠들썩했어도, 잔치에 참석한 사람들 가운데 집 주변에서 장난감 병정과 서커스 모형을 가지고 노는 열 살쯤 되어 보이는 조그맣고 단정치 못한 소년이 실은 갓 태어난 아기의 할아버지라고 말하는 것을 '예의'에 맞다고 생각하는 사람은 아무도 없었다.

사람들은 슬픔의 흔적이 내비치는 해맑고 명랑한 얼굴의 소년을 싫어하지는 않았는데, 단지 로스코 버튼에게 소년은 골치 아픈 존재였다. 로스코에게는 자기 세대의 덕목에 비춰 볼 때 이 문제가 '능률적'으로 여겨지지 않았다. 예순으로 보이기를 거부하는 아버지는 한번도 (로스코의 입버릇대로 표현하면) '남자다운 어른'으로 행동한 적이 없었고 언제나 유별나고 괴팍하게만 굴었다. 정말로 이 문제를 30분만 곰곰이 생각해봐도 미칠 지경이었다. 로스코는 '소신 있는 삶'이 젊음을 유지해준다고 믿었지만, 아버지처럼 도가 지나칠 경우 그것은 아주아주 비능률적이었다. 로스코는 그렇게 밖에 결론내지 못했다.

5년이 지나자 로스코의 어린 아들은 벤저민과 놀 수 있을 만큼 자랐고, 보모 한 사람이 두 아이를 돌보았다. 로스코는 두 아이를 같은 날 유치원에 보냈고, 벤저민은 작은 색종이 조각으로 받침대와 목걸이, 신기하고 예쁜 모양을 만드는 것이 세상에서 가장 재미나다는 것을 알게 되었다. 한번은 말썽을 부려서 유치원 한쪽 구석에 가만히 선 채로 벌을 받았지만(그래서 울음을 터뜨리긴 했지만), 그래도 유치원에서 보내는 시간들은 대체로 즐거웠다. 방에는 창을 통해 밝은 햇살이 들어왔으며, 이따금 베일리 선생님은 부드러운 손으로 헝클어진 그의 머리를 쓰다듬어 주기도 했다.

1년이 지나자 로스코의 아들은 초등학교 1학년이 됐지만, 벤저민은 여전히 유치원에 남았다. 벤저민은 무척 행복했다. 가끔씩 다른 꼬마들이 커서 뭐가 되겠다고 조잘댈 때면, 그의 조그만 얼굴은 어렴풋하고 천진한 모양의 그늘이 졌는데, 그것은 자신에게 장차 그럴 기회가 오지 않을 것임을 알기 때문이었다.

세월은 단조롭게 흘러갔다. 그는 유치원을 3년 더 다녔으며, 이제 너무 어려져서 화려한 색종이 조각을 어디에 쓰는지도 모르게 되었다.

다른 아이가 몸집이 더 크고, 단지 겁이 난다는 이유로 울음을 터뜨리기도 했다. 선생님이 말을 걸어 줬지만, 이해하려고 해도 도무지 무슨 말인지 알 수가 없었다.

벤저민은 유치원에서 나왔다. 빳빳하게 다린 줄무늬 드레스 차림의 유모 나나가 그의 작은 세상의 중심이었다. 화창한 날에는 공원에 나갔다. 나나는 거대한 회색 괴물을 가리키며 "코끼리."라고 일러줬고, 벤저민은 그대로 따라 말했다. 밤에 잠들기 전 나나가 옷을 벗겨주면 그는 나나를 보며 "꼬끼리, 꼬끼리." 하고 반복해서 크게 부르기도 했다. 가끔씩 나나가 침대 위에서 폴짝폴짝 뛰게 해주었는데 그것도 재미났다. 왜냐하면 서 있는 상태에서 똑바로 앉으면 몸이 튕겨 오르며 다시 두 발로 서게 되고, 또 길게 "아" 소리를 지르며 뛸 때는 이상하게 꺾인 경쾌한 소리가 나기 때문이었다.

벤저민은 옷걸이에 걸린 긴 지팡이를 들고서 입으로 "땅, 땅, 땅." 소리를 내면서 의자와 탁자를 때리고 돌아다니기를 좋아했다.

집에 손님이 올 때면, 나이든 부인들이 그를 향해 꼬꼬 우는 소리를 내는 것이 흥미로웠고, 젊은 숙녀들이 뽀뽀를 하려 들면 조금 지겨웠지만 온전히 받아주었다. 긴 하루를 끝마치는 오후 5시에는 나나와 함께 2층에 올라갔는데, 나나는 숟가락으로 이유식과 죽 같이 생긴 부드럽고 맛난 음식을 떠먹여줬다.

잠을 잘 때는 성가신 기억에 시달리지도 않았다. 용맹했던 대학 시절도, 수많은 여자들의 가슴을 두근거리게 한 화려했던 시절도 떠오르지 않았다. 단지 아기 침대의 희고 안전한 벽이 있고, 나나와 가끔씩 그를 보러 오는 한 남자, 그리고 오렌지처럼 생긴 크고 둥근 공이 있었는데, 나나는 어두워질 무렵이면 그의 침대 곁에서 공을 가리키며 "해"라고 일러줬다. 해가 사라지면 눈꺼풀이 무거워졌고, 꿈을 꾸지도, 꿈에 쫓기는 일도 없었다.

산후안 언덕에 오르려고 부하들의 선두에 서서 치렀던 험난한 전투, 사랑하는 힐데가르트를 위해 분주한 도시에서 여름날 땅거미가 질 때까지 늦도록 일에 열중했던 신혼 초창기, 아주 옛날 먼로 광장의 낡고 어두운 버튼 저택에서 할아버지와 함께 담배연기를 내뿜으며 밤 늦도록 앉아 있던 시절, 이러한 모든 과거는 언제 그런 적이 있었냐는 듯 손에 잡히지 않는 꿈처럼 희미하게 지워져 갔다.

그는 기억이 나지 않았다. 마지막으로 먹은 우유가 따뜻했는지 찼는지, 혹은 하루가 어떻게 지나갔는지 기억이 선명하지 않았다. 단지 자신의 아기 침대와 친근한 나나의 존재만 느꼈다. 그 다음부터는 기억 자체가 없어졌다. 배가 고플 땐 울었고 그걸로 족했다. 밤낮으로 숨을 쌔근거리고, 자신의 몸 위에서 부드럽게 우물거리거나 중얼거리는 소리를 거의 듣지도 못했으며, 조금씩 다른 냄새와 빛과 어둠을 희미하게

만 느꼈다.

 그러다가 사방이 어두워졌다. 하얀 아기 침대, 머리 위에서 어른대는 흐릿한 얼굴들, 푸근하고 향긋한 젖내는 그의 정신에서 완전히 지워졌다.

프랜시스 스콧 피츠제럴드
Francis Scott Fitzgerald, 1896~1940

20세기 미국 최고의 작가 중 한 명으로 꼽히는 F. S. 피츠제럴드는 '잃어버린 세대'를 대표하는 작가로,「낙원의 이쪽」「아름답고 저주받은 것」「위대한 개츠비」 등을 포함한 다섯 편의 장편과 수십여 편의 단편 소설을 남겼다.

1920년대(재즈 시대)의 사회적 상황에 큰 영향을 받아, 청춘과 절망, 노화를 소재로 시대적 상황을 절묘하게 그렸던 그는 장편 소설만으로는 사치스러운 생활을 유지할 수 없었기 때문에 돈을 벌 목적으로 단편 소설을 써서 여러 잡지에 기고했다. 대공황 이후에는 무질서하고 불행한 생활 속에서 알코올 중독과 병고에 시달리다가 말년에 할리우드에서 시나리오 작가로서 재기하는 듯 했지만 결국 1939년에 쓰기 시작한「최후의 대군」을 완성하지 못하고 44세에 심장마비로 죽었다.

'결국 인생은 처음이 제일 좋고 끝이 제일 안 좋다'는 마크 트웨인의 말에 영감을 받아 작가가 2년 동안 머릿속에 담고 있었다는「벤저민 버튼의 시간은 거꾸로 간다(원제 : 벤저민 버튼의 기이한 일생)」는 1922년 1월에 완성했지만 잡지사에서 한 차례 거절 당한 후『콜리어스』지를 통해 그 해 5월에 발표되었다.

옮긴이 김진석 asyoulikeit@hanmail.net

서강대를 졸업하고 현재 전문 번역가로 활동 중. 소설을 주로 번역하며, 옮긴 책으로『검은 비밀의 밤』,『블루존』,『도리언 그레이의 초상』,『댈러웨이 부인』 등이 있다.

사키
Saki

고양이 토버모리
Tobermory

1

비가 한차례 퍼붓고 지나가 쌀쌀한 어느 8월 하순의 오후였다. 아직 사냥철이 시작되지 않아 꿩은 냉장고에서나 찾아볼 수 있었고 마땅히 사냥할 거리도 없었다. 브리스틀 해협 남쪽에서나 합법적으로 살찐 붉은 사슴을 몰아 사냥할 수 있는 계절이었다. 블렘리 부인의 파티는 브리스틀 해협 남쪽에서도 멀리 떨어져 있었기에 이 특별한 오후 티테이블 주위로 손님들을 잔뜩 모을 수 있었다. 할 일 없는 계절의 평범한 파티였지만 끔찍한 자동피아노와 밋밋한 옥션 브리지(카드 게임의 일종—옮긴이)만 하고 있어도 일행들에겐 피곤에 지친 흔적이 없었다. 파티 내내 소극적인 성격의 코넬리우스 애핀 씨에게 놀랄 만큼 노골적인 관심이 모아졌지만 블렘리 부인은 그에 대해 그다지 잘 알지 못했다. 누군가가 그를 '영리한'

사람이라고 소개해서 블렘리 부인은 그가 조금이라도 재치를 발휘해주면 모두 즐거운 시간을 갖게 될 것이라 생각했다. 하지만 그날의 티타임까지는 도대체 영리한 구석을 찾아보기 힘들었다. 기지 넘치거나 크로케 실력이 뛰어난 것도 아니었고, 좌중을 홀리는 능력이 있거나 연극을 보여주는 것도 아니었다. 머리 나쁜 것쯤은 자상함의 증거라고 여자들이 눈감아줄 수 있을 정도로 남자다운 용모도 아니었다. 그는 단지 애핀 씨일 따름으로, 코넬리우스라는 이름도 그에게는 과분했다. 그런데 이제는 한술 더 떠서 화약, 인쇄기, 증기기관차 발명조차 하찮고 사소하게 보일 발견을 세간에 발표하겠다고 단언하고 있었다. 과학이 최근 수십 년 사이 다방면에 걸쳐 괄목할 만한 진보를 이루었다지만, 자신이 발표할 내용은 과학적 성취라기보다는 오히려 기적에 가깝다고 강변했다.

"그럼 당신이 동물에게 인간의 말을 가르치는 교수법을 발견했다는 것과 저 귀엽고 늙은 토버모리가 최초로 성공한 제자라는 것을 우리더러 믿으라는 겁니까?" 윌프레드 경이 말했다.

"이 문제에 자그마치 17년간이나 매달렸습니다. 하지만 최근 8~9개월 동안에야 어렴풋하게나마 성공이 보이기 시작했지요. 물론 수천 마리의 동물을 가지고 실험을 했지만, 최근에는 고양이한테만 집중했습니다. 고양이는 고도로 진화

된 야생의 본능을 간직하고도 완벽하게 우리의 문명에 동화되어 있는 경이로운 생명체지요. 사람들과 마찬가지로 고양이 중에서도 매우 우수한 지능을 가진 고양이가 존재합니다. 1주일 전 토버모리를 만나자마자 비상한 지능을 가진 '초지능 고양이'라는 걸 알아차렸죠. 아시는 바와 같이 저는 토버모리와 함께 최근의 실험을 성공적으로 이끌었으며 목표에 도달했습니다."

2

애핀 씨는 겸손한 억양으로 이 놀랄 만한 연설을 끝맺었다. 클로비스 씨가 믿을 수 없다는 듯 입을 비죽거리며 "설마."라고 말하려 했으나 다른 사람들은 아무도 입을 열려 하지 않았다.

"그러니까 토버모리가 간단한 단어를 말하고 이해하도록 가르쳤다는 말씀이신가요?" 잠시 침묵이 흐른 후 레스커 양이 물었다.

"친애하는 레스커 양, 어린아이나 야만적이고 지능이 낮은 어른에게는 그렇게 가르쳐야 하겠지요. 하지만 고도로 지능이 발달한 동물에겐 기본적 문제만 해결되면 그런 지지부진한 방법은 필요가 없습니다. 토버모리는 완벽하게 우리 언어로 말할 수 있습니다." 애핀 씨는 기적을 이룬 사람답게 인내심을 가지고 대답했다.

이번에는 클로비스 씨도 참지 않고 소리쳤다. "말도 안 돼!"

윌프레드 경은 좀 더 자중했지만 역시 회의적이었다.

"그 고양이를 데리고 와서 직접 판단하는 것이 어떻겠어요?" 블렘리 부인이 제안했다.

윌프레드 경은 고양이를 찾으러 갔고 참석자들은 다소 교묘한 복화술을 보게 될 거라며 별 기대 없이 기다렸다.

잠시 후 윌프레드 경이 몹시 흥분해서, 거뭇한 얼굴이 창백해지고 눈이 휘둥그레져 응접실로 되돌아왔다. "맙소사, 사실이야!"

그의 동요는 틀림없는 진짜였고, 이 말을 들은 사람들은 그제야 흥미를 보이며 흥분하기 시작했다.

그는 안락의자에 털썩 앉으며 숨을 가다듬을 겨를도 없이 말을 꺼냈다. "토버모리가 흡연실에서 꾸벅꾸벅 졸고 있는 걸 발견하고 차나 한 잔 하자고 불러내봤습니다. 고양이는 언제나처럼 눈을 깜박거렸고 저는 말했죠. '이리 와! 토비, 기다리게 하지 말고.' 그랬더니, 세상에! 고양이가 정말 무시무시하게 자연스러운 목소리로, 가고 싶을 때 가겠다며 느릿느릿 얘기하는 겁니다. 놀라 기절하는 줄 알았습니다."

애핀의 말을 의아히 여기던 청중들에게 윌프레드 경의 발언은 즉시 믿음을 주었다. 경탄의 소리가 왁자지껄하게 높아졌고 그 한가운데에서 과학자는 자신의 엄청난 발견의 첫 수

확을 말없이 즐기고 있었다.

떠들썩한 가운데 토버모리가 매끄러운 발걸음으로 태연하게 응접실로 들어와 티테이블 주위에 앉아 있는 일행 사이로 걸어왔다.

갑작스레 침묵과 어색함이 밀려왔다. 지적 능력이 인정된 애완용 고양이를 이제는 동등한 존재로 대해야 한다는 사실에 아무래도 당황한 듯했다.

"우유 좀 먹겠니, 토버모리?" 블렘리 부인이 다소 긴장된 목소리로 물었다.

3

"그럴까요?" 무관심한 어조의 대답이 돌아왔다. 듣고 있던 사람들 사이에서 억눌려 있던 흥분의 전율이 퍼졌고 블렘리 부인은 놀란 탓에 우유를 흘리고 나서 더욱 당황해하며 사과했다.

"내가 우유를 좀 흘렸구나." 그녀가 미안해하며 말했다.

"제 양탄자도 아닌걸요." 토버모리가 대답했다.

또다시 일행 사이로 침묵이 흘렀고 레스커 양은 교구 목사보로서 최고의 매너를 갖추어 인간의 언어를 배우는 것이 어려웠는지 물었다. 토버모리는 잠시 동안 그녀를 똑바로 쳐다보다가 시선을 다른 곳으로 돌려버렸다. 지루한 질문은 안중에도 없는 것이 분명했다.

"인간의 지능에 대해서 어떻게 생각하니?" 마비스 펠링턴 양이 서투르게 물었다.

"특별히 누구의 지능을 말씀하시는 건가요?" 토버모리가 쌀쌀맞게 반문했다.

"아! 그럼, 내 지능을 예로 들어 보자." 마비스 양이 살짝 웃으며 말했다.

"절 곤란하게 만드시는군요." 토버모리는 전혀 곤란하지 않은 어투와 태도로 대답했다.

"당신을 이 하우스 파티에 초대한다는 말이 나왔을 때, 윌 프레드 경은 지인 중에서 당신이 머리가 가장 나쁜 여성이며, 환대와 어리석은 배려에는 큰 차이가 있다며 반대했죠. 이에 블렘리 부인은, 자신들의 고물차를 사갈 만큼 바보스러운 사람은 당신뿐이므로 꼭 초대해야 한다고 대답했고요. '시시포스의 질투'라고 부르는 자동차 말입니다. 누가 뒤에서 밀어만 주면 언덕도 올라갈 수 있는 차죠."

마침 블렘리 부인은 그날 아침에 마비스 양에게 지나가는 말로 문제의 그 차가 마비스의 데본셔 집에는 딱 알맞을 거라고 말했기 때문에 이제 와서는 어떤 변명을 해도 소용이 없었다.

바필드 소령이 분위기 전환을 위해 느릿느릿 끼어들었다.

"거북이 등딱지같이 생긴 마구간 고양이와의 연애는 잘 되나?"

그가 말을 꺼내는 순간, 모두가 큰 실수라는 것을 알아차렸다.

"일반적으로는 대놓고 그런 주제는 논의하지 않지요." 토버모리가 싸늘하게 말했다.

"당신이 이 집에 온 이후의 행실을 봤을 때, 당신의 개인적이고 사소한 연애 사건으로 화제를 돌린다면 매우 난처할 것이라고 여겨집니다만."

이후 독설의 대상은 소령만이 아니었다.

4

"주방장에게 가서 네 저녁식사가 다 되었는지 알아보겠니?" 토버모리의 저녁시간까지 적어도 두 시간은 남았지만 블렘리 부인은 이를 무시하고 서둘러 제안했다.

"고맙습니다만, 차 마신 지 얼마 되지 않았는걸요. 소화불량으로 죽고 싶지는 않아요." 토버모리가 말했다.

"고양이는 목숨이 아홉 개잖아." 윌프레드 경이 정색을 하며 말했다.

"그럴지도 모르지만 위는 하나밖에 없는걸요." 토버모리가 대답했다.

"아델라이드! 저 고양이더러 나가서 하인들에게 우리에 대한 험담을 퍼트리라는 말이에요?" 코넷 부인이 말했다.

모든 사람들은 공포에 휩싸였다. 저택의 모든 침실 창문 앞에는 좁은 장식용 난간이 달려 있었고, 그곳이 토버모리에게 안성맞춤인 산책로였을 것이라는 생각이 번뜩 떠올랐다. 비둘기를 관찰했을 수도 있지만 그 밖에 무엇을 보았는지는 하늘만이 알 일이다. 고양이가 지금처럼 노골적인 어투로 기억을 끄집어내기 시작하면 그 결과는 혼란스러운 것 이상일 터였다. 화장대 앞에서 오랜 시간을 들여 꼼꼼하게 화장해도 유목민 피부색이라는 평을 듣는 코넷 부인은 소령만큼이나 편치 않아 보였다. 지독하게 감상적인 시를 쓰며 모범적인 삶을 살아가는 스크라웬 양은 그저 짜증이 날 뿐이었다. 사생활이 엄격하고 정숙하다고 해서 모든 사람에게 알려져도 상관없는 것은 아니었다. 열일곱 살부터 더 이상 나쁠 수 없을 만큼 방탕한 생활을 해온 버티 반 탄은 얼굴이 붉게 달아오르기는 했지만, 성직자의 길을 가고 있는 처지에 다른 사람의 스캔들을 듣고 거북해진 젊은 신사 오도 핀스버리처럼 방을 뛰쳐나가는 짓은 하지 않았다. 클로비스는 겉으로 보기에는 침착해 보였지만, 속으로는 익스체인지 앤드 마트의 대리점에서 장난감 쥐를 한 상자 얻어 토버모리에게 뇌물로 주는 건 어떨지 궁리하고 있었다.

지금과 같은 민감한 상황에서도 아그네스 레스커 양은 오랜 시간 들러리로 있는 것에 만족할 수 없었다.

"내가 왜 여기 올 생각을 했을까?" 그녀는 과장된 말투로 물었다.

토버모리는 즉시 그 도전을 받아들였다.

"크로케 구장 잔디에서 어제 코넷 부인에게 했던 말로 미루어 보면, 음식 때문에 온 거겠죠. 블렘리 집안은 같이 지내기엔 최고로 지루한 사람들이지만 최고급 요리사를 고용할 정도는 된다고 말했잖아요. 그게 아니면 두 번 다시 올 생각을 안 했을 거라고요."

5

"그건 거짓말이야! 코넷 부인에게 내가 한 말은…." 아그네스 양이 쩔쩔매며 외쳤다.

토버모리는 멈추지 않았다. "코넷 부인은 나중에 당신의 말을 버티 반 탄에게 전했어요. '그 여자는 기아 체험이라도 참가하나 봐요. 하루에 네 끼를 먹여준다면 어디든 갈걸요.'라고. 그리고 버티 반 탄은…."

고맙게도 여기에서 이야기가 멈추었다. 큰 덩치에 털이 노란 사제관 고양이 톰이 외양간 건물이 있는 관목 숲으로 들어가자 토버모리가 거기에 시선을 빼앗긴 것이다. 눈 깜짝할 사이에 토버모리는 프랑스식 창문 밖으로 사라졌다.

지나치게 똑똑한 친구가 사라지자 코넬리우스 애핀 씨는 과격한 비난과 걱정스러운 질문, 겁에 질린 애원의 소용돌이에 휩싸여 버렸다. 이 상황의 책임이 그에게 있으며, 최악의 상황은 피해야 한다는 것이었다. 토버모리가 이 위험한 재능을 다른 고양이에게 퍼트릴 수 있냐는 질문에, 애핀 씨는 토버모리가 친한 친구인 마구간 고양이에게 새로운 재주를 전수했을 가능성은 있지만 아직까지는 성과가 그리 대단하지 않을 것이라고 대답했다.

"토버모리가 사랑스럽고 멋진 애완동물이긴 하지만 마구간 고양이와 함께 지체 없이 처리해야 해요. 아델라이드, 당신도 동의하겠죠?" 코넷 부인이 말했다.

"내가 지난 15분 동안 즐거웠을 거라고 생각하진 않겠죠?" 블렘리 부인이 분개하며 말했다. "내 남편과 나는 토버모리를 무척 마음에 들어 했어요. 적어도 이 끔찍한 일이 벌어지기 전까지는요. 이제 가능한 빨리 토버모리를 처치하는 게 우리가 해드릴 수 있는 유일한 일이겠죠."

"저녁밥을 줄 때마다 신경흥분제를 조금씩 넣는 겁니다. 그리고 마구간 고양이는 데리고 가서 물에 빠뜨려 죽여버리죠. 마부는 애완동물을 잃어서 슬퍼하겠지만 두 고양이에게 전염성 옴이 발견되어 마구간에 퍼지는 것을 우려해 그랬다고 말하면 될 겁니다." 윌프레드 경이 말했다.

"그럼 내 위대한 발견은요! 연구와 실험에 바친 내 시간은…." 애핀 씨가 항의했다.

"훨씬 통제하기 쉬운, 농장에 있는 소에게 실험을 계속하세요. 아니면 동물원에 있는 코끼리는 어때요? 그 동물들은 지능도 높다고 하고 침실이나 의자 밑 따위를 기어 다니지도 않으니까요." 코넷 부인이 말했다.

6

희열에 가득 차 천년왕국을 선포하려는데, 헨리 조정 경기(헨리 온 테임즈에서 열리는 유럽에서 가장 오래된 조정 경기—옮긴이)와 겹쳤으니 무기한 연기해야 한다는 통보를 받은 대천사라도 평생을 바친 위대한 업적을 발표하려던 코넬리우스 애핀보다 더 절망하지는 않았으리라. 그러나 여론은 그에게 불리했다. 사실 모두가 속으로는 그에게도 신경흥분제를 먹이고 싶을 정도였다.

결론이 나지 않는 논쟁과 끝을 보고 싶은 불안감으로 파티는 계속 이어졌지만 저녁식사는 사교적이지 못했다. 윌프레드 경은 마구간 고양이의 뒤를 쫓아다녔고 마부와도 신경전을 벌여야 했다. 아그네스 레스커 양은 보란 듯이 마른 토스트 한 조각을 집어 들어 마치 철천지 원수라도 되는 양 씹어 먹었다. 한편 마비스 펠링턴 양은 식사시간 내내 악의적으로 침묵을 고수했다. 블렘리 부인은 대화를 이으려 애쓰면서도 눈길은 현관에 고정해 두고 있었다. 한 접시 가득 정성스레 자른 생선 토막이 현관 옆에 차려져 있었지만, 디저트와 입가심용 요리가 나올 때까지 토버모리는 식당과 주방 어느 곳에도 나타나지 않았다.

음침한 저녁식사 후 흡연실에서의 밤샘은 그래도 쾌활한

편이었다. 먹고 마심으로써 다소 기분전환이 되었고 좌중을 감싸고 있는 난처함도 감출 수 있었다. 신경이 날카롭고 긴장된 상태에서는 브리지도 소용이 없었고, 오도 핀스버리 씨가 '숲 속의 멜리장드'를 애처롭게 연주한 뒤에는 음악도 암묵적으로 피하게 되었다. 11시에는 하인들이 잠자리에 들면서 토버모리가 항상 사용하는 식품 저장실의 작은 창문을 열어 두었다고 말했다. 손님들은 '배드민턴 라이브러리'(영국의 스포츠와 오락거리를 수록한 백과사전—옮긴이)와 최신 잡지들을 뒤적이면서 많은 양의 펀치를 마셔 댔다. 블렘리 부인은 주기적으로 식품 저장실을 갔다가는 언제나 맥 빠진 표정으로 돌아왔다.

2시에 클로비스 씨는 억누르고 있던 침묵을 깼다.

"토버모리는 오늘 밤 들어오지 않을 겁니다. 지금쯤 지역 신문사에 가서 회고록의 첫 회를 구술하고 있을지도 모르죠. 아무개 부인의 책은 비교도 안 되겠죠. 머리기사로 나올 겁니다."

7

클로비스 씨는 모두를 즐겁게 만들고서 잠자리에 들었다. 파티 손님들도 차츰 그의 뒤를 따랐다.

아침 차를 날라 주는 하인은 똑같은 질문에 똑같은 대답을 해야 했다. 토버모리는 돌아오지 않았다.

아침까지도 토버모리를 어떻게 처치할지에 대한 유쾌하지 않은 논쟁이 계속됐지만 어떤 결정을 내리기도 전에 상황이 해결됐다. 정원사가 관목 숲에서 토버모리의 시체를 발견한 것이었다. 목에 물린 자국과 발톱에 낀 노란 털로 보아 사제관의 커다란 톰과 감당하지 못할 결투가 있었던 모양이다.

한낮이 되자 대부분의 손님들은 저택에서 떠났고, 점심식사 이후에 블렘리 부인은 기력을 회복해 귀여운 애완동물의 죽음에 무척 불쾌하다는 내용의 편지를 사제관에 보냈다.

토버모리는 애핀의 성공적인 유일한 제자였으므로 그 이후는 생각도 않고 있었다. 몇 주 후 드레스덴 동물원의 코끼리가 탈출해서 대놓고 귀찮게 굴던 영국인을 죽여 버린 일이 일어났다. 이전에는 흥분한 적이 없던 동물이었다. 피해자의 성은 신문에 여러 가지로 발표되었는데, '오핀' 혹은 '에플린'이라고 했다. 하지만 이름은 정확하게 코넬리우스라고 표기되었다.

"그 불쌍한 짐승에게 독일어 불규칙동사를 가르치려 했다면, 죽어도 싸." 클로비스 씨가 말했다.

사키

Saki, 1870~1916

본명은 헥터 휴 먼로(Hector Hugh Munro). 스코틀랜드 인으로 미얀마에서 태어나 어린시절 대부분을 영국에서 보냈다.

사키는 다양한 직업을 거쳤는데, 데번 주에서 선생을 하다 1893년엔 미얀마에 가서 경찰이 되었고 3년 후 영국에 돌아와서 『웨스트민스터 가제트』에서 저널리스트이자 소설가로 경력을 쌓기 시작했다. 1902년부터 『모닝 포스트』의 발칸반도, 러시아, 파리의 해외특파원으로 활약하다 제1차 세계대전이 발발하자 사병으로 지원해 복무 중에 1916년 파리에서 전사했다.

1900년에 첫 저서인 『러시아제국의 기원』이 출간되었지만 미국에서 냉담한 비평을 받았다. 1902년에는 러디어드 키플링의 단편집 『Just-So Stories』를 인용한 단편집 『Not-So-Stories』를 출간했다.

사키의 초기 작품에서는 별난 인물이 자주 등장하며, 유명한 작품 중에는 소름끼치는 것도 많은데, 그 중 「토버모리」는 사키의 대표적인 단편으로 소개된다.

사키라는 필명은 페르시아 고전 시 모음집인 『오마르 카얌의 루바이야트』의 등장인물에서 따온 것이라고 한다.

옮긴이 주은의 chacha501@hanmail.net

관광경영학을 전공한 이후, 미국 디즈니월드, 관광안내소 등에서 근무하면서 다양한 번역 경험을 쌓았다. 현재는 주로 기술 및 인문사회분야 번역을 하고 있다.

기 드 모파상
Guy de Maupassant

코코트 이야기
Mademoiselle Cocotte

우리는 정신병원에서 나오는 길이었다. 나는 병원 마당 구석에 있는 키 크고 여윈 한 남자를 보았다. 그는 사람들이 보통 애완동물에게 하는 것처럼 자기 허벅지를 두드리면서, 부드럽고 다정한 목소리로 계속해서 무엇인가를 부르고 있었다.

"코코트, 사랑스러운 코코트, 이리 온."

나는 의사에게 물었다.

"왜 저러죠?"

의사가 대답했다.

"아, 저 남자요? 흥미로운 케이스는 아니에요. 프랑수아라는 마부인데, 자기 개를 익사시킨 후로 미쳐 버렸답니다."

그에 대해 이야기해 달라고 했다. 때로는 가장 평범하고, 가장 대수롭지 않은 일들이 우리 마음을 가장 아프게 하니까.

다음은 그의 동료 마부에게서 들은 이야기다.

파리 교외에 한 부르주아 집안이 있었다. 그들은 센 강변 공원 한 가운데 있는 멋진 대저택에 살았다. 프랑수아는 바로 그 집 마부였다. 시골뜨기에 행동은 약간 굼떴지만 착한 마음씨를 지닌 사람이었다. 그래서 그를 속이기란 쉬운 일이었다.

어느 날, 그는 언제나 그랬듯 하루 일과를 마치고 주인집으로 돌아가고 있었다. 개 한 마리가 그를 따라왔다. 처음에는 전혀 신경을 쓰지 않았다. 그러나 개가 계속해서 따라오자 걸음을 멈추고 뒤돌아보았다. 아는 개였던가? 아니, 한 번도 본 적이 없었다.

젖이 축 늘어진 삐쩍 마른 암캐였다. 오래 굶주려 불쌍해 보이는 그 개는 꼬리를 양다리 사이에 감추고 귀를 축 늘어뜨린 채 프랑수아의 뒤를 졸졸 따라왔다. 그가 멈추어 서면 따라 멈춰 섰고, 그가 다시 걷기 시작하면 따라 걷기 시작했다.

해골처럼 몰골이 흉한 그 짐승을 쫓아버리려고 그는 소리를 질렀다.
"워어이! 워어이! 저리 가, 가란 말이야."

개는 몇 걸음 물러나 꼼짝 안 하는가 싶더니 그가 걷기 시작하자 또 따라왔다.

그는 돌을 줍는 척 했다. 개는 늘어진 젖을 출렁거리며 아까보다 조금 더 멀리 도망갔다. 그러나 그가 돌아서자 다시 제자리로 돌아왔다.

으름장을 놓아도 개가 계속 따라오자 그는 측은한 마음이 들어 개를 불렀다. 그러자 개는 조심스럽게 다가왔다. 등은 심하게 굽었고 갈비뼈들은 살 밖으로 튀어나오려고 했다. 그 뼈들을 쓰다듬으며 그가 말했다.
"그래, 나랑 가자."
그 말이 떨어지자마자 개는 꼬리를 흔들기 시작했다. 자기에게도 좋은 주인이 생겼다고 느꼈기 때문이었으리라. 그러고는 새 주인의 품에 가만히 안겨 있는 게 아니라 신이 나서 앞서 달리기 시작했다.

프랑수아는 마구간에 개의 거처를 마련해 주고 부엌으로 달려가 빵을 가져왔다. 개는 그 빵을 배불리 먹고 편안히 잠들었다.

다음 날, 프랑수아에게서 이야기를 전해 들은 주인집 식구들은 개를 기르라고 승낙해주었다. 착하고 다정하고 충직하며 영리한 개였다.

그러나 곧 큰 단점이 발견되었으니… 1년 내내 발정기였던 것이다. 그 개는 얼마 되지 않아 동네 모든 개를 알게 되었고, 그것들은 밤이고 낮이고 그 개 주변을 어슬렁거리기 시작했다. 암컷의 도도함으로 개들에게 사랑을 나눠주었으니, 사람 주먹만한 것부터 당나귀만한 것까지 개라고 이름 붙은 것들은 모조리 그 뒤를 따랐다. 개는 개떼를 끌고 다니며 끊임없이 달렸다. 그러다가 그 암캐가 쉬려고 멈추면 개들은 그 주위에 빙 둘러앉아 혀를 내밀고 바라보곤 했다.

동네 사람들은 이제껏 그런 광경을 한 번도 본 적이 없었다. 수의사조차도 이해하지 못했다.

그 개가 마구간으로 돌아오는 밤이면 개떼가 저택을 점령하다시피 했다. 개들은 정원 울타리를 통해 몰래 들어와 화단을 엉망으로 만들어 놓고, 꽃을 잡아 뽑고, 화단에 구멍을 파놓아 정원사를 화나게 만들었다. 게다가 밤새 울부짖으며 자기들 애인이 사는 마구간 주변을 지켰다.

낮에는 집안까지 쳐들어왔다. 그것은 침략이요, 골칫거리요, 재앙이었다. 주인집 식구들은 계단에서 방에 이르기까지 어디서건 개를 볼 수 있었다. 꼬리가 깃털처럼 얇은 발바리, 사냥개, 불도그, 더러운 떠돌이 늑대개, 아이들을 도망치게 하는 커다란 뉴펀들랜드 개, 기타 등등. 어디서 왔는지 어떻게 살아왔는지도 모를 개들이 십리사방에서 모여들었다가 이내 사라지곤 했다.

그러는 동안 프랑수아는 그 개를 사랑하게 되었다. '코코트'(귀여운 여자, 특히 귀여운 여자아이를 지칭하는 말—옮긴이)라고 이름도 지어 주었다. 코코트는 이름값을 했다. 그는 항상 이렇게 말하고 다녔다.
"코코트 얘는 말이죠, 말만 못 하지 정말 사람 같다니까요."

그는 코코트를 위해 멋진 붉은 가죽 개 목걸이를 만들어주었다. 동판으로 만든 이름표에는 "코코트, 마부 프랑수아 꺼"라고 새겨놓았다.

코코트는 비대해졌다. 전에 야위었던 것을 보상하려는 양 뚱뚱해졌다. 배는 빵빵해져서 그 아래로 긴 젖꼭지들이 늘어져 흔들렸다. 갑자기 살이 쪄서 이제는 걷기조차 힘들어 했다. 아주 뚱뚱한 사람들처럼 네 발을 뻗은 채, 숨을 쉬느라고 주둥이를 벌리고 다녔고 조금만 뛰어도 기진맥진했다.

코코트의 출산은 놀라웠다. 새끼를 낳은 지 얼마 안 되어 바로 배가 불러오기 시작했다. 1년 동안 무려 네 번이나 온갖 종의 강아지를 낳았다. 프랑수아는 젖을 물릴 강아지 한 마리만 남겨놓고 매정하게도 나머지 강아지들은 앞치마에 싸서 강물에 던져 버렸다.

그러나 곧 요리사도 정원사처럼 불만을 토로했다. 화덕 밑, 찬장 안 심지어는 숯을 보관하는 계단 밑에도 개들 천지였다. 개들은 눈에 보이는 모든 음식을 훔쳐 달아났다.

인내심의 한계를 느낀 주인은 프랑수아에게 코코트를 내쫓으라고 명령했다. 침통한 프랑수아는 코코트를 맡길 곳을 수소문했지만 아무도 맡으려 하지 않았다. 그래서 내다버리기로 마음먹고 집과 정반대 쪽인 주앙빌르퐁 부근에 버리고 와달라고 짐 마차꾼에게 부탁했다.

하지만 그날 저녁 코코트는 되돌아왔다.

프랑수아는 큰 결심을 해야 했다. 종착역에 도착하면 버리라면서 5프랑에 르아브르(파리에서 기차로 2시간 거리의 북서쪽 항구도시—옮긴이) 행 기차 차장에게 코코트를 넘긴 것이다.

그러나 코코트는 사흘 만에 자기 보금자리인 마구간으로 돌아왔다. 몹시 지쳤고, 야위었으며, 온몸이 상처투성이였다.

이를 불쌍히 여긴 주인도 더 이상은 아무 말 하지 않았다.

하지만 코코트가 돌아오자 개들도 다시 나타났고, 그 어느 때보다 많은 개들이 코코트를 따라다녔다. 어느 날 저녁, 주인집에서 열린 성대한 만찬 중에 불도그 한 마리가 요리사가 보는 앞에서 송로버섯을 넣은 닭 요리를 물고 갔지만 요리사는 말 한 마디도 하지 못했다.

그러자 화가 머리끝까지 난 주인은 마부를 불러 성난 목소리로 말했다.
"내일 아침까지 저 짐승을 내 집에서 내보내지 않으면 자네가 이 집을 나가게 될 거야. 알겠나?"

주인의 말에 프랑수아는 심한 충격을 받았고, 자기 방으로 올라가 짐을 꾸리기 시작했다. 자기가 떠나는 편이 낫다고 생각했기 때문이다. 민폐만 끼치는 이 동물을 데리고는 아무데도 가지 못할 터였다. 그러다가 멋진 저택에서 괜찮은 보수를 받으며 잘 먹고 잘 살고 있는 자신의 처지를 개 한 마리와는 바꿀 수 없다는 생각이 들었다. 결국 그는 날이 밝는 대로 코코트를 갖다버리기로 굳게 다짐했다.

밤새 잠을 설친 그는 일어나자마자 튼튼한 끈을 구해왔다. 그리고 코코트가 있는 곳으로 갔다. 코코트는 천천히 일어나 몸을 흔들면서 기지개를 펴며 프랑수아를 맞이했다.

그 모습을 본 프랑수아는 도저히 코코트를 내다버릴 용기가 나지 않았다. 대신 사랑스럽게 쓰다듬어주기 시작했다. 긴 귀도 쓰다듬어주고 얼굴에 입맞춤도 해주었다.

바로 그때 이웃집 시계가 여섯 번 울렸다. 더 이상 머뭇거리면 안 되었다. 그는 문을 열고 말했다.
"가자."
코코트는 외출하는 줄 알았는지 꼬리를 흔들며 따라나섰다.

강둑에 이르자 프랑수아는 물이 깊어 보이는 곳을 골랐다. 그는 돌을 주워 코코트의 목걸이에 매달았다. 그런 다음 작별키스를 했다. 그는 코코트를 가슴에 꼭 껴안고 조용히 다독거려주면서 이름을 불렀다.
"코코트, 사랑스러운 나의 코코트야."
코코트는 기분이 좋아서 소리를 냈다.

프랑수아는 그런 코코트를 몇 번이나 물에 던지려 했지만 자꾸 마음이 약해졌다.

그러다가 갑자기 그는 있는 힘을 다해 코코트를 멀리 던져 버렸다. 코코트는 물놀이할 때처럼 헤엄을 치려 했지만 돌 때문에 머리가 서서히 잠기기 시작했다. 코코트는 물에 빠진 사람처럼 허우적거리면서 그를 바라보았다. 그것은 진짜 인간의 시선이었다. 상체는 완전히 잠겼지만 뒷다리는 미친 듯이 물장구를 치고 있었다. 그 다리마저 이내 그의 시야에서 사라졌다.

강물이 끓어오르는 것처럼 5분 동안 공기 방울들이 표면으로 떠올랐다. 프랑수아는 얼이 완전히 빠졌고 심장은 마구 뛰었다. 그는 물 속에서 코코트가 고통 받고 있으리라 믿으며 순박하게 중얼거렸다.
"코코트는 그때 나에 대해 어떻게 생각했을까?"

프랑수아는 미치광이가 될 뻔했다. 그는 한 달을 앓았는데, 매일 밤 꿈 속에서 코코트를 만났다. 다가와 손을 핥는 것 같았고 목소리도 들리는 듯했다. 그를 치료해 줄 의사가 필요했다. 건강 상태가 나아지자 프랑수아의 주인은 그를 루앙 근처 비에사르 별장으로 데려갔다.

그는 센 강에서 물놀이를 했다. 매일 아침, 동료 마부와 함께 그 강가로 가서 헤엄쳐 강을 건널때도 있었다.

어느 날 동료 마부와 함께 물놀이를 하던 그가 별안간 소리쳤다.
"저기 좀 봐. 내 자네에게 갈비를 맛보게 해 주지."

털이 다 빠지고 물에 퉁퉁 불어 썩은 커다란 동물 시체가 네 발을 하늘로 향한 채 떠내려 오고 있었다.

프랑수아는 개구리헤엄으로 시체에 다가가 농담을 계속했다.
"이런. 이 고기는 싱싱하지 않군. 게다가 기름지지도 않은걸."

그러고는 한동안 썩은 시체 주위를 헤엄쳐 맴돌았다.
갑자기 그는 말을 멈추고 야릇한 시선으로 시체를 쳐다보았다. 그러더니 다가가서 개 목걸이를 유심히 살폈다. 팔을 뻗어 시체의 목덜미를 잡더니 이리저리 살펴보았다. 자기 쪽으로 끌어당겨 바랜 목걸이의 녹슨 이름표에 쓰여 있는 글씨를 읽었다.
"코코트. 마부 프랑수아 꺼."

코코트는 주검이 되어 집에서 240킬로미터나 떨어진 곳에서 주인과 재회한 것이었다.

프랑수아는 꽥 소리를 지르면서 있는 힘을 다해 물가로 헤엄치기 시작했다. 계속해서 소리를 질러댔고, 뭍에 이르자마자 알몸으로 부리나케 도망쳤고, 결국 미쳐버렸다.

앙리 르네 알베르 기 드 모파상
Henri René Albert Guy de Maupassant, 1850~1893

1850년 8월 5일 프랑스 노르망디 지방 미로메닐 출생.

재능을 알아본 어머니의 각별한 애정과 교육, 스승인 플로베르의 가르침을 통해 모파상은 일찍이 문학의 길로 접어들었다.

모파상은 파리에서 법률을 공부하다가 보불전쟁(1870)에 참가했고, 그로 인한 전쟁 혐오는 훗날 그의 작품 활동에 큰 영향을 미쳤다. 10년 동안 무려 300여 편의 작품을 쓴 모파상은 27세부터 앓아 온 신경질환으로 고통을 겪었는데, 이는 결국 다작으로 인한 피로와 복잡한 여자 관계로 더욱 악화되고 만다. 1892년 니스에서의 자살 기도가 실패한 뒤에 파리 교외의 정신병원에 수용되었다가 이듬해 7월 6일 43세의 나이로 일생을 마쳤다.

「코코트 이야기」는 1884년 그의 단편집 『달빛』에 실렸다.

옮긴이 **송아리** lapine76@dreamwiz.com

이화여자대학교 통번역대학원 졸업. 파리통번역학교(ESIT)를 거쳐 현재 파리 7대학 재학 중. 만화, 아동문학, 영상 분야 등 다양한 분야의 번역에 관심을 기울이고 있다. 『Dorothy Band』(홍작가의 『도로시밴드』)를 프랑스에서 번역 소개했다.

아쿠타가와 류노스케
芥川龍之介

그림자
影

요코하마.

일화(日華)양행의 사장 진채는 책상에 양 팔꿈치를 괴고 불이 꺼진 엽궐련을 입에 문 채, 오늘도 산더미 같이 쌓인 서류에 바쁜 눈길을 주고 있었다.

사라사 천의 커튼을 늘어뜨린 방안은 여전히 늦은 더위의 적막함이 숨 막힐 정도로 가득했다. 가끔 니스 냄새가 나는 문 건너편에서 들려오는 희미한 타자기 소리가 그 적막함을 깰 뿐.

한 무더기의 서류를 처리하고 나서 그는 갑자기 뭔가 떠오른 것처럼 전화의 수화기를 귀에 댔다.

"우리 집에 전화 좀 연결해 줘."

중국인인 그의 입술에서 흘러나오는 말은 묘하게 힘이 느껴지는 일본어였다.

"누군가? 할머니? 안사람 좀 바꿔줘. 후사코? 난 오늘 밤에 도쿄에 다녀와야겠어. 응… 거기서 묵을 것 같아. 집에는 못 오냐고? 기차가 끊기지. 그럼 부탁해. 뭐? 의사가 왔었다고? 그건 필시 신경쇠약일거야. 자, 그럼."

진은 수화기를 제자리에 놓고서는 어딘가 어두운 표정을 지으면서 통통한 손가락으로 성냥을 그어 물고 있던 엽궐련을 피우기 시작했다.

…담배 연기, 풀꽃 냄새, 접시에 나이프와 포크가 부딪히는 소리, 실내의 구석에서 솟는 듯한, 분위기에 맞지 않는 카르멘의 음악. 진은 그런 소란 속에서 한 잔의 맥주를 앞에 놓고 혼자 망연히 테이블에 팔꿈치를 괴고 앉아 있었다.

그의 주위에 있는 것들은 손님이나 웨이트리스나 환풍기나 모두 정신없이 돌아갔다. 단지, 그의 시선만은 아까부터 쭉 카운터에 앉은 여자의 얼굴에 고정되어 있었다.

여자는 겉보기에 아직 스물을 넘지 않은 것처럼 보였다. 그 여자는 벽에 걸린 거울을 뒤에 두고 끊임없이 연필을 움직이며 바쁜 듯 계산서를 쓰고 있었다. 이마의 곱슬머리, 연한 볼연지, 그리고 수수한 청자색 옷….

진은 맥주잔을 다 비우고 커다란 몸을 천천히 일으켜 카운터 앞으로 걸어갔다.

"사장님, 언제 제게 반지를 사 주실 건가요?"

여자는 그렇게 말하는 동안에도 여전히 연필을 움직이고 있다.

"그 반지가 없어지면."

진은 잔돈을 찾으면서 여자의 손가락을 턱으로 가리켰다.

그 여자는 이미 2년 전부터 금을 늘려 양끝을 이어 만든 약혼반지를 끼고 있었다.

"그럼, 오늘 밤에 사주세요."

여자는 갑자기 반지를 빼더니 계산서와 함께 그에게 던졌다.

"이건 호신용 반지라고요."

카페 밖의 아스팔트에는 서늘한 여름의 밤바람이 불고 있었다. 진은 인파에 섞이면서 몇 번이나 별을 쳐다보았다. 그 별도 전부 오늘 밤 만은….

누군가가 문을 두드리는 소리가 진채의 마음을 1년 후의 현실로 되돌려 놓았다.

"들어와요."

그 목소리가 채 사라지기도 전에 니스 냄새 나는 문이 살며시 열리더니 안색이 창백한 서기 이마니시가 기분 나쁠 정도로 조용하게 들어왔다.

"편지가 왔습니다."

말없이 고개만 끄덕이는 진의 얼굴은 이마니시가 말 한마디 붙일 수 없을 정도로 심각해 보였다. 이마니시는 차가운 목례와 함께 봉투 하나를 남기고 들어올 때처럼 소리 없이 문 저쪽으로 사라졌다.

이마니시의 뒤로 문이 닫히자, 진은 재떨이에 엽궐련을 끄고는 책상 위의 봉투를 집었다.

흰색 서양식 봉투에 타자기로 수신인을 친, 보통 서간과 다를 것이 없는 편지였다. 그러나 그는 그 편지를 손에 드는 것과 동시에 말로 표현하기 힘든 혐오스러운 표정을 지었다.

"또 시작이군."

진은 두꺼운 눈썹을 찌푸리며 지긋지긋하다는 듯이 혀를 찼다. 그는 책상 끝에 발을 올려놓고 거의 누운 자세로 페이퍼 나이프를 쓰지 않고 그냥 봉투를 뜯었다.

"안녕하십니까. 귀하의 부인이 정조를 지키지 않음에 재삼 충고 하지 않을 수 없어⋯ 귀하가 지금까지 단호한 행동을 하지 않았기에⋯ 그러니까 부인은 정부(情夫)와 함께 밤낮으로⋯ 일본인으로서 다방 종업원이었던 후사코 부인이⋯ 중국인인 당신을 생각하면 동정을 금할 길이 없습니다. 이후 부인과 이혼하지 않으신다면 당신은 만인의 웃음거리가 될 터이니⋯ 저를 너무 나쁘게 생각지 마시고 잘 생각해 보십시오. 그럼 이만. 귀하의 충실한 지인으로부터."

편지는 진의 손에서 힘없이 떨어졌다.

…진은 테이블에 기대면서 레이스 커튼의 틈 사이로 흘러드는 석양에 숙녀용 금시계를 쳐다보았다.

그러나 시계 뒷면에 새겨진 문자는 후사코의 이니셜이 아니었다.

"이건?"

결혼한 지 며칠도 지나지 않은 날 후사코는 서양식 서랍장 앞에 선 채로 테이블 너머의 그에게 웃어 보였다.

"다나카 씨가 주셨어요. 그 분 기억 안 나세요? 창고 회사의."

그 다음, 테이블 위에는 작은 반지 상자 두 개가 더 나왔다. 흰 벨벳으로 만든 뚜껑을 열자 하나에는 진주가, 다른 상자에는 터키석 반지가 들어 있었다.

"구메 씨하고 노무라 씨."

다음에는 산호로 된 머리 장식이 나왔다.

"고풍스럽죠? 구보타 씨에게서 받은 거예요."

그 이후로는 어떤 것이 나와도 모른 척하면서 진은 단지 지그시 부인의 얼굴을 보면서 사려 깊게 이렇게 말했다.

"이건 당신의 전리품이로군. 소중히 여기지 않으면 안 되겠지."

그러자 후사코는 저녁 햇빛 속에서 한 번 더 환하게 웃으며 말했다.

"그러니까 당신의 전리품도요."

그때에는 그도 기뻤다. 그러나 지금은….

진은 몸을 한 번 떨고는 책상에 걸친 다리를 내렸다. 갑작스러운 전화벨이 그의 귀를 놀라게 한 탓이었다.

"나다. 좋아. 연결해줘."

그는 전화기에 대고 화가 난 듯이 이마의 땀을 닦았다.

"누구? 사토미 탐정 사무소라는 건 아네. 사무실의 누구? 요시이? 좋아. 보고 할 것은? 누가 왔다고? 의사? 그러고는? 그럴지도 모르지. 그럼 역으로 와달라고 해 주게. 아니, 막차로라도 틀림없이 갈 거네. 틀림없게 해줘. 그럼."

수화기를 내려놓은 진채는 마치 넋이 나간 사람처럼 잠시 동안 묵묵히 앉아 있었다. 그러다가 시계 바늘을 보고는 반쯤 기계적으로 벨을 눌렀다.

그 소리에 이마니시는 조금 열린 문 사이로 마른 상반신을 들이밀었다.

"이마니시, 테이에게 오늘 밤 나 대신 도쿄에 좀 가 달라고 전해줘."

진의 목소리는 어느새 힘을 잃고 말았다. 이마니시는 여느 때와 마찬가지로 고개만 숙여 인사하고는 곧바로 문 저쪽으로 사라져 버렸다.

그러는 사이, 사라사 천의 커튼에 비치던 흐린 석양이 어두운 붉은 빛으로 방을 채우기 시작했다.

그리고 커다란 파리 한 마리가 어디서 어떻게 들어왔는지, 팔꿈치를 괴고 있는 진의 주위에서 둔한 날개소리를 내면서 불규칙한 원을 그리기 시작했다.

가마쿠라.

진채 집의 거실, 레이스 커튼을 친 창에도 늦은 여름날의 해가 떨어지고 있었다.

그러나 햇빛은 사라졌어도 커튼 너머로 보이는, 아직도 꽃이 만발한 협죽도는 시원해 보이는 방의 공기에 청명함을 더해 주었다.

벽 쪽 등나무 의자에 앉아 있는 후사코는 무릎 위의 고양이를 쓰다듬으면서 창 밖 협죽도에 울적한 듯한 시선을 건네고 있다.

"주인님은 오늘 밤도 집에 안 오시나요?"

가정부 할머니가 테이블 위의 홍차 잔을 치우며 말했다.

"으응. 오늘도 외롭겠어."

"하다못해 사모님께서 아프지만 않으시더라도 마음고생이 덜할 텐데."

"하지만 내 병은 그냥 신경을 많이 써서 그런 거라고 하니까, 오늘도 야마노우치 선생님이 그렇게 말씀하셨어요. 이삼

일 잠만 잘 자면…, 어머!"

가정부는 놀란 눈으로 주인을 바라보았다. 아이 같은 후사코의 얼굴에는 이제까지 없었던 공포의 빛이 두 눈에 역력히 넘쳐흘렀다.

"왜 그러세요? 사모님."

"아니에요… 아무것도 아니에요. 아무 것도 아니지만…."

후사코는 억지로 미소 지으려 했다.

"지금 누군가 저기 창 밖에서 슬쩍 집안을…."

그러나 가정부가 곧장 그 창으로 밖을 바라보았을 때는, 그저 바람에 흔들리는 협죽도 나무 사이로 인기척 없는 정원의 잔디밭이 보일 뿐이었다.

"좀 무섭네요. 필시 옆 별장의 아이가 짓궂은 장난을 한 거겠죠."

"아니에요, 옆집 아이가 아니고요. 어딘가 본 적이 있는 듯한…. 아, 맞아요. 언젠가 할머니랑 하세에 갔을 때 우리 뒤를 밟던 사냥모자를 썼던 그 젊은 사람인 것 같아요. 아니면, 그냥 내 느낌이 그런 건가?"

후사코는 뭔가 생각하는 듯하면서 마지막 말을 천천히 했다.

"만약 그 남자라면 어떻게 하죠? 오늘 밤 주인님도 안 계시는데, 할아범이라도 경찰에 보내 신고하라고 할까요?"

"할머닌 겁쟁이네요. 난 그런 남자 따위는 몇 명이 와도 하나도 무섭지 않아요. 그렇지만 만약… 만약 내 기분 탓이라면…."

할머니는 미심쩍은 듯이 눈을 깜박거렸다.

"만약 내 기분 때문이라면 난 이대로 미쳐버릴지도 몰라요."

"사모님, 농담이 지나치세요."

할머니는 안심한 듯 미소를 지으며 홍차 잔을 마저 치웠다.

"아니에요. 할머니는 몰라요. 난 요즘 혼자 있으면 꼭 누군가가 뒤에 서 있는 듯한 느낌이 들어요. 서서, 내 쪽을 지그시 바라보고 있는 것 같은…."

후사코는 그렇게 말을 하다가 말고 자신의 말에 끌려들어간 듯 갑자기 우울한 눈을 하고 말았다.

…불이 꺼진 2층 침실에는 흐릿한 어둠 속으로 옅은 향수 냄새가 퍼졌다. 커튼을 치지 않은 창이 어렴풋이 밝게 보이는 것은 달빛 때문이리라. 후사코는 달빛을 받으며 창가에 서서 솔숲을 바라보았다.

남편은 오늘 밤도 돌아오지 않는다. 일하는 사람들은 모두 잠들었다. 달빛만 고요한 정원의 바람도 잠들었다. 다만 멀리서 들리는 낮고 둔한 바다의 울음소리뿐.

후사코는 그렇게 서 있었다. 그러자 점점 이상한 느낌이 들기 시작했다. 누군가가 뒤에서 뚫어지게 자신을 바라보는 듯한 그런 느낌.

하지만 침실에는 그녀 자신 이외에 아무도 있을 리 없다. 만약 누군가 있다면 - 아니, 문은 자기 전에 분명히 잠갔다.

그런데도 이런 기분이 드는 것은 - 그렇다. 분명히 신경이 날카로워진 것이다.

그녀는 어슴푸레한 솔숲을 내려다보면서 몇 번이나 그런 식으로 생각하려고 했다. 그러나 누군가가 자신을 보고 있다는 느낌은 아무리 아니라고 부정하려 해도 점점 강해질 뿐이었다.

후사코는 드디어 마음을 먹고 두려움에 떨면서 뒤를 돌아보았다.

그러나 침실 안에는 기르던 얼룩 고양이조차 보이지 않았다. 역시 자신의 신경이 병적으로 날카로워진 탓에 누군가가 방 안에 있는 듯한 느낌이 들었다고 생각한 것은 말 그대로 한순간이었다. 그녀는 금방 다시 무언가 눈에 보이지 않는 것이 이 방을 가득 채운 희미한 어둠 속 어딘가 숨어있다는 느낌을 받았다. 그런데 이번에는 전보다 더 견디기 힘들게 그 무엇인가의 눈이 창을 등지고 있는 후사코의 얼굴을 정면으로 쏘아보고 있었다.

후사코는 온몸의 전율과 싸우며 벽 쪽으로 손을 뻗어 재빨리 전등의 스위치를 켰다.

전등이 켜짐과 동시에 침실에서 달빛 섞인 옅은 어둠이 가시고 안심할 수 있는 현실로 돌아왔다.

침대, 서양식 모기장, 세면대. 모든 것이 대낮처럼 환한 빛 속에서 기분 좋을 정도로 확실하게 제자리에 놓여 있었다. 그리고 어느 것 하나도, 1년 전 진채와 결혼했던 당시와 전혀 다를 바 없는 것들이었다.

이렇게 행복한 주위를 보면 어떤 기분 나쁜 망상도 — 아니 그렇지만 수상한 그 무엇은 눈부신 전등 빛에도 아랑곳하지 않고 끊임없이 응시하는 눈동자를 그녀의 얼굴에 쏟고 있었다. 그녀는 두 손으로 얼굴을 가리면서 정신없이 소리 지르려고 했다. 그러나 어찌된 일인지 목소리가 나오지 않았다. 그때 그녀의 마음에는 모든 경험을 초월한 공포가….

후사코는 한숨과 함께 한 주 전의 기억에서 해방되었다. 거기에 맞춰 얼룩 고양이가 그녀의 무릎에서 뛰어내려 털 고운 등을 높이 구부리면서 기분 좋게 하품을 했다.

"그런 일은 누구에게나 있어요. 할아범은 언젠가 정원 소나무를 손질하고 있었는데 훤한 대낮에 하늘에서 수많은 아이들의 웃음소리가 들리더라나요. 그래도 정신이 이상해지기는커녕 보시는 대로 심심하면 저한테 잔소리만 늘어놓고 있잖아요."

가정부 할머니는 홍차 쟁반을 들면서 어린아이를 달래듯

말했다. 그 말을 들은 후사코의 볼에 비로소 미소가 번졌다.

"그거야말로 옆집 애가 장난친 게 틀림없어요. 그런 일에 놀라다니 할아범도 겁이 많나 봐. 어머나, 수다 떨고 있는 사이에 해가 져버렸네요. 오늘 밤엔 그이가 오지 않으니까 괜찮지만… 욕조의 더운 물은요?"

"준비해 두었어요. 제가 다시 가서 보고 올까요?"

"아니에요, 지금 들어갈 거예요."

후사코는 그제서야 겨우 기분이 가벼워졌는지 등나무 의자에서 몸을 일으켰다.

"오늘도 옆집 도련님들은 불꽃놀이를 하려나."

후사코가 나가고 할머니도 조용히 나가버린 뒤에는 창 너머 협죽도도 보이지 않게 되었고, 어둑하고 공허한 거실만 남았다. 그러자 두 사람이 잠시 잊었던 작은 얼룩 고양이가 갑자기 무언가를 발견한 듯 단번에 문 앞으로 달려갔다.

그리고 마치 누군가의 다리에 몸을 비비는 듯한 자세를 취했다.

방안에 퍼진 석양빛 가운데에는 고양이의 두 눈이 내뿜는 기분 나쁜 청백색 인광 외에는 아무도 없는 듯이 보였다….

요코하마.

일화양행의 서기인 이마니시가 숙직실 소파에 누워 별로 밝지도 않은 전등 밑에서 신간 잡지를 펼쳐 들고 있었다. 그는 가까이 있는 탁자에 잡지를 툭 던지더니 양복 안주머니에서 소중한 듯이 한 장의 사진을 꺼냈다. 그리고 사진을 보면서 창백한 볼에 행복한 미소를 머금고 있었다. 사진 속에는 진채의 아내 후사코가 모모와레 머리(복숭아처럼 부풀린 10대 후반 소녀들의 머리형—옮긴이)를 한 상반신이 있었다.

가마쿠라.

가마쿠라 행 마지막 열차의 기적이 밤하늘에 울리고, 인적 없는 쓸쓸한 역 구내에 가방을 든 진채가 모습을 드러냈다. 그러자 희미한 전등이 비추는 벽 쪽 벤치에 앉아 있던 양복 입은 키 큰 남자가 굵은 등나무 지팡이를 끌며 천천히 그에게 걸어왔다. 그러고는 사냥모자를 벗더니 낮은 목소리로 인사를 했다.

"진 사장님이십니까? 저는 요시이입니다."

진은 거의 무표정으로 힐끗 상대의 얼굴을 보았다.

"오늘은 수고 많았습니다."

"아까 전화를 드렸습니다만⋯."

"그 후엔 아무 일도 없었나요?"

진의 어투에는 상대의 말을 되받아치는 힘이 있었다.

"아무 일도 없었습니다. 부인께서는 의사가 돌아가자 해가 질 때까지 할머니와 무슨 얘기를 나누었습니다. 그러고는 목욕과 식사를 마치고는 10시 정도까지 축음기를 들었습니다."

"손님은 아무도 안 왔습니까?"

"네, 아무도."

"당신이 감시를 마친 시간은?"

"11시 20분입니다."

요시이는 서슴없이 대답했다.

"그 뒤로는 막차 말고 다른 기차가 없죠?"

"없습니다. 올라가는 편이나 내려가는 편 모두요."

"고맙습니다. 돌아가시면 사토미 군에게 안부 좀 전해줘요."

진은 모자챙을 만지며 요시이가 사냥모자를 벗는 것에는 눈길도 주지 않고 자갈이 깔린 역 구내를 성큼성큼 걷기 시작했다.

그 모양이 너무 무례해 보였는지 요시이는 그의 뒷모습을 보면서 양 어깨를 으쓱했지만 금방 아무렇지도 않은 듯 경쾌하게 휘파람을 불면서 역 앞 여관 쪽으로 굵은 지팡이를 끌면서 갔다.

가마쿠라.

한 시간 후 진채는 자기 집 침실 문에 도둑처럼 귀를 붙이고 가만히 방안을 살피는 자신을 발견했다.

침실 밖에는 숨이 막힐 듯한 어둠이 주위를 채우고 있었고, 방 안 불빛만이 열쇠구멍으로 희미하게 흘러나왔다.

그는 터질 듯이 두근거리는 심장의 고동을 억누르면서 문에 귀를 꼭 붙인 채 온몸의 주의를 집중시켰지만 방안에서는 아무 말소리도 들리지 않았다. 그 침묵이 그에게는 한층 더 견디기 힘든 가책이었다. 그는 눈앞의 어둠 속에서, 자신이 역에서 여기까지 오는 도중에 일어난 상상할 수 없었던 일이 눈앞에 다시 보이는 듯했다.

…가지가 얽힌 소나무 아래로 이슬에 축축이 젖은 모래가 깔린 좁은 길이 이어져 있다. 밤하늘의 무수한 별빛도 길에 깔린 어둠을 걷어내지는 못했다. 다만 억새를 흔드는 갯바람이 바다가 멀지 않음을 말해주고 있었다.

그는 그 길을, 밤이 되어 강해진 송진 냄새를 맡으며 쓸쓸한 어둠 속을 홀로 조심조심 지났다.

그러다가 그는 문득 발길을 멈추고는 이상하다는 듯 가던 길을 유심히 살폈다. 그의 집 벽돌담이 몇 걸음 앞에 검은 모습을 드러냈기 때문만은 아니었다. 담쟁이로 덮인 고풍스런 담 쪽에서 갑자기 가만히 걷는 구두 소리가 났기 때문이다.

그러나 아무리 유심히 보아도 소나무와 억새가 앞을 가려 아무것도 볼 수가 없었다. 그때 문득 그는 그 구두 소리가 이쪽을 향하는 것이 아니라 반대편을 향하고 있음을 깨달았다.

'바보 같으니. 이 길을 나만 걸으라는 법도 없잖아.'

진은 속으로 이렇게 의혹을 가졌던 자신을 나무랐다. 그러나 이 길은 그의 집 뒷문으로만 통하는 길이었다.

그렇다면, 하고 생각한 순간, 진의 귀에 이곳까지 불어온 갯바람과 함께 그 뒷문이 열리는 소리가 희미하게 들렸다.

'이상한 걸, 저 뒷문은 오늘 아침까지만 해도 잠겨 있었는데.'

생각이 미치자 진채는 먹이를 발견한 사냥개처럼 조심조심 주위를 살피면서 뒷문으로 접근했다.

뒷문은 닫혀 있었다. 힘껏 문을 밀어보았지만 움직일 기미를 보이지 않는 것이, 어느 틈엔가 자물쇠를 다시 잠가 놓은 모양이었다. 진은 문에 기대어 무릎을 덮는 억새 속에서 멍하니 서 있었다.

'문 열리는 것 같은 소리가 들렸는데, 내가 잘못 들은 건가?'

구두 소리는 이제 어디에서도 들리지 않았다. 담쟁이 무성한 담 위에는 달빛도 비껴간 그의 집이 고요한 별 밤에 서 있을 뿐이었다. 그의 마음속에 갑자기 슬픔이 밀려왔다. 자신도 왜 그런지 잘 몰랐다. 그저 그곳에 선 채로 간간이 들리는 벌레 소리를 듣고 있자니 차가운 눈물이 저도 모르게 볼을 타고 흘렀다.

"후사코…."

그는 거의 신음하듯 그리운 아내의 이름을 불렀다.

마침 이때, 2층 어느 방에선가 전등이 켜졌다.

"저 창은… 저건…."

그는 가쁜 숨을 넘기고 옆에 있는 소나무의 가지를 잡으며 몸을 일으켜 2층 창을 올려다 보았다.

창은… 2층 침실의 창은 유리문이 완전히 열려 밝은 방 안이 보였다.

방에서 나오는 빛이 담 안에 무성한 소나무 가지의 끝을 어두운 밤하늘에 띄웠다.

그러나 이상한 것은 그뿐만이 아니었다. 잠시 후 2층 창가에는 등을 보이고 선 사람의 그림자가 어렴풋이 윤곽을 드러냈다. 그러나 전등 빛을 등지고 서 있어서 얼굴이 보이지 않아 누구인지는 알 수가 없었다. 어쨌거나 그 모습이 여자가 아님은 확실했다. 진채는 자기도 모르게 담쟁이 넝쿨을 붙잡고는 쓰러질 듯한 몸을 지탱하면서 힘겹게 간신히 말을 흘렸다.

"그 편지는… 설마… 후사코만은…."

잠시 후 진채는 가뿐하게 담을 넘어 정원의 소나무 사이를 헤치고 어렵지 않게 2층 침실의 바로 밑에 있는 거실의 창에 다다랐다. 거기엔 꽃도 잎도 이슬에 젖은 싱싱한 협죽도가 한 그루 있었다.

진은 마른 입술을 깨물며 캄캄한 복도 쪽으로 질투에 불타는 귀를 기울였다. 문 안쪽에서 조금 전 들려왔던 조심스레 내딛는 구두 소리가 두세 번 정도 마룻바닥을 울리는 듯했기 때문이다.

그 소리는 금방 사라졌다. 그런데 흥분한 진의 귀에는 창문을 닫는 소리가 마치 고막을 찌르는 듯이 들려왔다. 다시 긴 침묵이 왔다.

그 침묵은 이내 기름틀처럼 안색을 잃은 진의 얼굴 위로 차가운 식은땀을 짜냈다. 그는 부들부들 떨리는 손으로 문손잡이를 더듬어 찾았다. 이내 문이 잠겨 있음을 그 손잡이가 가르쳐 주었다.

그러자 이번에는 빗인지 머리핀인지가 갑자기 떨어지는 소리가 들렸다. 그러나 그것을 줍는 소리는 아무리 귀 기울여도 들리지 않았다.

이런 소리는 하나하나, 말 그대로 진의 심장을 때렸다. 진은 그럴 때마다 몸을 떨면서, 그러면서도 귀에는 신경을 집중시켜 살짝 침실 문에 갖다댔다. 그러나 그의 흥분이 극에 달했음은 이따금씩 그가 주위에 던지는, 미치광이 같은 눈빛을 보더라도 분명했다.

고통스러운 몇 초가 지난 뒤, 문 안쪽에서 희미한 한숨 소리가 들려왔다. 그런가 싶더니 곧바로 침대 위로 누군가가 조용히 올라가는 것 같았다.

만일 이런 상태가 1분만 더 이어졌다면 진은 문 앞에 선 채로 실신 했을지도 모른다. 그러나 문에서 흘러나오는 거미줄처럼 가느다란 빛이 하늘의 계시처럼 그의 시선을 잡았다. 진은 즉시 기듯이 바닥에 무릎을 대고 손잡이 아래에 있는 열쇠구멍으로 집어삼킬 듯한 시선을 방안으로 보냈다.

그 찰나에 진의 눈앞에는 영원히 저주할 광경이 펼쳐졌다.

요코하마.

서기인 이마니시는 양복 안주머니에 후사코의 사진을 집어넣고는 조용히 소파에서 일어났다. 그러고는 언제나처럼 소리 없이 어두운 옆방으로 건너갔다.

전등 스위치 돌리는 소리와 동시에 방안은 금방 환해졌다. 그 방의 탁상전등 빛은 언제 거기에 앉았는지 타자기를 앞에 둔 이마니시의 모습을 비추었다.

이마니시의 손가락은 금세, 눈이 돌아갈 정도로 빠르게 움직이기 시작했다. 그와 동시에 타자기는 쉴 새 없이 소리를 내면서 몇 줄의 문자가 이어지는 종이를 한 장 토해냈다.

"안녕하십니까, 귀하의 부인이 정조를 지키지 않는 것은 더 이상 말씀 드리지 않아도 된다고 생각합니다만 그래도 귀하는 부인을 너무나 사랑하는 나머지…."

이마니시의 얼굴은 그 순간 증오 그 자체였다.

가마쿠라.

진의 침실 문은 부서져 있었다. 문이 부서진 이외에는 침대도 모기장도 세면대도 그리고 밝은 전등 빛도 모두 이선과 다를 바 없었다.

진채는 방구석에 서서 침대 앞에 포개져 있는 두 사람의 모습을 보고 있었다. 한 사람은 후사코였다. 아니, 조금 전까지는 후사코였던 '것'이었다. 얼굴 전체가 보라색으로 부풀어 오른 그것은 혀를 반 정도 내놓은 채 눈을 가늘게 뜨고 천장을 바라보고 있었다. 다른 한 사람은 자신이었다. 방구석에 있는 진채와 어디 한 군데 다를 바 없는 자신이었다. 그 자는 후사코였던 '것' 위에서 손톱이 보이지 않을 정도로 상대방의 목에 양쪽 손가락을 박아 넣은 상태였다. 그리고 드러난 여자의 유방 위에 생사도 알 길 없는 머리를 얹어 놓고 있었다.

몇 분간의 침묵이 흐른 후 바닥의 진채는 아직 힘든 듯 헐떡이며 천천히 살찐 몸을 일으켰다. 가까스로 몸을 일으켰나 싶더니, 곧바로 옆에 있는 의자 위에 쓰러지듯이 앉았다.

이때, 방구석에 있던 진채는 조용히 자리를 떠나 후사코였던 '것' 쪽으로 다가갔다. 그러고는 그 보라색으로 부풀어 오른 얼굴에 한없이 슬퍼 보이는 시선을 떨어뜨렸다.

의자에 앉아 있던 진채는 자신 이외에 존재를 알아채자마자 미치광이처럼 의자에서 일어났다. 그 얼굴에는, 충혈된 눈에는 무시무시한 살기가 번뜩였다. 하지만 상대의 모습을 보자 살의는 말 못할 공포로 변해갔다.

"누구냐, 너는?"

그는 의자 앞에 선채로 숨넘어갈 듯한 목소리로 말했다.

"아까 솔숲을 걸은 것도…, 뒷문으로 몰래 들어간 것도…,

창가에 서서 밖을 본 것도…, 내 아내…, 후사코를….”

그는 말을 끊더니, 다시 거칠고 갈라진 목소리를 냈다.

"그게 너지? 누구냐, 넌?"

또 다른 진채는, 그러나 아무 대답도 하지 않았다. 그 대신 눈을 들어 슬픈 듯 다른 진채를 바라보았다. 그러자 의자 앞 진채는 그의 시선에 쏘인 것처럼 무서울 정도로 눈을 부릅뜨고는 차츰 벽 쪽으로 뒷걸음치기 시작했다. 그러는 동안에도 그의 입술은 "누구냐, 넌?"을 되풀이 하는 양 때때로 소리도 없이 움직였다.

그 사이에 또 한 명의 진채는 후사코였던 '것' 곁에 무릎을 꿇고 앉아 그 가느다란 목에 살며시 팔을 둘렀다. 그리고 목에 남은 무참한 손자국에 입술을 댔다.

환한 불빛 아래, 무덤 속보다 더 고요한 침실 안에는 이윽고 희미한 울음소리가 띄엄띄엄 들리기 시작했다. 그곳에 있는 두 명의 진채, 벽 쪽에 선 진채도 마루에 무릎을 꿇은 진채처럼 양 손에 얼굴을 묻고….

도쿄.

돌연 영화 '그림자'가 끝났을 때, 나는 한 여자와 어떤 활동사진관의 좌석에 앉아 있었다.

"이번 건 벌써 끝났나?"

여자는 내게 우울한 시선을 보냈다. 그것이 '그림자' 속 후사코의 눈을 생각나게 했다.

"이번 거요?"

"지금 거 말이야. '그림자'라고 했지?"

여자는 말없이 무릎 위의 프로그램을 내게 건네주었다. 하지만 프로그램 어디에도 '그림자'라는 제목은 보이지 않았다.

"그럼 내가 꿈을 꾼 건가? 하지만 잠든 기억이 안 나는 건 이상하지 않아? 게다가 그 '그림자'라는 게 묘한 영화더군."

나는 간단하게 '그림자'의 줄거리를 그녀에게 설명했다.

"그런 영화라면 나도 본 적이 있어요."

내가 이야기를 마쳤을 때, 여자는 쓸쓸한 눈 속에 미소의 빛을 띠면서 거의 들리지 않을 듯한 목소리로 대답을 했다.

"서로에게 '그림자' 같은 거라면, 마음 쓰지 않아도 되겠죠."

아쿠타가와 류노스케
芥川龍之介, 1892~1927

1892년 도쿄에서 출생한 아쿠타가와는 도쿄대학 재학중 나쓰메 소세키의 문하에 들어가 문학 수업을 받았다. 단편집 『라쇼몽』(1915)을 내면서 신인작가로 지위를 굳혔고, 「노년」 「코」 등을 발표하며 문단의 인정을 받았다.

합리주의와 예술지상주의를 바탕에 둔 작품으로 시대를 풍미했으면서도 변화하는 시대에 적응하지 못하고 심한 신경쇠약에 빠져 수면제 다량복용으로 1927년에 자살했다.

그의 문학적 명성을 기리기 위해 만들어진 아쿠타가와 상은 현재 일본 문학계에서 가장 권위 있는 문학상이기도 하다.

「그림자」는 그의 전집(筑摩書房, 1971)에 들어있는 단편으로, 전편에 흐르는 미스터리한 분위기와 세련된 마무리로 수십 년 전의 작품이라는 느낌이 들지 않을 만큼 세련됐다는 평가를 받고 있다.

옮긴이 **이위경** joan650@naver.com

국민대 영어영문과 졸업. 일본 상지대학교 신문학 석사. KBS 드라마 메인 번역사로 일한 바 있으며 『세계의 교과서 1, 2』 『덴쓰의 성공 10법칙』을 각각 일본어, 한국어로 번역했다.

윌라 캐더
Willa Cather

폴의 이야기
Paul's Case

폴은 오후가 되어서야 피츠버그 고등학교 전 교직원 앞에 나타났다. 자신의 온갖 비행에 대해 해명하기 위해서였다. 1주일 전 정학을 당해 아버지가 교장실로 찾아가 아들에 대해 아버지인 자신도 그저 당혹스러울 따름이라고 고백한 후였다. 폴은 유쾌한 미소를 띤 채 교무실로 들어섰다. 입고 있는 옷은 약간 작은 듯했고, 앞이 벌어진 오버코트 깃의 황갈색 벨벳은 낡아 해어져 있었다. 그럼에도 멋스러움이 느껴졌다. 깔끔하게 포인핸드 매듭으로 맨 넥타이에는 오팔 핀이, 단추구멍에는 빨간 카네이션이 꽂혀 있었다. 특히 이 빨간 카네이션은, 적어도 교직원들이 느끼기엔 정학 처분을 당한 소년이 가져야 할 반성의 태도와는 전혀 어울리지 않아 보였다.

폴은 또래보다 키가 크고 매우 마른 체구인데다 빈약한 가슴팍에 어깨까지 움츠리고 다녔다. 하지만 두 눈은 어떤 히

스테릭한 광채로 인해 사람들의 시선을 끄는 매력이 있었다. 그리고 그 눈동자를 계속해서 의식적으로 과장되게 움직여 폴 또래의 소년에게는 어울리지 않는 묘한 공격성을 드러내 보였다. 동공은 비정상적으로 커서 마치 벨라도나(중세 여자들이 동공이 커보이게 하려고 눈에 넣었다는 독성 식물—옮긴이)에 취한 듯이 보이기도 했지만, 그 반짝이는 눈빛은 약물로는 도저히 만들어낼 수 없는 것이었다.

교장 선생님이 폴에게 이곳에 온 이유에 대해 아느냐고 묻자 폴은 적당히 정중한 말투로 학교로 다시 돌아오고 싶다고 대답했다. 거짓말이었다. 하지만 폴은 거짓말 하는 데 꽤 익숙했고, 갈등이 발생했을 때는 거짓말이야말로 필수적임을 알고 있었다. 선생님들은 저마다 폴의 문제점에 대해 이야기하기 시작했다. 선생님들이 쏟아내는 이야기에는 원한과 불만이 섞여 있었다. 평소 접하던 문제 학생의 경우와는 다르다는 반증이었다. 거론되는 폴의 죄목에는 불손하고 무례하다는 말이 포함되어 있었지만, 사실을 말하자면, 선생님들은 폴이 일으키는 문제를 정확하게 말로 설명하기 불가능하다고 생각하고 있었다. 문제가 되는 것은 신경질적이며 반항적인 태도와 굳이 숨기려고도 하지 않는 선생님들에 대한 경멸감이었다. 한번은 영어시간에 칠판으로 나와 문단의 줄거리를 적으려고 할 때, 영어 선생님이 폴의 곁으로 다가와 손놓는 위치를 도와주려고 했다. 그때 폴은 진저리를 치며 껑

충 뒤로 물러나서는 거칠게 두 손을 등 뒤로 감추었다. 놀란 여 선생님은 폴에게 주먹으로 한 대 얻어맞았던들 그보다 더 마음 상하고 당황스럽지는 않을 것 같았다. 그 모욕적인 언동은 무의식적인 행동이었다는 점에서 더욱더 인신공격처럼 느껴져 절대 잊을 수가 없었다. 폴은 모든 선생님들에게 남녀를 막론하고 다양한 반응으로 자신이 갖고 있는 육체적인 혐오감을 분명하게 전했다. 어떤 수업에서는 습관적으로 손을 두 눈에 대고 그늘을 만든 채 앉아 있기도 했다. 다른 수업에서는 과제를 암송하는 내내 창밖을 내다보고만 있었다. 그리고 또 다른 수업시간에는 선생님의 강의에 대해 장난스러운 의도로 논평을 해대기도 했다.

이날 오후 선생님들은 폴의 옷에 경박하게 꽂혀 있는 빨간 카네이션과 움츠린 어깻짓이 그의 진정한 태도를 대변하고 있다고 느꼈다. 그래서 폴에게 무자비한 공격을 가했고, 그 선봉에 영어 선생님이 있었다. 폴은 시종일관 미소 지으면서 견뎌내고 있었다. 살며시 벌어진 창백한 입술 사이로 하얀 치아가 보였다. (그의 입술은 계속 씰룩거렸다. 그리고 머리 끝까지 짜증이 나거나 극도로 남을 경멸하는 경우 두 눈썹을 추켜올리는 버릇도 드러내고 있었다) 훨씬 나이 많은 학생들이라 해도 이러한 분노의 포화 세례 속에서라면 완전히 기가 죽어 눈물을 흘렸을 것이다. 하지만 폴의 얼굴에서는 변함없는 미소가 떠날 줄 몰랐다. 다만 오버코트의 단추를 만지작

거리는 손가락이 초조하게 떨리는 것과 모자를 잡고 있는 다른 손이 가끔씩 자신도 모르게 경련을 일으키는 모습에서 그의 불편한 마음을 읽을 수 있었다. 폴은 항상 미소를 지었고 주변을 흘깃거리며 살피는 버릇이 있었다. 다른 사람들이 자신을 주시하여 뭔가 알아내려 할지도 모른다고 느끼는 듯했다. 그렇게 주변을 의식하는 모습은 또래의 명랑함과는 거리가 먼 것으로, 일반적으로 건방지거나 '영악해' 보이게 만드는 효과를 가졌다.

교사들의 취조가 이어지는 가운데 또 다른 여 선생님 한 명이 수업시간에 폴이 한 건방진 말을 그대로 되살려 말했다. 교장은 그것이 여자에게 할 정중한 말투라고 생각하느냐고 폴에게 물었다. 폴은 어깨를 한 번 으쓱하더니 두 눈썹을 추켜올려 보았다.

"잘 모르겠습니다." 폴은 대답했다. "정중하게 하려거나 또는 무례하게 하려는 생각은 없었습니다. 그런 것과는 상관없이 그냥 평소 제가 말하는 태도가 그런 모양입니다."

인정 많은 성격의 교장은 그런 식의 태도를 고치는 것이 좋겠다는 생각은 들지 않느냐고 물었다. 폴은 싱긋 웃으면서 그렇게 생각한다고 말했다. 가도 좋다는 말을 들은 폴은 깍듯하게 고개 숙여 인사하고 밖으로 나갔다. 그러나 그의 정중한 인사는 단추 구멍에 꽂힌 괘씸한 붉은 카네이션과 같은 것이었다.

폴의 이야기

선생님들은 자포자기 하는 심정이 되었다. 미술 선생이 이 문제의 소년에게 자신들이 이해하지 못하는 뭔가가 있다는 말을 꺼내자 모두 말없이 공감했다. 미술 교사는 덧붙이길 "그 아이가 단순히 건방지기 때문에 그런 미소를 짓는 것은 아니라고 생각해요. 뭔가 불안한 기운이 느껴져요. 일단 그 아이는 그리 강한 성격이 아니에요. 우연히 알게 되었는데 콜로라도에서 태어났고, 엄마가 오랫동안 투병하다가 아이를 낳고서 몇 달 만에 돌아가셨다고 해요. 그 아이는 뭔가 잘못돼 있어요."

미술 교사는 이전에 폴을 쳐다보다가 사람들이 그 소년의 하얀 치아와 억지로 만들어낸 생기가 감도는 눈동자만을 보고 있음을 깨달은 적이 있었다. 어느 따스한 오후 폴이 화판에 기대어 잠들어 버린 일이 있었다. 미술 교사는 혈관이 투명하게 비쳐 보이는 새하얀 얼굴을 경탄에 마지않으며 자세히 바라보았다. 찡그린 눈가는 노인처럼 잔뜩 주름져 있었고 잠들어 있는 와중에도 일그러져 있는 입술은 이를 꽉 물고 있어서 생기는 긴장감으로 꼭 다물어져 있었다.

교사들은 못마땅하고 불만스러운 마음으로 그 건물을 떠났다. 단지 소년에 불과한 아이에게 그토록 앙심을 품고 그처럼 가혹한 표현을 입 밖으로 뱉어낸 것이 부끄러웠다. 한 사람을 두고 과도한 비난을 쏟아내는 가혹한 게임에서 서로를 부추겼다는 사실이 창피했다. 한 교사는 부두에서 한 무리의 장난꾸러기들에게 둘러싸여 표적이 되었던 비참한 모습의 길거리 고양이를 떠올렸다.

한편 폴은 '파우스트'의 아리아 '병사들의 합창'을 휘파람으로 흥얼거리면서 언덕을 따라 뛰어 내려가고 있었다. 자신의 이런 쾌활한 모습을 보고 괴로워 죽을 선생님들이 있지나 않은지 확인하기 위해서 가끔씩 뒤를 흘깃 돌아보기도 했다. 어느새 날이 저물어, 저녁에 카네기 홀의 안내원 당번을 맡기로 한 시간이었기 때문에 폴은 저녁을 먹으러 집에 들르지는 않기로 했다. 연주회장에 도착했지만 아직 문이 열려 있지 않았다. 밖이 쌀쌀하게 추워서 이 시간이면 항상 비어 있는 화랑 안에 들어가 있기로 마음먹었다. 화랑에는 언제 봐도 폴의 마음을 들뜨게 하는 라파엘리의 화려한 파리 거리 스케치 몇 점과 푸르른 베네치아의 풍경화 한두 점이 있었다. 화랑에 나이 먹은 경비 외에 아무도 없음을 발견한 폴은 기뻤다. 검은 안대를 한쪽 눈에 댄 경비는 나머지 눈마저 꼭 감고 무릎에 신문을 내려놓은 채 한쪽 구석에 앉아 있었다. 혼자서 화랑을 독차지한 폴은 작게 휘파람을 불면서 자신 있는 걸음으로 위아래 층을 이리저리 돌아다녔다. 잠시 후 폴은 리코의 푸른색 작품 앞에 넋을 잃고 앉았다. 다시 정신을 차리고 시계를 보았을 때는 7시가 넘어 있었다. 폴은 깜짝 놀라 일어서서 아래층으로 뛰어 내려갔다. 달려가면서 전시장에서 살짝 얼굴이 보이는 아우구스투스 흉상에 대고 인상을 찡

그려 보이기도 하고, 계단을 내려가며 지나던 밀로의 비너스 상에 대고는 고약한 몸짓을 하기도 했다.

폴이 안내원 탈의실에 도착했을 때는 이미 여섯 명의 소년들이 와 있었다. 폴은 신이 나 서둘러 제복으로 갈아입기 시작했다. 그나마 폴의 몸에 맞게 줄인 몇 안 되는 제복 중 하나였다. 폴은 자신에게 제복이 꽤 잘 어울린다고 생각했다. 비록 꽉 끼는 일직선의 코트가 그가 매우 예민하게 생각하고 있는 빈약한 가슴을 강조하고 있었지만 말이다. 평소에도 폴은 옷을 갈아입는 사이에도 꽤 흥분했다. 연주실에서 들리는 현악기의 조율 소리와 관악기의 화려한 예비 취주를 들으면 온몸이 긴장감으로 찌릿해졌다. 하지만 오늘 밤 폴은 정말로 제정신이 아닌 듯 보였다. 주변의 다른 소년들을 하도 심하게 골리고 장난질 쳐서 미친 것 아니냐면서 결국 아이들이 폴을 바닥에 눕히고 깔고 앉아야 했다.

간신히 감정을 추스르고 어느 정도 마음을 가라앉힌 폴은 연주회장 정문으로 재빨리 뛰어나가 일찍 도착한 관객들을 자리로 안내했다. 폴은 매우 훌륭한 안내원이었다. 정중한 태도와 미소 띤 얼굴로 복도를 따라 이리저리 바삐 움직였다. 거칠 것 없이 척척 일을 해내고 있었다. 마치 그것이 인생 최대의 즐거움인 양 사람들의 말을 전하고 프로그램을 가져다 주었다. 그가 맡은 구역의 관객들은 모두 폴을 매력적인 소년이라고 생각했으며 자신들이 모두 특별하게 기억되고 존중받고 있다고 느꼈다. 연주회장이 관객들로 찰수록 폴은 더욱 생기 넘치고 활발해졌으며 두 뺨과 입술에는 화색이 돌았다. 마치 연주회장은 커다란 연회가 열리는 곳이고, 폴은 그 연회를 주관하는 주인 같았다. 연주자들이 무대에 자리를 잡고 앉기 시작할 때, 영어 선생이 한 저명한 사업가가 이번 시즌 동안 잡아놓은 좌석표를 갖고 나타났다. 선생은 당황한 기색을 감추지 못하며 폴에게 좌석표를 건네주었다. 그리고 이어 오만한 표정을 지어 보였지만 오히려 더 우스워 보일 뿐이었다. 폴은 한순간 놀라 당황했고, 당장 영어 선생을 끌어내고 싶은 마음이 들었다. 도대체 훌륭한 사람들이 모이는 이 화려한 장소에 이 여자는 무슨 볼 일이 있어서 온 것인가? 선생을 훑어본 폴은 복장도 제대로 갖추지 못하고 아래층에 앉으려 하다니, 바보가 분명하다고 생각했다. 그 사업가가 인정상 표를 주었을 것 같았다. 폴은 선생을 위해 의자를 내려주면서 자신이 여기 있을 권리가 있는 것처럼 이 여자도 이곳에 있을 충분한 권리가 있다고 스스로를 달랬다.

교향곡이 시작되자 폴은 안도의 긴 한숨을 내쉬면서 뒷자리 빈 좌석에 천천히 앉았다. 그리고 조금 전 리코의 작품 앞에서처럼 완전히 넋을 잃었다. 이 교향곡이 폴에게 어떤 특별한 의미를 갖는 것은 아니었지만 악기의 첫 울림이 들리기 시작하자 그의 내부에서 어떤 유쾌하고 강렬한 기운이 자유롭게 풀려나는 듯했다. 아라비아의 어부가 발견한 램프의 요정처럼 그의 마음 한구석에서 발버둥치고 있던 뭔가가 자유로워졌다. 폴은 갑작스러운 삶의 열정을 느꼈다. 눈앞에서 불빛이 춤을 추고 연주회장은 상상하기도 어려운 묘한 광채를 빛내고 있었다. 그리고 소프라노 독창자가 나오자 폴은 영어 선생이 그곳에 함께 있다는 불쾌함마저 완전히 잊어버리고 대가들이 언제나 전해주는 특별한 자극에 자신을 내맡겼다. 소프라노는 우연히도 독일인이었는데, 아무리 봐도 한창때가 지난, 여러 아이를 둔 아줌마였다. 하지만 그녀는 공들여 만든 우아한 드레스에 장식용 왕관을 쓰고 있었고, 무엇보다도 정확하게 설명하기 어려운, 세상의 성공을 이룬 사람만이 가질 수 있는 어떤 면모를 갖추고 있었다. 이런 것 때문에 폴의 눈에 그녀는 진짜 로맨스의 여왕처럼 보였다.

공연이 끝나면 폴은 신경이 곤두서서 잠이 들기 전까지 화를 내며 비참해하곤 했다. 오늘 밤은 다른 때보다 유난히 더욱 불안해 보였다. 폴은 도저히 진정할 수 없을 것 같았다. 살아있다고 말할 수 있는 유일한 순간의 이 달콤한 흥분 상태를 도저히 포기할 수 없을 것 같았다. 마지막 노래를 부르는 동안 그는 자리에서 일어나 탈의실로 가서 서둘러 옷을 갈아입고 소프라노의 마차가 서 있는 옆문으로 빠져나갔다. 거기서 폴은 가수가 나오기만을 기다리며 길 위를 빠른 걸음으로 왔다갔다 서성거리고 있었다.

저만치 공허하게 펼쳐진 쉔리 호텔이 보슬비 사이로 어렴풋이 커다란 정사각형 형체를 드러내고 있었다. 그 12층짜리 건물의 유리창은 마치 크리스마스트리 아래의 종이상자 집 창문처럼 빛났다. 조금이라도 명성이 있는 배우와 가수들은 이 도시에서 머무는 동안은 모두 저곳에 머물렀고, 지역의 거물급 사업가들도 그곳에서 겨울을 나곤 했다. 폴은 종종 호텔 근처를 배회했는데, 드나드는 사람들을 쳐다보면서 자신도 그 안으로 들어가 학교 선생님들이며 지겨운 근심거리를 영원히 뒤로하고 지냈으면 좋겠다고 동경했다.

마침내 소프라노가 지휘자와 함께 밖으로 나왔다. 지휘자는 그녀가 마차로 오르는 것을 도와주고 진심어린 독일어로 작별 인사를 건네며 문을 닫아주었다. 그 모습에 폴은 소프라노가 지휘자의 옛 연인이라도 되는 게 아닐까 의심해 보았다. 폴은 마차를 따라 호텔까지 갔다. 아주 빠른 걸음으로 움직였기 때문에 소프라노가 마차에서 내려 문가에 선 길쭉한 모자에 기다란 코트를 입은 흑인이 열어주는 여닫이 유리문 뒤로 사라지는 모습을 입구에서 그리 떨어지지 않은 장소에 서서 볼 수 있었다. 문이 열리는 순간 폴도 함께 안으로 들어가는 듯한 느낌이 들었다. 소프라노를 따라 계단을 올라가 따스하고 밝은 건물 안쪽으로 걸어가고 있는 것 같았다. 온통 번쩍거리고 빛나는 것들로 가득하고 여유로움이 만연한 그곳은 이국적인 열대 지역 같으리라. 식당에 놓였을 신비로운 음식들과 얼음통에 담긴 초록 병들에 대해서도 떠올려 보앉다. 『선데이 월드』지 부록에 실려 있던 서퍼 파티(오후 6시쯤에 갖는 저녁식사 형식의 비교적 가벼운 파티 상차림-옮긴이) 사진에서 보았던 것들이었다. 갑자기 한줄기 차가운 바람이 일더니 빗줄기가 굵어졌다. 폴은 깜짝 놀라 자신이 아직도 자갈 깔린 도로의 진창 위에 서 있음을 깨달았다. 부츠 안에 물이 새어 들었고, 작은 오버코트는 흠뻑 젖어 몸에 착 달라붙어 있었다. 연주회장 앞 불은 모두 꺼져 있었고 폴과 그의 위에서 빛나는 창문의 오렌지 불빛 사이로 빗줄기가 세차게 쏟아져 내렸다. 저곳에 그가 원하는 것이 있었다. 크리스마스 동화극에 나오는 요정 세상처럼 실체를 띠고 손에 닿을 듯 그의 눈앞에 있었다. 하지만 비아냥과 조롱의 악령이 문앞을 막아섰다. 빗줄기가 얼굴을 때렸다. 폴은 언제나 어두운 밤에 추위에 떨며 밖에 서서 그곳을 올려다 봐야만 하는 운명인가 보다 하고 생각했다.

폴은 몸을 돌려 내키지 않는 발걸음으로 큰길을 향했다. 결국은 끝나버렸다. 현실로 돌아가야 한다. 계단 꼭대기에 잠옷을 입고 서 있는 아버지, 아무것도 변명하지 못하는 변명들, 영원히 그를 옭아맬 것이 뻔한 즉석에서 급조한 거짓말들, 2층 침실과 끔찍한 노란 벽지, 플러시 천으로 만든 셔츠 칼라 보관함이 있는 삐걱거리는 침실 장롱, 페인트칠한 나무 침대 위에 걸린 조지 워싱턴과 존 칼빈의 그림, 그리고 어머니가 손수 붉은 소모사로 수놓았다는 '내 양을 먹이라.'는 성경 문

구가 새겨진 액자까지.

30분 후 폴은 타고 온 차에서 내려 대로 옆에 난 샛길로 천천히 걸어 들어갔다. 아주 번듯한 거리로, 도로변 집들은 모두 비슷하게 생겼고 중산층 사업가들이 많은 아이들을 낳고 기르는 곳이었다. 그 아이들은 모두 교회의 주일학교에 다니면서 짧은 교리문답을 익히고 산수에 흥미를 갖고 지냈다. 그 아이들은 살고 있는 집들만큼이나 서로 비슷하게 생겼고 단조롭고 지루한 일상과 딱 어울리는 모습이었다. 폴은 코델리아 거리로 올라갈 때마다 혐오감에 몸서리치곤 했다. 그의 집은 교구 목사 컴버랜드의 집 옆이었다. 오늘도 폴은 집으로 돌아올 때면 항상 느끼곤 하는 추악함과 평범함에 영원히 갇혀버리는 절망과 좌절로 완전히 맥이 풀려서 집으로 다가가고 있었다. 코델리아 거리로 들어서는 순간, 머리 위로 홍수가 쏟아지려는 것 같은 느낌을 받았다. 오늘처럼 삶의 향연에 탐닉하고 난 뒤에 폴은 진짜로 방탕한 시간을 보낸 후에나 겪을 법한 우울증 증상을 모두 경험하곤 했다. 그럭저럭 쓸 만한 침대와 평범한 음식 그리고 부엌 냄새가 배어 있는 집에 강한 혐오가 일었다. 무미건조한 일상의 존재들이 몸서리쳐지게 싫었다. 근사한 물건들과 부드러운 조명 그리고 신선한 꽃들에 대한 병적인 갈망이 일었다.

집에 가까워지면 가까워질수록 더욱더 폴이 감당하기 힘든 광경이 펼쳐졌다. 흉측한 침실이며 때 묻은 아연 욕조가 있는 차가운 욕실, 금 간 거울, 물방울이 뚝뚝 떨어지는 수도꼭지. 털이 무성한 다리가 드러난 잠옷 셔츠에 카펫으로 만든 슬리퍼를 신고 계단 꼭대기에 서 있을 아버지까지, 모두 그와 어울리지 않는 것들이었다. 평소보다 많이 늦은 귀가 때문에 분명 이런저런 추궁과 비난이 쏟아질 터였다. 폴은 현관 바로 앞에서 걸음을 멈추었다. 오늘 밤은 아버지가 말을 걸어오면 참아내지 못할 것 같았다. 그 끔찍한 침대 위에서 뒹굴 수 있을 것 같지 않았다. 집에 들어가지 않기로 했다. 차비도 없고 비가 너무 심하게 와서 친구 집에 가서 하룻밤 신세졌다고 말하기로 했다.

그러는 사이 폴의 몸은 완전히 젖어버려 추위에 떨렸다. 집 뒤로 돌아가 지하실 창문을 살펴보았다. 하나가 열려 있었다. 조심스레 창문을 열어 올리고 안으로 들어가 지하실 벽을 따라 바닥으로 내려갔다. 안으로 들어선 폴은 숨을 참고, 혹시라도 소리가 나서 아버지가 눈치 채지 않았을까 잔뜩 겁을 먹고 서 있었다. 그러나 머리 위 마루에서는 아무 소리도 들려오지 않았다. 계단이 삐걱거리는 소리도 없었다. 비누를 넣는 나무 상자를 발견한 폴은 보일러 화덕 문에서 흘러나오는 부드러운 빛이 동그랗게 비추는 곳에 상자를 끌어다 놓고 그 위에 걸터앉았다. 폴은 쥐를 무척 무서워했다. 그래서 잠을 잘 생각은 하지 않았다. 그러나 어둠 속을 의심스럽게 바라보며 앉은 채로 혹시라도 아버지를 깨운 것이 아닌지 여전히 잔뜩 긴장하고 있었다. 달력의 공백을 하루하루 지루하게 메우다가 모든 감각이 둔해지는 따분한 시간이 되면, 폴은 지금처럼 공상에 잠겼고, 그러면 그의 머릿속은 기묘하게도 맑아졌다. 만약 아버지가 소리를 듣고 지하실로 내려와 폴을 도둑으로 착각해서 총을 쏜다면 어떻게 될까? 아니, 아버지가 손에 총을 들고 지하실로 내려왔지만 자신이 소리를 질러 총상은 면하고, 아버지는 아들을 죽일 뻔했다는 사실에 놀라 겁에 질린다면? 아니면 훗날 아버지가 오늘 밤을 기억하면서 당시에 폴이 소리를 지르지 않았으면 좋았을 거라고 아쉬워한다면? 폴은 특히 마지막 부분의 가정을 마음에 들어 하며 날이 샐 때까지 즐거운 시간을 가졌다.

그 주 일요일은 아주 화창했다. 비에 젖은 11월의 한기는 가을 속 여름의 마지막 햇살 때문에 물러나 있었다. 여느 때와 마찬가지로 폴은 교회와 주일학교에 가야만 했다. 순조로운 날씨의 일요일 오후면 으레 코델리아 거리의 주민들은 현관 입구의 층계에 나와 앉아 옆집 층계에 앉아 있는 이웃과 이야기를 나누거나 건너편 이웃을 다정스럽게 불렀다. 남자들은 대개 화려한 색상의 쿠션을 인도로 내려가는 계단에 깔고 앉아 있는 반면, 여자들은 일요일의 특별 의상인 '허리가 잘록한 블라우스'를 입고 비좁은 현관에 놓인 흔들의자에 앉아 대단히 편안한 척했다. 아이들은 길가에서 뛰어놀았다.

거리는 아이들이 너무 많아서 마치 유치원 놀이터 같은 광경을 연출했다. 계단 위의 남자들은 모두 긴소매 셔츠에 단추를 풀어놓은 조끼를 입고서 다리를 쩍 벌리고 배는 편안하게 내밀고 앉아 물건들 가격이나 자기 상사나 높은 자리에 있는 이런저런 사람들의 기가 막힌 뒷얘기를 나누었다. 그러다가 가끔씩은 사소한 일로 실랑이 벌이는 아이들 무리를 쳐다보기도 했다. 그리고 자애로운 표정으로 아이들이 높은 톤의 콧소리로 하는 이야기를 들어주면서 자신과 닮은 기질을 물려받은 자식을 바라보며 미소 지었다. 그러고는 철강왕의 전설로 돌아가 이야기하다가도 다시 아들이 학교에서 얼마나 열심히 공부하고 있는지 수학 성적이 어떠한지 또 저금통에 얼마나 많은 돈을 모아 놓았는지를 간간이 섞어 늘어놓았다.

11월의 마지막 일요일인 오늘, 폴은 오후 내내 집 현관 제일 낮은 계단에 앉아 거리를 바라보고 있었다. 현관 흔들의자에는 누이들이 앉아서 옆집의 목사님 딸들과 함께 지난 주에 블라우스를 몇 개나 만들었는지, 그리고 지난 일요일 교회 저녁식사에서 어떤 사람이 엄청나게 많은 와플을 먹어댔는데 정말 대단하더라는 이야기를 나누었다. 날이 따뜻하고 아버지가 특별히 유쾌한 기분일 때, 딸들은 레모네이드를 만들어 파란색 에나멜 도료로 물망초가 화려하게 그려진 빨간 유리 주전자에 담아 내오곤 했다. 여동생들은 주전자를 아주 좋은 물건이라고 생각했는데, 이웃들은 항상 그 주전자의 의심스러운 색깔에 대해 농담을 하곤 했다.

오늘 폴의 아버지는 계단 꼭대기에 앉아, 보채는 아이를 무릎 위에서 옮겨 안으며 달래는 옆집 젊은 남자에게 말을 건네고 있었다. 폴이 본보기로 삼아야 한다며 매일 잔소리로 듣는 바로 그 젊은이였다. 아버지의 간절한 소원은 바로 폴이 그 젊은이처럼 살아가는 것이었다. 그는 붉은 혈색의 얼굴에 굳게 다문 붉은 입술, 그리고 흐리멍덩한 근시 눈을 갖고 있었다. 그 눈에는 안경테 다리도 금으로 된 두꺼운 안경까지 걸쳐져 있었다. 거대 철강 주식회사의 유능한 사원으로 일하는 그는 코델리아 거리에서는 장래가 유망한 청년으로 통했다. 그에게도 한때 사연이 있었다. 그러니까 5년 전(현재 그는 겨우 스물여섯이다) 그는 다소 방탕하게 살았다. 하지만 젊은 혈기로 방탕한 성생활을 하면 필수적으로 소비되는 시간과 노력을 아끼라는 사장의 충고를 받아들여 생리적인 욕구를 억제했다. 그것은 다른 종업원들에게도 끊임없이 되풀이하던 사장의 충고였다. 스물한 살 나이에 그 젊은이는 운명의 고락을 함께 하자는 설득에 넘어온 첫 번째 여자와 결혼했다. 그 여자는 말라빠진 학교 선생으로 그와 마찬가지로 두꺼운 안경을 썼는데, 그보다 나이가 훨씬 더 많았다. 지금은 자신과 마찬가지로 근시인 네 명의 아이를 낳아 키우고 있었다.

지금 그 젊은이는 회사 사장이 지중해 연안을 유람하면서도 회사 일 하나하나를 세밀하게 챙겨 마치 집에 있을 때와 마찬가지로 요트에서 업무 시간을 정해 일하기 때문에 '두 명의 속기사들이 바빠 죽을 지경일 만큼 일을 해치우고 있다.'는 이야기를 하고 있었다. 이어서 폴의 아버지는 자기 회사에서 카이로에 전차 공장을 세울 계획을 갖고 있다는 이야기를 했다. 폴은 이를 딱딱 부딪쳐 소리를 냈다. 아버지가 카이로에 도착하기도 전에 모든 것이 엉망이 될 거라는 끔찍한 걱정이 들었다. 하지만 일요일과 휴일이면 언제나 되풀이 되는 철강왕의 신화에 대한 이야기를 듣는 것은 꽤 좋았다. 베니스와 지중해의 요트, 그리고 몬테카를로에서 거액의 도박판을 벌인 이야기는 언제나 폴의 상상력을 자극하는 매력적인 것이었다. 게다가 현금 수납 일이나 하던 소년이 명성을 얻는 종류의 이야기는 무척 흥미진진했다. 비록 폴은 그런 일이나 할 마음이 전혀 없었지만 말이다.

저녁식사가 끝난 뒤에 폴은 식기의 물기를 닦았다. 그리고 초조한 목소리로 기하학 숙제에 대한 도움을 받으러 조지의 집에 가도 되느냐고 묻고는 조금 더 초조한 목소리로 차비가 필요하다는 말도 덧붙였다. 마지막 이야기는 한 번 더 되풀이해야만 했다. 폴의 아버지는 그 액수가 크건 작건 간에 돈 달라는 말을 듣기 싫어하는 경향이 있기 때문이었다. 아버지는 일단 폴에게 근처에 사는 다른 아이에게 가서 숙제를 할 수는 없느냐고 물어 보고서, 일요일까지 학교 숙제를 하지 않고 놔둬서는 안 된다며 잔소리를 했다. 그래도 10센트짜리 백동전 하나는 주었다. 아버지는 가난하지 않았지만 출세를 하겠다는 다부진 야심을 지닌 사람이었다. 폴에게 극장 안내원을 하도록 허락한 것도 남자아이라면 모두 약간의 돈을 벌어 보아야 한다는 생각에서였다.

폴은 2층으로 뛰어올라가 그가 싫어하는 지독한 냄새의 비누를 손에 문질러 기름기 낀 설거지 구정물을 씻어 버렸다. 그리고 서랍에 숨겨놓은 보랏빛 병을 꺼내 안의 내용물 몇 방울을 손가락에 떨어뜨렸다. 그리고 눈에 잘 띄도록 팔 밑에 기하학 책을 낀 채로 집을 빠져나왔다. 코델리아 거리를 벗어나서 도심으로 향하는 차에 올라타자마자 무기력했던 지난 이틀 동안의 무감각함을 떨치고 생기가 돌기 시작했다.

도심 극장에서 공연하고 있는 전속 극단의 주연급 청년 찰리 에드워드와 폴은 친한 사이였다. 일요일 밤 리허설에 아무 때나 와도 좋다는 초대를 받아 놓았다. 1년 이상 폴은 기회가 날 때마다 그의 분장실 근처를 배회했다. 그리고 마침내 그 배우의 수행원 중에 한 자리를 차지하게 되었다. 아직 의상 담당까지 고용할 여유가 없었던 젊은 연기자에게 폴의 도움이 꽤 유용했기 때문만은 아니었다. 폴에게서 뭔가 동질적인 것을 발견했기 때문이었다. 교회에 다니는 사람들이 흔히 말하는 '소명 의식' 같은 것이었다.

폴이 정말 살아 있다는 느낌을 가질 수 있는 곳은 바로 카네기 홀과 극장 안이었다. 그 외 다른 곳에서는 그저 잠을 자거나 망각의 상태에 있었다. 그것은 폴의 동화였고 비밀스런 사랑의 유혹이었다. 페인트와 가스 냄새가 배어 있는 먼지 잔뜩 낀 무대 뒤의 공기를 들이마시는 순간은 막 감옥에서 풀려난 죄수가 세상의 공기를 처음으로 들이마시는 순간과 같았다. 폴은 뭔가 시적이고 아름다운 행동을 하거나 말할 수 있을 것만 같은 느낌이 들었다. 날카로운 소리를 시작으로 관현악단이 마르다의 전주곡을 연주하기 시작하거나 리골레토가 세레나데를 불러 젖히는 순간, 모든 멍청하고 추악한 것들이 씻기어 내려가고 그의 모든 감각은 감미롭고 우아한 불길에 사로잡혀 타올랐다.

폴에게 있어서 아름다움이란 약간의 인위적 요소를 필수적으로 갖추어야 했는데, 아마도 그가 보는 세상의 자연스런 것들이란 죄다 추악한 가면을 쓰고 있었기 때문일 것이다. 카네기 홀이나 극장이 아닌 곳에서 겪은 대단한 일이라고는 주일학교의 소풍이나 쩨쩨한 살림살이 그리고 인생에서 성공하는 법에 관한 온갖 충고와 도무지 지워지지 않는 음식 냄새 따위 일색이었다. 그러므로 지금 이 장소가 유혹적으로 느껴지고, 이곳에 있는 잘 빼입은 남자들과 여자들이 너무나 매력적으로 보이는 것이리라. 무대의 스포트라이트 아래서 활짝 핀 별들의 무대는 너무나 감동적으로 보였다.

극장의 무대 입구는 폴에게 진짜로 실제 낭만으로 빠져 들어가는 입구와 같았다. 하지만 극단의 그 누구도 폴이 그렇게 생각하는지 알지 못했다. 친하게 지내는 찰리 에드워드 역시 눈치 채지 못했다. 폴의 상상은 오래전부터 런던에서 떠돌던 엄청나게 부유한 한 유태인 이야기 같은 것이었다. 그는 극장 지하에 비밀 홀을 갖고 있으면서 그곳을 야자수와 분수로 장식해 놓고 화려한 옷을 입은 여자들을 두었는데 행여 런던의 빛이 들어와 여자들이 딴 생각을 품지 못하도록 감금했다고 한다. 이와 마찬가지로 폴은 돈 계산과 더러운 노동에 미쳐 돌아가는 연기 자욱한 도시 한가운데에 자신만의 은밀한 신전과 마법의 융단, 그리고 영원히 변치 않는 찬란한 햇빛 아래 펼쳐진 파랗고 하얀 지중해 해안을 갖고 있었다.

학교 선생님 몇몇은 폴의 이러한 상상력을 두고, 야한 소설이 아이를 타락시키고 왜곡시켰다는 견해를 피력했다. 그렇지만 사실 폴은 책을 거의 읽지 않았다. 집에 있는 책들은 그의 젊은 마음을 유혹하거나 매수하지 못했다. 친구들이 그에게 읽어보라고 권한 책들도 마찬가지였다. 사실 그가 원하는 모든 것은 음악에서 더 빨리 얻을 수 있었다. 관현악단의 연주에서 손잡이를 돌려 소리를 내는 휴대용 오르간의 소리까지 어떤 음악이든 상관없었다. 폴에게 필요한 것은 상상력이 모든 감각을 휘어잡는, 뭐라 형용할 수 없는 스릴과 번득임이었다. 그로써 자신만의 그림과 이야기를 만들어낼 수 있었다. 그러나 무대생활을 동경하지는 않았다. 적어도 일반적으로 사람들이 말하는 부류의 연예계 지망생은 아니었다. 음악가가 되고자 하는 생각이 없는 것처럼 배우가 될 생각도 전혀 없었다. 그런 일을 할 필요성은 느끼지 않았다. 폴이 원하는 바는 그저 보고 즐기며 모든 것을 벗어던지고 파도치듯 밀려오는 분위기에 젖어 저 멀리 상념의 바다로 나아가는 일이었다.

　무대 뒤에서 보낸 하룻밤 이후 폴은 학교 교실이 전보다 훨씬 더 혐오스러웠다. 맨 시멘트 바닥과 벽이며, 프록코트를 입거나 단추 구멍에 바이올렛을 꽂아보지도 못했을 지루하고 평범한 남자들, 멋이라고는 하나 없는 옷에 찢어지는 목소리로 여격을 지배하는 전치사에 대해 애처로울 정도로 심각하게 생각하는 여자들까지. 한순간이라도 자신이 그런 사람들을 진지하게 대하고 있을 거라고 다른 학생들이 생각하리란 것이 견딜 수 없었다. 자신이 그 모든 사람들을 얼마나 하찮고 별 볼일 없게 여기는지, 그리고 그저 장난삼아 학교에 나오는 것뿐임을 아이들에게 분명하게 알려야만 했다. 폴은 가지고 있던 극단 배우들의 사진을 친구들에게 보여주면서 정말 터무니없는 이야기를 지어냈다. 극단 사람들과 자신이 얼마나 친근하게 지내는지 떠벌였다. 카네기 홀에서 연주하는 독주자들과의 돈독한 친분이며 함께 나눈 저녁식사 그리고 그가 보냈던 꽃에 대한 이야기도 해주었다. 하지만 이런 이야기들이 효력을 잃고 듣고 있던 아이들이 심드렁해지면 그는 필사적인 심정으로 모든 아이들에게 안녕을 고하면서 당분간 여행을 다녀올 거라고 말했다. 네팔과 베니스 그리고 이집트로 가는 여행이라고 일러뒀다. 그러고서 다음 월요일이 되면 그는 수줍은 미소를 조심스럽게 입가에 띤 채 나타나 누이가 아파서 여행을 다음 봄까지 미뤄야만 했다고 말했다.

학교에서 폴의 문제는 계속 악화되었다. 폴은 선생님들에게 자신이 얼마나 그들의 잘난 훈계나 선생님이라는 존재 자체를 진심으로 경멸하고 있는지, 그리고 다른 곳에서는 자신이 얼마나 인정받고 있는지 알리고 싶어 몸이 근질근질해졌다. 그래서 한번씩 수학 공식 같은 하찮은 일로 노닥거릴 시간이 없다는 말을 드러내놓고 했다. 선생님들을 당황하게 만드는 불안한 허세를 부리면서 두 눈썹을 씰룩거리는 평소의 태도도 빼놓지 않았다. 그리고 자신은 전속극단의 사람들을 돕고 있으며 그들은 자기 친구라고 말하곤 했다.

결국 이 문제로 폴의 아버지는 교장을 찾아와야 했고, 폴은 학교를 그만두고 취직하는 것으로 마무리 지어졌다. 카네기 홀의 관리인에게는 폴을 대신할 다른 안내원을 찾으라는 통보가 갔다. 극장 수위는 다시는 폴을 극장 안으로 들여보내서는 안 된다는 경고를 받았다. 그리고 찰리 에드워드는 양심의 가책을 느끼면서 폴의 아버지에게 다시는 폴을 만나지 않겠다는 약속을 했다.

극단 사람들은 폴의 이야기를 전해 듣고 매우 흥미 있어 했다. 특히 여자들이 그랬다. 대부분 가난한 남편과 형제들을 부양하고 있던 이 근면한 여자들은 자신들이 불쌍한 아이로 하여금 그런 열정적이고 화려한 거짓말을 하게 흔들어 놓았다는 사실에 쓴웃음을 지었다. 그리고 학교 선생님들과 폴의 아버지가 폴을 구제불능의 문제아라고 본 것에 동의했다.

동부행 기차는 1월의 눈보라를 헤치며 나아가고 있었다. 기차가 뉴어크에서 1마일 떨어진 지점에서 경적을 울렸을 때는 희미한 여명이 회색으로 변하고 있었다. 의자에서 불편하게 구부린 채로 선잠을 자던 폴은 깜짝 놀라 자리에서 벌떡 일어나 김 서린 유리창을 손으로 문지르고 밖을 내다보았다. 하얗게 변한 땅 위에 눈보라가 소용돌이치며 불었다. 울타리를 따라 펼쳐진 들판 가득 눈이 쌓인 가운데 다만 여기저기 키 큰 잡초와 죽은 잔디 줄기가 검은 고개를 삐쭉 내밀고 있었다. 띄엄띄엄 흩어져 있는 집들에서 불빛이 흘러나왔고, 기찻길 옆에 서 있는 한 무리의 노무자들은 들고 있던 랜턴을 흔들었다.

폴은 거의 잠을 자지 못했다. 지저분하고 불편했다. 침대차가 아닌 보통객차를 밤새 타고 왔다. 호화로운 풀먼식 침대차를 타기에 어울리는 복장을 하지 못해 부끄럽기도 했고 또 데니 앤드 카슨스 사무실에서 일하던 자신을 알아볼 피츠버그의 장사꾼들 눈에 띌까 봐 걱정스럽기도 해서였다. 기차 경적 소리에 잠을 깬 폴은 상의 윗주머니를 재빨리 움켜쥐고 불안한 미소를 지으며 주위를 휙 둘러보았다. 하지만 왜소한 체구의 진흙투성이 이탈리아 사람들은 여전히 자고 있었고, 복도 건너편의 지저분한 여자들은 입을 벌린 채 인사불성이었다. 심지어 온통 빵부스러기를 묻힌 울보 아기들도 지금은 잠잠해져 있었다. 폴은 조바심이 나는 것을 애써 참으며 다시 자리에 몸을 기댔다.

저지 시티 역에 도착한 폴은 불편한 태도를 감추지 못하고 주변을 경계하면서 아침식사를 서둘러 마쳤다. 23번가 역에 도착한 후, 자기가 타고온 마차의 마부에게 물어 막 문을 연 남성복 점포를 찾아갔다. 거기서 두 시간 동안 신중에 신중을 기해 물건을 골랐다. 탈의실에서 새 정장으로 갈아입은 폴은 나머지 프록코트와 예복들을 새로 산 리넨 셔츠와 함께 마차 안에 넣어 두었다. 그러고서 모자 가게와 구두 가게를 찾아갔다. 다음 행선지는 티파니였다. 거기서 그는 새로운 넥타이핀과 은 세공품들을 사면서 이름 새기는 걸 기다리고만 있을 수 없노라고 점원에게 말했다. 마지막으로 브로드웨이에 있는 가방 가게에 들러 지금까지 구입한 물건들을 다양한 크기의 여행 가방에 담았다.

마차로 월도프 호텔에 도착한 것은 오후 1시가 약간 넘어선 때였다. 마부와 계산을 끝낸 후 폴은 호텔 프런트로 갔다.

그는 워싱턴에서 왔다고 숙박부에 기재했다. 해외여행 중인 부모님이 탄 증기선이 도착할 때까지 이곳에서 기다리기로 했다고 말했다. 그럴싸하게 둘러대서 아무 문제도 일어나지 않았다. 그도 그럴 것이 침실과 거실 그리고 욕실이 딸린 객실비를 자진해서 미리 지불했던 것이다.

벌써 100번도 넘게 폴은 뉴욕 입성에 대한 계획을 세워 보았다. 찰리 에드워드와 계획 하나하나를 세밀하게 점검했으며 집에 있는 스크랩북에는 『선데이』지에서 오려 둔 뉴욕 호텔에 관한 그림이 가득했다. 8층에 있는 거실에 안내되었을 때, 폴은 한눈에 모든 것이 완벽하게 갖춰져 있음을 알아보았다. 머릿속에 그려보던 그림에서 아주 사소한 부분 하나가 미흡하기는 했다. 폴은 사환을 불러 꽃을 사오게 했다. 사환 아이가 돌아올 때까지 폴은 초조하게 움직이며 구입한 린넨 셔츠를 정리했다. 옷을 만지는 그의 손길은 가뿐하기만 했다. 꽃이 도착하자 서둘러 물에 담그고, 폴은 뜨거운 물을 받은 욕조 안으로 허겁지겁 들어갔다. 조금 시간이 흐른 뒤에 새로 산 실크 속옷을 멋지게 입은 폴은 빨간색 목욕가운의 솔기를 만지작거리며 하얀 욕실에서 나왔다. 창문 밖 눈보라는 더욱 거세져 건너편이 거의 보이지 않았다. 그래도 방안은 향긋하고 달콤한 부드러움이 가득했다. 폴은 소파 옆에 있는 받침대에 노랑 수선화와 제비꽃을 놓았다. 그리고 긴 한숨을 내쉬면서 자리에 누워 로마에서 수입한 모포를 덮었다. 너무나 피곤했다. 너무 서둘러 일을 치러냈고 지난 24시간 동안 엄청난 긴장감을 견뎌내며 쉬지 않고 먼 길을 왔다. 이제는 그 모든 일을 어떻게 해냈는지 생각해보고 싶었다. 꽃의 상큼한 향내와 따스한 실내 공기 안에서 바람 소리를 자장가 삼아 폴은 나른한 회상에 깊이 잠겨 들었다.

놀랍도록 간단했다. 아버지와 선생들이 그를 극장과 연주회장에 가지 못하게 하여 폴의 모든 것을 앗아가자 다음에 할 일은 사실상 전부 결정되어 버렸다. 남은 것은 언제 기회를 잡을 수 있느냐는 문제뿐이었다. 사실 정작 폴이 놀란 것은 자신의 용기였다. 그동안 자신이 말해온 거짓말의 올가미가 그를 조여들고, 온몸의 근육을 긴장하게 만들었기에 지난 수년 간 그는 항상 불안과 공포에 시달려 왔음을 너무 잘 알고 있었다. 이제까지 그는 항상 뭔가를 두려워하며 지내 왔다. 그렇지 않았던 때를 기억하기 어려울 지경이었다. 그가 아주 어린 아이였을 때조차 공포와 두려움은 그의 뒤나 바로 앞, 아니면 옆에 존재하고 있었다. 언제 어디서나 존재하는 그늘지고 어두운 구석이 너무나 두려워 폴은 차마 그곳에 눈길조차 줄 수 없었지만, 그곳에는 언제나 그를 바라보는 눈길이 있는 듯했다. 그리고 폴은 자신도 익히 알고 있듯이 누군가가 보기에 썩 좋지 않은 행동을 하고 다녔다.

그렇지만 지금 이상하게도 그는 안도감을 느끼고 있었다. 어두운 구석 한가운데 있는 그 존재에게 도전장을 내민 것 같았다.

그래도 그가 일상의 속박에 묶여 침울해 한 것은 딱 하루뿐이었다. 어제 오후였다. 폴은 평상시처럼 데니 앤드 카슨스 사무실의 예금을 갖고 은행에 가는 일을 맡았다. 그러나 이번에는 마감을 위해서 통장을 놔두고 오라는 지시를 받았다. 폴이 자기 주머니로 조용히 옮겨 넣은 돈은 수표 2000달러와 통장에 입금되어 있던 1000달러 남짓이었다. 폴은 은행에서 새 입금 전표를 끊었다. 그리고 사무실로 다시 돌아갈 정도의 대담함을 보였다. 그날 하루 일을 다 끝낸 폴은 다음 날 하루 휴가를 냈다. 다음 날은 토요일이었기 때문에 그럴싸한 핑계가 되었다. 은행통장은 월요일이나 화요일이 되기 전에는 되돌아오지 않을 터였다. 그리고 그의 아버지는 다음 주 내내 출장으로 집을 비울 것이었다. 지폐가 그의 주머니에 들어오는 순간부터 뉴욕으로 향하는 야간기차에 오르는 순간까지, 폴은 한순간도 주저하지 않았다. 겉보기보다 훨씬 위험천만한 물살을 헤치고 나가는 것이 처음은 아니었다.

모든 일이 얼마나 쉽게 풀렸는지 모른다. 그렇게 여기까지 왔다. 모든 일이 잘되었다. 이번에는 갑자기 깨어나는 일도 없고, 계단 꼭대기에 서 있는 아버지도 없을 것이다. 창밖에서 휘날리는 눈송이를 쳐다보다 잠이 들었다.

잠에서 깨어났을 때는 오후 3시가 되어 있었다. 폴은 깜짝 놀라 자리에서 일어났다. 소중한 하루의 절반이 벌써 지나가

버리다니! 옷을 차려입는 데 한 시간 이상이 걸렸다. 옷을 하나씩 입을 때마다 화장실 거울에 비춰보며 꼼꼼히 살펴보았다. 모든 것이 완벽했다. 언제나 바랐던 바로 그 모습이었다.

아래층으로 내려간 폴은 마차를 불러 타고 공원을 향해 5번가를 달렸다. 눈발이 상당히 약해져 있었다. 겨울의 황혼 속을 상인들의 마차와 객차들이 소리 없이 분주히 오갔다. 모직 목도리를 감싼 소년들은 현관문 앞의 눈을 삽으로 열심히 퍼냈고, 역마차들은 하얗게 눈 덮인 거리에 진한 색을 점점이 더했다. 길모퉁이 여기저기에 노점이 있고 활짝 핀 꽃이 든 유리 진열대의 제대로 된 꽃집도 있었다. 진열대 옆면 유리에 눈송이가 부딪쳐 흘러내렸지만 그 안의 꽃들은 눈이 오는 것은 아랑곳하지 않았다. 꽃집에는 제비꽃, 장미, 카네이션 그리고 은방울꽃까지 있었다. 눈 속에서 때 아니게 피어서인지 더욱 사랑스럽고 매혹적이었다. 공원은 멋진 겨울 풍경을 갖추고 있었다.

호텔에 돌아왔을 때는 황혼의 정적이 그치고 거리는 또 다른 모습으로 변해 갔다. 눈은 더욱 세차게 내렸다. 성난 대서양의 바람에 맞서 위용을 잃지 않고 수십 층 높이로 치솟은 호텔 건물에서는 아름다운 불빛이 흘러내렸다. 길게 늘어선 검은 마차의 행렬이 거리로 쏟아져 나와 가지런히 몰려가다가 군데군데 서로 다른 행렬과 교차하면서 지나갔다. 폴이 머무는 호텔 앞에는 십여 대의 마차가 줄지어 서 있어서 폴이 탄 마차도 기다려야 했다. 제복을 입은 소년들이 보도 위에 쳐 놓은 차양을 들락거리고, 호텔 문에서 거리로 깔린 붉은 벨벳 카펫 위를 따라 오르내렸다. 모든 것들이 시끄럽고 소란스러웠다. 그 거리에는 폴만큼이나 쾌락에 열광하고 갈망하는 수천 군상의 분주함과 흥분, 굉음과 소란이 일고 있었다. 사방에 부의 전지전능함을 확인시켜주는 선명한 증거들이 보였다.

소년은 새삼스런 깨달음에 입을 꼭 다물고 어깨를 움츠렸다. 수많은 연극의 줄거리, 연애담, 그리고 온갖 신경을 자극하는 이야깃거리가 모두 눈보라처럼 그에게 휘몰아쳐 왔다. 폴은 폭풍 속 나뭇단처럼 타올랐다.

저녁식사를 하러 식당으로 내려갈 때 관현악단의 음악이 엘리베이터를 따라 흘러 올라와 반겨주었다. 사람들로 붐비는 복도에 발을 내딛는 순간 머리가 어질했다. 폴은 벽에 기대어 놓은 의자 하나에 털썩 주저앉아 호흡을 가다듬었다. 불빛, 재잘거림, 향수, 그리고 당혹스럽도록 요란스러운 각종 색채의 향연. 순간 이 모든 것이 참을 수 없게 느껴졌다. 하지만 그것도 잠시였다. 이들이야말로 자신과 같은 부류의 사람이라고 스스로에게 말했다. 천천히 복도를 따라 걸으며 서재, 흡연실, 연회실을 지나쳐갔다. 마치 폴 한 사람만을 위해 지어진 호화로운 궁전에 사람들이 모여 있는 양, 각 방들을 찬찬히 살펴보았다.

식당에 도착해서는 창문 근처의 테이블에 자리를 잡았다. 꽃, 하얀 린넨 식탁보, 다채로운 포도주 잔, 화려한 치장의 여자들, 병의 코르크 마개를 따는 낮은 소리, 관현악단이 연주하는 '아름답고 푸른 도나우 강' 멜로디, 이 모든 것이 폴의 꿈을 생생한 빛으로 채우고 있었다. 장밋빛 도는 샴페인이 폴의 잔에 따라졌다. 차가운 기포가 이는 값비싼 액체는 유리잔에서 보글거리며 거품을 일으켰다. 폴은 도대체 이 세상에 정직한 사람이 있는지 의심스러워졌다. 이것이야말로 온 세상 사람들이 쟁취하기 위해 애쓰는 것이라고 생각했다. 이것이야말로 모든 투쟁과 다툼의 원인이었다. 폴은 지나온 과거가 실제였는지조차 의심스러웠다. 고단한 삶에 지쳐 기진맥진한 상인들이 새벽차를 타는 코델리아 거리라는 곳이 있었단 말인가? 폴에게 그곳 사람들은 기계 속 부품 같은 존재로만 보였다. 언제나 코트 언저리에 아이들의 머리카락이 묻어 있고 음식냄새 절은 옷을 입고 있는 넌더리 나는 사람들이었다. 코델리아 거리. 아, 그곳은 전혀 다른 시간의 다른 나라에 속해 있다. 폴이 기억하는 한 자신은 옛날부터 밤이면 밤마다 여기에 앉아 수심에 잠긴 시선으로 온통 빛나는 것들을 바라보면서 지금 엄지와 중지 사이에 있는 것과 같은 유리잔 기둥을 잡고 잔을 천천히 흔들고 있었던 것이다. 아무래도 그랬을 거라는 생각이 들었다.

폴은 조금도 부끄럽거나 외롭지 않았다. 이곳에 있는 사람들과 사귀거나 알게 되기를 원하지 않았다. 바라는 것은 그저 이 장관을 바라보며 이런저런 추측을 할 권리뿐이었다. 폴이 그토록 갖고자 원했던 것은 무대의 소품뿐이었다. 메트로폴리탄에 머물게 된 이후 저녁 늦은 시간이 되어도 외롭지 않았다. 이제 그는 자신에게서 신경질적인 불안감과 주변 환경과 자신이 어울리지 않음을 보여주려는 급박한 욕망으로 생긴 어쩔 수 없는 공격성을 모두 지워버리고 있었다. 지금의 주변 환경은 폴 자신을 있는 그대로 대변하고 있다고 느꼈다. 그 어떤 사람도 자줏빛 예복에 대해 질문하지 않았다. 그저 가만히 그 옷을 입고 있기만 하면 된다. 이곳에서라면 그 누구도 그의 자존심을 상하게 하지 못할 것이라는 사실을 다시 확인하기 위해서 그저 자신이 입은 옷을 한번 쓱 내려다보기만 하면 됐다.

그날 밤은 잠을 자러 가려고 그 아름다운 거실을 떠나고 싶지 않았다. 그래서 거실의 망루 유리창으로 성난 폭풍우를 한참 동안 바라보며 앉아 있었다. 그리고 침실로 가 잠이 들었을 때는 불을 그대로 켜 두었다. 폴이 원래 겁이 많았기 때문이기도 했지만, 혹시 밤중에 깨어났을 때 잠시라도 현재의 상황이 의심스러운 나머지 침대 머리맡에 워싱턴과 칼빈의 글귀가 쓰여 있거나 공포의 노란 벽지가 보이지 않을까 걱정하는 끔찍한 일을 겪고 싶지 않아서이기도 했다.

일요일 아침, 온 도시가 말 그대로 눈 속에 갇혀 있었다. 폴은 느지막이 아침식사를 했고, 오후에는 샌프란시스코 출신의 활달한 청년과 어울리게 되었다. 예일대학 신입생인 그는 일요일 하루 동안 '약간의 모험'을 해보려 왔다고 했다. 그 젊은이는 폴에게 도시의 밤을 보여주겠다고 했고 두 소년은 저녁식사를 하고 함께 밖으로 나갔다가 다음 날 아침 7시가 되어서야 호텔로 돌아왔다. 두 사람은 샴페인을 나누며 쌓은 우정으로 서로를 쉽게 믿으며 친근하게 사귀기 시작했지만 엘리베이터 안에서 나눈 작별 인사는 대단히 냉정했다. 대학 신입생은 예정된 기차를 타기 위해 몸을 추슬렀고, 폴은 그대로 잠을 자러 들어갔다. 폴은 오후 2시가 되어서야 깨어났다. 몹시 목마르고 어지러웠다. 얼음물과 커피 그리고 『피츠버그』지를 가져다 달라고 전화를 걸었다.

호텔 지배인 입장에서 폴은 조금도 의심스러운 구석이 없었다. 폴은 너무나 위엄 있고 당당하게 부잣집 응석받이의 치장을 잘 소화해내고 있었기에 미심쩍은 점이 없었다. 포도주에 잔뜩 취해서도 폴은 절대로 언동이 난폭해지거나 흥청거리지 않았다. 비록 술이라는 녀석이 요술 건물을 세우는 마법사의 지팡이와 같다는 것을 알았지만 말이다. 그의 게걸스러운 탐욕은 눈과 귀에만 있을 뿐 입은 전혀 문제가 되지 않았다.

폴의 가장 큰 기쁨은 거실을 비추는 회색빛 겨울 황혼이었다. 그리고 꽃이 전하는 조용한 즐거움, 지금 입고 있는 옷,

넓은 소파, 담배, 그리고 자신이 갖고 있는 권력이었다. 이토록 평화롭게 느껴본 적이 없었다. 매일매일 해야만 했던 사소한 거짓말들이 더 이상 필요 없다는 사실이 그의 자존감을 회복시켜 주었다. 폴은 재미로 거짓말을 한 적이 없었다. 학교에서조차도 그러지 않았다. 그저 주목받고 존경받기 위해서였다. 코델리아 거리에 사는 다른 소년들과 자신의 차별성을 분명하게 하기 위함일 뿐이었다. 이제 그는 좀 더 늠름하고 정직한 모습의 자신을 발견할 수 있었다. 더 이상은 허세를 떨 필요가 없었다. 배우 친구들이 말하던 대로 '역할에 어울리는 옷'을 입을 수 있게 되었기 때문이었다. 양심의 가책이 일어나지 않는 것은 특이한 일이었다. 자신의 전성기가 아무런 마음의 그늘 없이 지속되었고, 폴은 그 모든 순간을 가능한 한 최고로 완벽하게 보내고 있었다.

뉴욕에 온 지 8일째 되는 날 폴은 모든 일이 『피츠버그』지에 실린 것을 발견했다. 세세한 부분까지 모두 보도되어 있는 것으로 보아 이 지방 기사의 선정성은 이미 많이 떨어져 있는 모양이었다. 데니 앤드 카슨스 회사는 소년의 아버지가 절도당한 금액 전부를 배상했으므로 고소할 생각이 없다고 했다. 컴버랜드 목사는 인터뷰 기사에서 어머니 없이 자란 불쌍한 소년의 갱생에 대한 희망을 저버리지 않았음을 피력했고, 주일학교 선생님도 끝까지 노력을 멈추지 않겠노라고 호언했다. 기사는 문제의 소년을 뉴욕에 있는 호텔에서 보았다는 소문이 있어 소년의 아버지가 아이를 집으로 데려오기 위해 동부로 떠났다고 끝을 맺고 있었다.

막 저녁식사를 위해 옷을 차려입으러 방에 들어왔던 폴은 무릎에 힘이 빠져 그대로 의자에 주저앉아 두 손으로 머리를 감쌌다. 감옥에 가게 된 것보다 더 안 좋은 상황이었다. 마침내 코델리아 거리의 무기력이 그를 사방에서 덮쳐 영원히 가두려 하고 있었다. 단조로운 절망의 세월 속에 회색의 지루한 일상이 그의 앞에 펼쳐졌다. 주일학교, 성경 공부, 노란 벽지 침실, 축축한 행주. 이 모든 것들의 지겹도록 생생한 영상이 폴을 급습했다. 관현악단의 연주가 갑자기 멈출 때 느꼈던 익숙한 느낌, 연극이 끝났을 때 느꼈던 가슴이 쿵 내려앉는 기분을 다시 느끼고 있었다. 땀방울이 송골송골 얼굴에 맺혔다. 벌떡 자리에서 일어선 폴은 애써 가식적인 미소를 지으며 자신의 모습을 살피고 거울에 비친 자신의 모습에게 윙크를 보냈다. 오랜 경험으로 모두 부질없는 짓임을 알면서도 폴은 유치하게 기적을 바라는 마음만큼은 버리지 못한 채 옷을 차려입고 서둘러 엘리베이터로 가는 복도를 따라 걸었다.

식당에 도착해 음악 소리를 듣자마자 폴의 무거운 기억은 가벼워졌다. 현재에 충실하며 순간을 즐기자는 평소의 생각이 힘을 발휘하고 있었다. 그리고 폴이 갖고 있는 온통 번쩍거리고 빛나는 무대 소품에 불과한 것들이 다시금, 그리고 마지막으로 예의 그 효력을 발휘했다. 자신의 투지만만함을 보여 주겠다. 멋지게 마무리 짓겠다. 폴은 그 어느 때보다도 더 코델리아 거리라는 곳의 실체가 의심스러워졌다. 그리고 처음으로 포도주를 무모하게 마셔댔다. 아니, 내가 부를 타고난 자줏빛 예복의 사람이 아니라고? 지금 이곳에 있는 내 모습이 진짜가 아니라고? 폴은 손을 두드려 오페라 팔리아치의 불규칙한 반주 부분의 박자를 맞추며 주변을 둘러보면서 이 모든 것은 아주 가치 있는 일이었다고 계속해서 되뇌었다.

폴은 넘실거리는 음악과 차가운 달콤함을 자랑하는 포도주에 젖어 일을 좀 더 현명하게 해낼 수 있었다는 생각이 어렴풋이 들었다. 외국으로 가는 증기선을 탔더라면 지금쯤 그들의 손아귀에서 완전히 벗어날 수 있었을 것이다. 하지만 세상 저편은 너무나 멀어보여서 확신이 서지 않았다. 그리고 그렇게 오랫동안 기다릴 수가 없었다. 그의 욕구는 너무나 격렬하고 다급했다. 만약 다시 선택의 기회가 주어진다 해도 내일도 같은 선택을 할 것이다. 폴은 애정 넘치는 시선으로 이제는 부드러운 안개에 싸여 황금빛으로 빛나는 식당을 둘러보았다. 아, 진실로 가치 있는 일이었다!

다음 날 머리가 욱신거리고 다리까지 저려오는 통에 폴은 잠에서 깨어났다. 옷도 벗지 않은 채 침대에 몸을 던져 잠이 들었다. 신발도 그대로 신은 채였다. 사지가 천근만근이었고, 혀와 목은 바싹 말랐다. 육체적으로 극심하게 피곤하거나 온 신경이 풀어버렸을 때와 같은 상태로, 두뇌의 명석함에 치명적인 타격을 받고 있었다. 폴은 그대로 자리에 누워 두 눈을 감고 모든 것이 그대로 지나가기를 기다렸다.

그의 아버지는 뉴욕에 와 있었다. "여기저기 돌아다니고 있겠지." 폴은 혼잣말로 중얼거렸다. 현관 계단 맨 꼭대기에서 보낸 연이은 여름날들의 기억이 검은 폐수가 되어 그를 덮쳐 왔다. 지금 수중엔 100달러도 채 남지 않았다. 그 어느 때보다 돈이 중요하다는 사실이 실감났다. 돈은 그가 싫어하고 꺼리는 것들과 간절히 원하는 것들 사이에 놓인 벽이었다. 그리고 이제는 마무리해야 할 때가 된 것이다. 뉴욕에 도착한 첫날 이에 관한 생각을 했다. 심지어 대책도 마련해 놓았다. 지금 그 대책은 화장대 위에 놓여 있었다. 어젯밤 저녁식사를 마치고 무작정 방으로 올라와서 꺼내 놓은 것이다. 그렇지만 번쩍거리는 금속은 그의 눈을 상하게 했고 모양도 마음에 들지 않았다.

폴은 자리에서 일어나 이따금 올라오는 구역질에 비틀거리면서 힘든 걸음으로 서성거렸다. 평소 폴이 갖고 있던 지나치게 과장된 우울증 증세였다. 모든 세상이 코델리아 거리가 되어 버렸다. 그러나 이제 그는 아무것도 두렵지 않았다. 완전히 침착해져 있었다. 마침내 문제의 어두운 구석을 정면으로 쳐다볼 수 있게 되었고, 그 정체를 깨달았기 때문이리라. 거기서 그는 몹시 끔찍하고 나쁜 것을 보았다. 그래도 오랫동안 그 구석을 상상하며 두려움에 떨었던 것보다 나쁘지는 않았다. 이제는 모든 것이 분명해 보였다. 어떻게든 어려운 일을 나름대로 잘 해냈다는 생각이 들었다. 자신이 원하던 삶을 살아봤다고 생각했다. 그렇게 폴은 30분 동안 연발권총을 뚫어져라 바라보며 앉아 있었다. 하지만 폴은 이건 아니라고 중얼거리고는 아래층으로 내려가 마차를 타고 선착장으로 갔다.

뉴어크에 도착한 폴은 기차에서 내려 또다시 거리의 마차를 잡아타고 펜실베이니아 철로를 따라 도심에서 벗어나자고 말했다. 도로 위에 눈이 많이 쌓여 있었고, 휑한 평야에도 가득 쌓인 눈이 흩날리고 있었다. 가끔씩 여기저기 말라 죽은 잔디와 잡목들이 그 모습을 삐쭉 내밀어 온통 하얀색 위에 검은색을 만들어 냈다.

일단 교외로 들어서자 폴은 마차를 돌려보내고 철로를 따라 힘들게 걸었다. 그의 마음은 서로 연관 없는 것들로 뒤죽박죽이 되어 갔다. 그날 아침에 본 모습 전부가 머릿속에 영상으로 담겨 있는 것 같았다. 그가 타고 온 마차에 마부의 생김생김이며, 코트에 꽂는 빨간 꽃을 팔던 이 빠진 여자의 얼굴, 그리고 표를 팔던 직원, 그리고 연락선을 같이 탔던 승객들까지, 그 모두의 모습이 기억에 담겨 있었다. 생사의 문제가 목전에 달했다는 사실을 미처 소화해내지 못한 이성이 미친 듯이 작동하여 기억나는 모든 이미지들을 이리저리 묶어 보고 빠르게 분류해냈다. 그들의 모습은 모두 이 세상의 추악함의 일부분으로 느껴졌다. 그의 머릿속 아픔의 일부분이요, 그의 혀에서 격렬히 타오르는 화염의 일부였다. 길을 걷던 폴은 몸을 구부려 눈 한 움큼을 집어 입에 넣었다. 그렇지만 그것조차 뜨겁기만 했다. 조그만 언덕배기에 도착했다. 20피트 정도 아래 횡단로를 기찻길이 지나고 있었다. 폴은 몸을 구부려 앉았다.

코트에 꽂은 카네이션이 차가운 기온 때문에 고개를 숙인 것이 눈에 띄었다. 붉은 색의 눈부신 아름다움은 모두 사라져 버렸다. 문득 첫날 밤 보았던 꽃집의 꽃들도 훨씬 전에 모두 이런 모습으로 스러져 버렸으리라는 생각이 떠올랐다. 유리창 밖의 겨울을 대담하게 조롱하던 모습에도 불구하고 결국은 한순간의 화려함이었을 뿐이다. 끝내 질 것이 빤한 게임이었다. 세상을 호령하는 훈계를 거스르는 항거의 끝은 패배인 듯했다. 폴은 코트에서 조심스레 꽃을 빼 눈 속에 조그만 구멍을 파고 그곳에 묻었다. 그리고 쇠약해진 몸 상태 때문에 추위도 느끼지 못하는 양 깜빡 졸았다.

기차가 다가오는 소리에 잠에서 깨어났다. 자리에서 일어나 바로 자신의 결심을 기억해 낸 폴은 너무 늦은 것이 아닐까 걱정스러웠다. 겁먹은 미소로 벌어진 입술 사이로 이를 딱딱 부딪치며 다가오는 기관차를 바라보고 섰다. 누군가 자신을 지켜보는 사람이 있는 것처럼 한두 번 초조하게 주변을 흘긋거렸다. 그리고 때가 되자 폴은 아래로 뛰어내렸다. 아래로 떨어지는 폴의 머릿속에 성급한 결정의 어리석음이 너무나도 분명하게 떠올랐다. 미처 해보지 못한 수많은 일들이 있었다. 폴의 뇌리 속에서 그 어느 때보다 선명하게 떠오르는 그림들은 아드리아 해의 맑고 푸른 바다, 알제리의 노란 모래사막이었다.

뭔가가 그의 가슴을 치는 것이 느껴졌다. 공기를 가르며 힘껏 내던져진 폴의 몸은 끝없이 멀리 그리고 빠르게 계속해서 아래로 추락해갔다. 그의 팔다리가 서서히 느슨해졌다. 그러다가 영상을 만들어내는 조직이 으스러지자 순간적으로 온갖 어지러운 이미지들이 검은색으로 변했고, 마침내 폴은 위대한 창조주의 품으로 되돌아갔다.

윌라 시버트 캐더
Willa Sibert Cather, 1873~1947

미국 버지니아주 북부의 시골에서 태어난 윌라 캐더는 네브라스카 대학 졸업 뒤 창작 활동을 하면서 피츠버그에서 고등학교 교사를 하다가 본격적인 작품 활동을 위해 교편을 놓고 뉴욕으로 갔다. 그곳에서 무게 있는 대중지인 『맥클루어』 편집부에 들어가 주간으로까지 승진하기도 했다.

캐더는 미국 중서부에서의 유년 시절을 다룬 작품을 많이 썼는데, 끝까지 농토를 지킨 인내의 여인을 그린 「오 개척자여!」(1913)와 역시 굳건하고 진실한 여인의 생애를 그린 「나의 안토니아」(1918)는 성공작으로 꼽을 수 있다.

「폴의 이야기」는 속물근성의 미국사회에서 예술가의 심미적 취미가 푸대접 받는 비참한 상황을 그린 단편으로, 1905년에 『맥클루어』에 발표되었던 작품이다.

옮긴이 김지현 kjh-9071@hanmail.net

숙명여대 영문과를 졸업하고, 동 교육대학원 영어교육과에서 석사 학위를 취득했다. 그 후 영어로 할 수 있는 거의 모든 일을 섭렵하고, 현재는 전문 번역가로 활동하고 있다. 주요 역서로 『뉴욕타임스가 선정한 교양 시리즈, 지리 / 미디어 편』과 『다시 찾아간 나니아』 등이 있다.

셔우드 앤더슨
Sherwood Anderson

아버지의 달걀 정복기
The Triumph of the Egg

내 아버지는 확신컨대, 천성이 밝고 유순한 분이었을 것이다. 아버지는 서른넷이 될 때까지 오하이오 주 비드웰 시 근교에 있던 토머스 버터워스라는 사람의 농장에서 일꾼으로 일했다.

아버지는 그때 말 한 필을 가지고 있어서 토요일 밤에는 말을 타고 읍내로 나가 서너 시간씩 다른 농장 일꾼들과 어울리다 집으로 돌아왔다. 읍내에 가면 아버지는 밴 헤드 술집에서 맥주를 네댓 잔 마시고 술집 안을 어슬렁거렸다. 술집은 토요일 밤이면 농장 일꾼들로 북적거렸고 노랫소리와 바에 내려놓는 맥주잔 소리로 시끌벅적했다. 그러다가 10시가 되면 아버지는 한적한 시골길을 따라 말을 타고 집으로 돌아왔다.

말이 편하게 자도록 잠자리를 마련해준 뒤 자신도 잠자리에 들고, 우주에서의 자기 위치에 지극히 만족했다. 그때까지 아버지는 세상에서 성공을 하고 싶다는 생각은 한 번도 들어 본 적이 없었다.

서른다섯 되던 해 봄에 아버지는 시골 교사였던 어머니와 결혼을 했다. 그리고 그 다음 해 봄에는 내가 꼬물꼬물 세상으로 나와 울음을 터뜨렸다. 그러자 두 사람에게는 세상이 뭔가 달라 보였다. 한마디로 야심을 품게 된 것이다. 내 아버지와 어머니는 세상에서 눈에 띄는 존재가 되겠다는 아메리칸 드림에 사로잡히게 되었다.

아마도 이렇게 된 것은 어머니 때문이 아니었을까 싶다. 어머니는 교사였기 때문에 분명 책이나 잡지를 접했을 것이다. 가필드 대통령과 링컨 대통령을 비롯한 자수성가한 인물들의 성공담에 대해서도 책으로 읽었으리라. 어머니는 몸조리 기간 동안 곁에 누워 있던 나를 바라보며 내가 언젠가는 도시와 사람을 다스리는 인물이 되리라는 꿈을 꾸었는지도 모른다. 어쨌든 어머니가 아버지를 부추기는 바람에 아버지는 농장 일을 그만두고, 가지고 있던 말을 팔아서 자기 사업을 시작하게 되었다. 어머니는 키가 크고 말수가 별로 없는 사람이었다. 코는 긴 편이었고, 회색빛 두 눈은 수심에 찬 것처럼 보였다. 어머니가 자신을 위해서 원한 것은 없었다. 그렇지만 아버지와 나에 대한 야심은 누구도 말릴 수 없을 만큼 대단했다.

결론부터 말하자면, 아버지와 어머니가 과감하게 시작했던 첫 번째 사업은 실패로 돌아갔다. 아버지와 어머니는 비드웰 시에서 약 13킬로미터 정도에 위치한 그리그 로드에 1200평 규모의 돌투성이인 척박한 땅을 빌려서 양계업을 시작했다. 따라서 나는 양계장에서 소년으로 성장했고, 인생에 대한 내 첫인상도 그곳에서 형성되었다.

초반부터 내가 인생에 대해 갖게 된 첫인상은 '재앙'이었다. 내 기질을 말하자면, 좀 우울하고, 인생의 어두운 면을 보는 성향이 강한 편인데, 좀 더 행복하고 즐겁게 보냈어야 할 어린 시절을 양계장에서 보낸 탓에 이런 성격이 형성되지 않았을까 하는 생각이 든다.

양계장 사정에 밝지 않은 사람들은 병아리에게 얼마나 많은 비극적인 사건이 일어날 수 있는지 상상도 못 할 것이다. 병아리는 달걀에서 태어난다. 그리고 나서 부활절 우편엽서에서 볼 수 있는 것과 같은 보슬보슬한 솜털로 뒤덮인 귀여운 모습으로 대략 3주를 산다.

그런 뒤에는 그 털을 벗고 흉측스러운 몰골이 되어 아버지가 피땀 흘려 일해서 갖다 바치는 옥수수와 사료를 모조리 먹어 치웠다. 그렇게 먹어댔으면 잘 자라기라도 할 것이지,

픕(혀에 걸리는 전염병—옮긴이)이나 콜레라, 그리고 이름도 모를 병에 걸려서 게슴츠레한 눈으로 태양을 멍하니 바라보다가 병이 깊어져 죽어 버렸다.

악전고투를 거친 몇몇 병아리만이 신의 오묘한 섭리를 이루기에 합당한 수탉과 암탉으로 자라난다. 그렇게 해서 자라난 암탉은 달걀을 낳고, 그 달걀들에서 새로운 병아리들이 태어나고, 또다시 그 끔찍한 사이클이 반복되는 것이다. 도대체 믿기지도 않고 이해되지도 않는 일이었다. 대부분의 철학자들은 양계장에서 성장한 것이 틀림없을 것 같다. 양계장을 하는 사람들은 병아리들을 보면서 많은 소망을 갖게 된다. 그 때문에 막상 꿈에서 깨어났을 때의 실망감이란 이루 말할 수 없다. 인생의 여정을 막 시작한 병아리들은 신기하리만치 총명하고 영특해 보이지만 사실 끔찍스러우리만큼 아둔하다. 인생의 행로에서 잘못된 선택으로 인해 갈피를 못 잡는 인간과 어쩌면 그렇게 비슷한지 모르겠다. 기껏 전염병에 걸려 죽지 않고 살아남은 것들은 사람이 한껏 기대에 부풀 때까지 기다렸다가 결국에는 마차 바퀴 밑에 기어들어가 깔려 죽음으로써 조물주에게 돌아가 버린다. 어린 병아리들은 기생충에 감염되기 십상이기 때문에 항생제 구입에도 적잖은 돈이 들어간다. 나는 아주 나중에야 병아리를 길러서 성공을 거둔 사람들에 대한 이야기가 어떻게 쓰인 것인지 알게 되었다. 그 글들은 선악과나무의 열매를 먹고 막 타락한 아담과 하와를 교화할 목적으로 써진 것이다. 그 글들은 희망을 주기 위한 것들로 닭 몇 마리만 있고 단순한 야망만 갖고 있다면 누구라도 못할 것이 없다고 딱 잘라 말하고 있다. 여러분들을 위해 쓴 것이 아니므로 독자 여러분은 이에 현혹되지 말아야 한다. 알래스카의 빙하 계곡 사이에서 금을 찾겠다고 모험을 떠나도 좋다. 정치가들이 정직하다는 신념을 품어도 좋다. 꼭 그러고 싶다면, 세상은 나날이 조금씩 진보하고 있으며 언젠가는 악을 이기고 선이 승리할 것이라는 믿음을 가져도 좋다. 그렇지만 닭에 대해 쓴 작품은 읽지도 듣지도 마라. 여러분을 위해 써진 것이 아니다.

아, 얘기가 딴 데로 빠졌는데, 이 이야기는 닭에 대해 말하려는 데 뜻이 있는 것은 아니다. 정확히 말한다면, 내 이야기의 중심은 달걀에 있다. 10년 동안 닭 농장에서 수지를 맞춰 보려고 애면글면 애쓰던 아버지와 어머니는 그 몸부림을 그만두고 새로운 사업을 시작하기로 했다. 오하이오 주의 비드웰 시로 진출해서 식당 사업에 착수한 것이다. 인큐베이터에서 부화하지 않는 병아리들에 대한 근심, 보슬보슬한 공 같은 병아리(딴에는 나름 사랑스럽게 보이는), 그것이 자란 털을 벗은 중닭, 그리고 다 큰 닭들의 죽음, 이 모든 것을 10년 만에 뒤로 모두 내던지고 우리는 세간을 꾸려 짐마차에 싣고 비드웰 시로 향하는 그리그 로드를 따라 마차를 몰고 갔다.

새로운 곳을 찾는 희망으로 가득 찬 조촐한 행렬이었고 그곳에서 상류로 향하는 우리 인생의 여행을 시작할 참이었다.

우리 일행이 불쌍하게 보였을 것 같기도 하지만, 그렇지는 않았다. 전쟁터에서 쫓겨 가는 난민과는 달리 나는 공상에 잠겨 있었다. 어머니와 나는 걸어서 갔다. 짐을 실은 마차는 이웃인 알버트 그리그 씨에게서 빌린 것이었다. 마차의 양 옆으로는 싸구려 의자의 다리들이 삐쭉삐쭉 튀어나와 있었고, 침대며 식탁, 그리고 주방도구와 산 닭이 든 상자가 쌓여 있었다. 그리고 맨 꼭대기에는 내가 어렸을 때 타던 유모차가 얹혀 있었다. 동생이 태어날 것 같지도 않았는데, 왜 바퀴도 부서진 유모차를 챙겨 실었는지 모를 일이다. 가진 것이 없는 사람들은 소유한 물건에 강하게 집착한다. 이것이 인생을 그처럼 낙담하게 만드는 요인인 것이다.

아버지는 마부 자리에 앉아 마차를 몰았다. 아버지는 어느덧 머리가 벗어진 마흔다섯의 나이가 되어 약간 살이 붙었는데, 어머니에게서 전염된 탓에 그리고 닭들과 씨름하느라 과묵하고 풀 죽은 성격으로 굳어져 있었다. 양계장을 운영하는 10년 내내 아버지는 이웃 농장에서 품도 팔았는데, 거기서 번 대부분의 돈은 월머가 발견했다는 신종 콜레라 치료, 비드로 교수가 발표한 달걀 잘 낳는 방법, 혹은 주로 어머니가 가금류 잡지에서 찾아 낸 다른 병들의 예방 조치 등에 들어갔다. 이제 아버지에게 남은 머리칼이라고는 양쪽 귀 위에 걸려있는 헝겊 모양의 두 조각이 전부였다. 내가 아직 어렸을 때, 아버지는 겨울철 토요일 오후면 난로 맡에 앉아 잠이 들고는 하셨고 나는 아버지 옆에 앉아 그런 모습을 지켜보았다. 당시 내 나름대로 책을 읽기 시작했던 나는 아버지의 정수리로 뻗어나간 대머리 길을 보면서 엉뚱한 생각에 빠져들었다. 카이사르가 군단을 이끌고 미지의 새로운 세계로 진군했던 로마의 가도가 꼭 아버지의 머리 중앙에 난 길처럼 생기지 않았을까 하는 상상을 했다. 아버지 귀 위에서 자라고 있는 머리털은 가도 옆에 송송 솟은 나무숲 같았다. 나는 그 가도를 따라 걸으면서 비몽사몽간에 저 멀리 어딘가에 있을 양계장도 없고, 달걀과 관련된 일도 없을 아름다운 세상을 향해 가는 동화 속 주인공이라도 된 것 같은 꿈에 잠겼다.

양계장에서 도피해 도시로 패주하는 우리 일행의 여행담을 글로 쓴다면 책 한 권은 될 것 같다. 어머니와 나는 13킬로미터 거리를 내내 걸어서 갔다. 어머니는 마차에서 무엇이 떨어지지나 않나 유심히 보기 위해서였고, 나는 멋진 신세계를 보기 위해서였다. 마차 좌석에 앉은 아버지 옆에는 그가 가장 소중히 여기는 보물이 놓여 있었다. 이제 그 보물에 대해 말을 해야겠다.

양계장에서는 수백 마리, 때로는 수천 마리의 병아리가 달걀에서 부화하는데, 그 가운데 놀라운 일이 생긴다. 사람이나 마찬가지로 괴상하고 기형적인 병아리들이 부화되기도 하는 것이다. 물론 자주 발생하는 일은 아니다. 천 마리 당 한 마리 정도쯤 될 것 같다. 어떤 병아리는 다리가 네 개인 채로 태어나기도 하고, 날개가 두 쌍 달린 병아리, 머리 둘 달린 병아리도 태어난다. 이런 것들은 결국 오래 살지는 못한다. 기형 병아리들은 파르르 떨다가 금방 자신들을 만든 이의 손으로 돌아가는 것이다. 이런 가련한 것들이 제대로 살지도 못하고 죽는 것은 아버지에게 삶의 또 다른 비극이었다. 아버지는 다리 다섯 달린 병아리나 머리가 둘 달린 병아리를 암탉이나 수탉으로 키워낼 수만 있다면 그것들을 가지고 돈벌이를 할 수 있으리라는 엉뚱한 기대를 가지고 있었다. 아버지는 그 놀라운 것들로 장터에서 사람들의 관심을 끌어 부자가 되는 꿈을 꾸었다.

어찌됐든, 아버지는 우리 양계장에서 기형으로 태어난 병아리들을 알코올이 담긴 병에 한 마리씩 넣어 고이 모셔 두었다. 이 병들을 아버지는 조심스럽게 상자에 담아서 여행 내내 마차의 옆자리 좌석에 두고 운반했다. 아버지는 한 손으로 말을 몰면서 다른 한 손으로는 그 상자를 단단히 붙들고 있었다. 우리가 마침내 목적지에 도착했을 때에도 아버지는 그 상자부터 내려 병들을 조심조심 옮겼다. 비드웰 시에서 식당을 운영하는 내내 그 기형적인 병아리가 담긴 작은 병들은 바 뒤편의 선반을 장식했다. 어머니는 가끔 거기에 반대를 했지만 아버지는 자기 보물에 대해서만큼은 요지부동이었다. 아버지는 사람들이 특이하고 놀라운 것을 구경하기 좋아하기 때문에 그 기묘한 병아리들이 언젠가는 돈이 될 거라고 호언장담했다.

내가 오하이오 주의 비드웰 시에서 레스토랑 사업을 시작하기로 했다고 말했던가? 그런데 그것은 좀 과장된 말이다. 비드웰 시는 강을 낀 낮은 언덕 기슭에 자리 잡고 있었는데, 철도는 그곳을 통과하여 북쪽으로 1.6킬로미터 지난 곳에 있는 피클빌 읍에 기차역이 났다. 한때 역 주위에는 사과술 공장과 피클 공장이 있었지만 우리가 이사 오기 전에 문을 닫은 상태였다. 피클빌 읍 기차역에서 비드웰 시 중심가에 있는 호텔까지 터너라 불리는 고속도로를 이용해 아침저녁으로 버스가 오갔다. 우리가 그 외진 곳에 와서 식당을 열게 된 것은 전적으로 어머니 생각이었다. 어머니는 1년 동안 새로운 사업을 구상했는데, 어느 날 어딘가에 다녀오더니 피클빌 철도역 맞은편에 있던 빈 창고 같은 건물을 임대해 버린 것이었다. 식당이 돈이 될 거라고 생각한 사람도 물론 어머니였다. 어머니가 말하길, 외부로 나가려는 여행객들은 기차를 타려고 분명 역 근처에서 기다릴 테고, 시내 사람들은 들어

오는 기차를 기다리느라 역 주위에서 서성댈 것이라는 얘기였다. 그래서 사람들은 기다리는 시간에 커피나 간단한 음식을 먹으려고 식당을 이용하리라고 본 것이다. 내가 지금 어른이 되어 깨달은 바로는 당시 어머니는 돈벌이 외에 다른 동기도 가지고 있었던 것 같다. 어머니는 나에 대한 야망이 있었고, 때문에 내가 시내에 있는 학교에 다녀 번듯한 시민으로 자라나길 원했던 것이다.

아버지와 어머니는 양계장에서처럼 피클빌에서도 변함없이 열심히 일했다. 우리가 그곳에서 맨 처음 해야 할 것은 건물 내부를 식당 형태로 개조하는 일이었다. 이 작업은 한 달이 걸렸다. 아버지는 선반을 만들어 그 위에 야채, 음식 등을 담는 그릇을 얹어 놓았다.

간판도 직접 만들었는데, 커다란 붉은 글씨로 아버지의 이름을 간판에 그려 넣었고, 그 아래에 명령조로 "여기서 드시오."라는 말을 덧붙였다. 그러나 그 명령은 잘 지켜지지 않았다. 장식장도 하나 구입해서 담배와 시가로 채워 넣었다. 어머니는 바닥과 벽을 북북 문질러 닦았다. 비드웰 시내의 학교에 다니게 된 나는 양계장과 불쌍하고 처량하게 생긴 닭들로부터 벗어난 것이 기쁘기만 했다. 그런데 이상하게도 마냥 기쁘지가 않았다. 나는 저녁 무렵이면 학교 운동장에서 본 뛰놀던 아이들을 생각하면서 터너 고속도로를 따라 집으로 걸어 돌아왔다. 여자아이들이 노래를 부르며 깡충거렸던 것을 나도 따라 해봤다. 조용하게 얼어붙은 길을 자못 진지하게 앙감질하면서 "히피티는 이발소에 깡충거리며 갔어요."라고 목청껏 노래를 불러 보았다.

 그러다 갑자기 나는 이 즐거운 기분을 누군가에게 들키는 것이 두렵기라도 한 듯이, 멈춰 서서 주위를 어색하게 둘러보았다. 날마다 죽음이 찾아왔던 양계장에서 자란 나 같은 아이에게는 금지된 무언가를 하고 있다는 느낌이 들었다.

 어머니는 식당을 24시간 운영하기로 했다. 저녁 10시에 여객열차가 우리 식당 앞을 지나 북쪽으로 향했고, 바로 뒤따라서 그 지역 화물열차가 지나갔다. 이 화물열차의 승무원들은 피클빌 역에서 교대를 했기 때문에 일이 끝난 뒤에는 우리 식당에서 뜨거운 커피나 음식을 주문하여 요기를 했다. 간혹 달걀 프라이를 해달라고 하는 이들도 있었다. 이들은 우리 식당에서 쉬다가 새벽 4시가 되면 돌아갔고, 다음번 교대에 또 우리 식당을 이용하고…. 이런 식으로 소소하나마 장사가 되기 시작했다. 어머니는 저녁에 잠을 자고 낮 시간에는 식당을 보면서 투숙객들의 식사를 마련해 주었다. 아버지는 낮에 어머니가 밤에 차지했던 침대에서 잠을 잤다. 나는 여전히 비드웰 시에 있는 학교를 다녔다. 어머니와 내가 잠자는 긴 밤 시간 동안 아버지는 우리 투숙객들에게 점심으로 싸줄 샌드위치에 넣을 고기를 요리하기도 했다. 그러던 어느 날 출세에 대한 생각이 아버지의 머리에도 파고들게 되었다. 아메리칸 드림이 그를 사로잡았다. 아버지도 이제 야망을 가지게 된 것이다.

밤 시간에는 할 일이 그다지 많지 않아서 아버지는 생각할 시간이 많았다. 이게 비극의 사단이 되었다. 아버지는 자신의 성격에 쾌활한 면이 부족해서 지금껏 성공하지 못했다는 생각이 들었고, 앞으로는 인생을 쾌활하고 낙관적인 견지에서 바라봐야겠다고 마음먹었다. 그날 아침 일찍 아버지는 2층으로 올라와 어머니가 잠자던 침대로 들어갔다. 잠에서 깬 어머니와 아버지는 이야기를 나누었다. 나는 나대로 구석에 있는 내 침대에서 두 분의 대화 내용을 들었다.

이번에는 아버지의 아이디어였다. 우리 식당에 음식을 먹으러 오는 손님들을 즐겁게 해주면 어떻겠느냐는 얘기였다. 당시 아버지가 했던 말이 그대로 기억나지는 않는다. 아버지가 두리뭉실하게 말한 것에서 내가 감을 잡은 것은 일종의 쇼맨십을 가진 식당 주인에 대한 것이었다. 사람들이, 특히 비드웰 시의 젊은 사람들이 우리 식당에 오면, 사실 그런 경우는 극히 드물었지만, 재치 있고 유쾌한 만담을 손님들에게 해보여야 한다는 것이었다. 어머니는 아버지의 제안을 썩

반기는 표정은 아니었지만 아버지를 낙담시킬 만한 말을 하지도 않았다. 아버지는 자신과 어머니의 식당에 대한 열정이 비드웰 시내 젊은이들의 가슴에도 활기를 불어넣어 줄 거라 생각했다. 당시 저녁 무렵이면 활기찬 젊은이들이 유쾌한 노래를 부르며 터너 고속도로를 오갔다. 무리들은 떼 지어 다니며 노래를 부르고 환호성을 질렀고, 그들의 즐거운 웃음소리가 우리 식당까지 흘러 들어와 떠들썩한 축제 분위기였다. 아버지가 그에 대해 이런 식으로 구체적이고 상세하게 설명을 했다는 말은 아니다. 짐작들 하시겠지만, 아버지는 말을 조리 있게 하는 타입이 아니다. 단지 아버지가 열을 올리며, "그 젊은 애들은 열기를 발산할 장소를 원할 거야. 암, 젊은이들에겐 놀 장소가 필요하지."라고 거듭 말했던 것만 기억난다. 그 사이사이를 채운 것은 내 상상력일 뿐이다.

그 후로 두세 주 동안은 아버지의 아이디어가 우리 집안 분위기를 주도했다. 우리는 일상생활에서 그리 많은 말을 하지 않았는데, 이제 우리 세 식구는 시무룩한 표정 대신에 웃는 낯을 보이려고 심각하게 노력했다. 어머니는 투숙객들에게도 미소를 지었고, 내게도 웃음이 전염되어 우리집 고양이에게까지 웃어 보였다. 아버지는 사람들을 즐겁게 해주어야 한다는 심한 긴장감 탓에 열에 들떠 있는 것처럼 보였다. 아버지의 내면 어딘가에는 약간의 쇼맨십 기질이 숨어 있었던 모양이다. 아버지는 밤에 손님으로 오는 철도 노동자들을 즐겁게 해주기 위해 자신의 재간을 아낌없이 발휘하고는 있었지만, 아버지가 학수고대한 것은 비드웰 시에서 온 젊은이들에게 자신의 쇼를 보여주는 일이었다. 식당의 바 한쪽에는 철사로 엮어 만든 바구니가 있었는데 그 바구니는 항상 달걀로 채워져 있었다. 사람들을 즐겁게 해주어야겠다는 아이디어가 아버지의 머리에 떠올랐을 때, 분명 그 달걀들이 아버지의 눈앞에 있었을 것이다. 어쩌면 아버지와 달걀은 전생에서부터 인연이 있어서, 달걀들이 아버지의 아이디어 전개에 자신을 연결시켰을지도 모른다. 여하튼 그 달걀 때문에 아버지는 삶에서 야심을 품고 처음으로 추진했던 계획을 망치게 된다.

어느 날 밤 늦은 시각에 나는 아버지의 목에서 터져 나오는 격노한 울부짖음 때문에 잠에서 깼다. 어머니와 나는 둘 다 놀라서 침대에서 벌떡 일어나 앉았다. 어머니는 떨리는 손으로 머리맡 사이드테이블 위에 놓여 있던 램프의 불을 켰다. 1층 식당 문이 탕 소리가 나며 닫혔고 몇 분 정도 지나자 아버지가 쿵쿵거리며 계단을 올라오는 소리가 났다. 아버지는 달걀을 한 손에 들고 있었고, 그 손은 오한이라도 든 듯 심하게 떨리고 있었다. 아버지는 반쯤 정신이 나간 듯한 눈빛이었다. 아버지가 우리를 노려보고 서 있었는데, 아버지는 그 달걀을 어머니나 나에게 던질 기세로 보였다. 그런데 갑자기 아버지는 달걀을 사이드테이블 위 램프 옆에 힘없이 내려놓더니 어머니 침대 옆에 무릎을 꿇고 털썩 주저앉아 어린애처럼 엉엉 소리 내 울기 시작했다. 아버지의 슬픔에 동요되어 나도 같이 울었다. 아버지와 나의 울부짖는 소리로 작은 2층 방이 떠나갈 듯했다. 나는 엉뚱하게도 우리가 연출했던 그 장면을 떠올릴 때면, 어머니의 손이 아버지의 머리 중심을 내달리는 벗어진 부분을 연신 쓰다듬던 장면만이 지금도 눈에 선하다. 어머니가 그때 아버지에게 했던 위로의 말들, 아래층에서 무슨 일이 있었는지 아버지를 채근했던 말들은 다 기억에 없다. 이에 아버지가 뭐라 주섬주섬 설명을 했던 것 같지만, 그것도 다 잊어버렸다. 왠지 모르게 서러웠다는 것과 놀랐다는 것, 그리고 램프 불빛 아래 빛나던 아버지의 대머리 길만이 지금도 기억에 남아 있기는 하다.

어찌된 연유인지 설명할 순 없지만, 나는 실패로 끝난 그 당혹스러운 장면을 직접 지켜본 것처럼 자초지종을 알고 있다. 사람은 때가 되면 설명할 수 없는 많은 일들을 저절로 알게 되는가 보다. 그날 밤에 비드웰 시내의 부잣집 아들인 조 케인이란 젊은이가 우리 식당에 왔다. 조는 저녁 10시 도착 예정인 기차에 탄 자기 아버지를 마중하러 왔었다. 그런데 기차 도착은 3시간이나 지연되었고, 조는 그 시간을 죽이기 위해 우리 식당에 들어왔다. 그 뒤 지방 화물차가 들어왔고 화물차 승무원들이 우리 식당에서 음식을 먹고 빠져 나갔다. 조는 홀로 우리 아버지와 식당에 남게 되었다.

식당에 들어온 순간부터 그 비드웰의 젊은이는 나의 아버지의 행동에 약간 당황했을 것이 뻔하다. 그는 식당에서 머무적거리는 자신을 아버지가 싫어해서 그런 모양이라고 짐작했고, 아버지가 자기 존재를 불편하게 여기는 것 같다는 느낌까지 들자 밖으로 나가기로 맘을 먹었다. 그런데 공교롭게도 그때 비가 내리기 시작했고, 비드웰 시까지 걸어서 돌아가는 건 꿈도 꾸지 못하게 돼 버렸다. 마지못해 그는 5센트 하는 시가를 하나 사고 커피를 주문했다. 조에게는 주머니에 넣어온 신문이 있었고, 그는 신문을 주머니에서 꺼내서 읽기 시작했다. "야간 기차를 기다리는데 좀 늦네요."라고 그는 변명조로 말을 했다.

조 케인이 식당에 온 것을 한 번도 본 적이 없던 터라 아버지는 한동안은 아무 말 없이 그를 쳐다보기만 했다. 의심의 여지없이 아버지는 무대공포증의 엄습 때문에 불안감을 느꼈을 것이다. 인생사가 다 그렇듯이 아버지도 그 상황에 대처하기 위해 너무나 골똘히 고민하고 만전을 기한 나머지 정작 그 상황에 닥쳐서는 어찌할 바를 모르고 초조해했다.

긴장한 나머지 아버지는 손을 어디에 두어야 할지 안절부절 못하다가 한 손을 바 너머로 어색하게 와락 내밀면서 조 케인에게 악수를 청했다. "안녕하슈?" 아버지는 먼저 인사를 건넸다. 조 케인은 읽고 있던 신문을 내려놓고 아버지를 응시했다. 아버지의 시선은 달걀 바구니에 가 있었고, 바 안쪽에 앉아서 이야기를 시작했다. 아버지는 약간 주저하면서 말을 꺼냈다. "저… 그 크리스토퍼 콜럼버스와 달걀 이야기 알죠? 예?" 아버지는 좀 화가 나 있는 사람처럼 보였다. "콜럼버스는 사기꾼이었습니다." 아버지는 강조하듯 단호하게 말했다. "자기가 달걀을 한쪽 끝으로 세워보겠다고 했다지요? 아, 그러고는 콜럼버스가 한 짓이라는 게, 그저 달걀 한쪽 끝을 깨뜨린 것뿐이죠."

아버지는 콜럼버스가 달걀을 한쪽 끝으로 세워보이겠다고 장담하고 다니다가 허풍을 실행해보이라고 요청을 받자 속임수를 쓴 것이라고 단호하게 주장했다.

조 케인은 콜럼버스의 사기성에 대해 중얼거리는 아버지가 약간 정신이 이상한 사람처럼 보였을 것이다. 아버지는 콜럼버스가 중요한 순간에 거짓말을 했는데도 학교에서 그를 위대한 사람이라고 가르치는 것은 잘못이라고 주장했다. 여전히 콜럼버스에 대해 중얼거리면서 아버지는 달걀 하나를 달걀 바구니에서 꺼내 좌우로 오락가락하면서 달걀을 양 손바닥 사이에 놓고 비비면서 굴렸다. 아버지는 싹싹한 웃음을 지으면서 인체에서 나오는 전기가 달걀에 미치는 효과에 대해 주절주절 말하기 시작했다. 아버지는 달걀을 양 손바닥 사이에 넣고 굴리기만 하면 달걀 껍질을 깨뜨리지 않고도 세울 수 있다고 장담했다. 아버지는 달걀에 가하는 손바닥의 온기와 부드러운 굴림 운동으로 달걀에 새로운 무게중심이 생기는 것이라고 설명했다. 이렇게 되자 조 케인은 다소나마 흥미가 발동했다. "나는 달걀이라면 수천 개를 만져봤고 달걀에 대해서라면 나보다 잘 아는 사람은 없을 거요."라고 아버지는 말했다.

아버지는 달걀을 바 위에 세워 보았지만 달걀은 한쪽으로 쓰러졌다. 아버지는 묘기를 시도해 보고 또 시도해 보았다. 달걀을 그의 양 손바닥으로 비빌 때마다 매번 전기의 놀라움과 무게중심에 대한 설명을 반복했다. 한 반 시간 동안의 시도 끝에 아버지는 일순간이지만 달걀을 세우는 데 성공했으나 안타깝게도 그 순간에 조 케인은 더 이상 아버지의 쇼를 보고 있지 않았다. 아버지가 조 케인을 불러서 그가 아버지의 성공에 시선을 집중하게 되었을 때에는 달걀은 다시 굴러서 옆으로 쓰러져 버렸다.

쇼맨십의 열정에 달아올라서, 그리고 동시에 그의 첫 번째 시도의 실패에 어쩔 줄 몰라서 아버지는 선반에 놓인 기형 병아리를 보관한 병들을 내려 조 케인에게 보여 주기 시작했다. 아버지는 자기 보물들 중에서도 가장 특이한 것을 보여 주면서 "이 다리가 일곱에 머리가 두 개 달린 놈은 대단하죠?"라고 물었다. 활기찬 웃음이 아버지의 얼굴에 가득했고, 아버지가 젊은 시절 토요일 밤마다 가던 벤 헤드 술집 주인을 흉내 내 바 너머로 손을 뻗어 조 케인의 어깨를 툭 쳤다. 그러나 조 케인은 알코올 병 속을 떠다니는 심한 기형 병아리를 보고 속이 약간 매스꺼워져 식당을 떠나려고 일어섰다. 그러자 바 뒤에서 나온 아버지는 그 젊은이의 팔을 잡고 자리에 다시 앉게 했다. 아버지는 이때쯤 약간 화가 나기 시작했지만 잠시 마음을 가다듬은 뒤 억지웃음을 지어 보였다. 그런 뒤 아버지는 병들을 다시 선반에 올려놓았다. 갑자기 후한 마음이 발동해서 아버지는 사실상 강요하다시피 조 케인에게 공짜로 커피와 시가를 제공했다. 그러고는 프라이팬 하나를 꺼내 식초를 채워 넣고 새로운 묘기를 보여주겠다고 했다. "내가 이 달걀을 식초가 담긴 팬에 달구어서, 달걀을 깨뜨리지 않고 병의 목을 통과하게 해 보이겠네. 달걀이 일단 병 안에 들어가게 되면 달걀은 원래의 모양대로 돌아가고, 껍질도 다시 단단해질 거야. 달걀이 들어간 병을 자네에게 주지. 그럼 자네는 이 병을 아무데고 가지고 다닐 수 있고, 사람들은 자네가 어떻게 그 달걀을 병에 넣었는지 궁금해 할 걸세. 사람들에게 비결은 말해주지 말고 추측하도록 내버려 둬. 바로 이 점이 이 묘기의 진수지."라고 말했다.

아버지는 싱긋 웃으며 조 케인에게 윙크를 했다. 조 케인은 앞에 있는 이 사람이 나사가 하나 빠진 것 같지만 해를 끼칠 사람은 아니라고 판단했다. 그는 공짜로 받은 커피를 마시면서 신문을 읽기 시작했다. 아버지는 아버지대로 자신의 묘기에 몰두했고, 달걀이 식초에서 달구어졌을 때 달걀을 스푼으로 건져서 바 위에 올려놓았다. 그러고는 바 뒤의 창고에서 병을 하나 가지고 나왔다. 그렇지만 묘기를 시도하고 있는데도 조 케인이 지켜보지 않았기 때문에 아버지는 점점 화가 나기 시작했다. 그래도 그런 기색을 드러내지 않고 즐거운 표정을 지으며 묘기를 계속했다. 아버지는 병목으로 달걀을 통과시키기 위해 오랜 시간 갖은 애를 썼다. 아버지는 식초가 가득한 프라이팬을 스토브 위에 다시 올려놓고 달걀을 다시 달구기 시작했다. 달걀을 꺼내 들다가 손을 데기도 하였다. 고온의 식초에서 두 번 목욕을 한 달걀 껍질은 좀 부드러워졌으나 아버지의 목적을 이룰 정도는 안 되었다. 아버지는 갖은 애를 다 썼고, 묘기의 성공에 대한 필사적인 결심이 아버지를 사로잡았다. 드디어 아버지가 묘기 성공의 막바지에 달했다는 확신이 든 바로 그 순간, 지연되었던 기차가 역에 들어섰고, 무심한 조 케인은 밖으로 나가기 위해 문에 서 있었다. 아버지는 달걀을 한번 정복해 보기 위해서 생애 마지막으로 필사적인 애를 썼다. 아버지는 그것만 성공하면 식당에 온 손님을 즐겁게 해줄 줄 아는 식당 주인으로 명성이 자자해질 참이었다. 아버지는 달걀에 대해 안 좋은 기억을 지녔고, 이번에야말로 이를 극복하려고 안간힘을 다했다. 아버지는 속으로 다짐을 했고, 그의 이마에서는 땀방울이 배어 나왔다. 그런데 달걀은 아버지의 손 아래서 이내 무참하게 부서져 버렸다. 깨진 달걀이 아버지의 옷에 튀었고 문에 멈춰 서서 이 장면을 보고 있던 조 케인은 돌아보며 웃음을 터트렸다.

그 순간에 내가 들었던 격노한 동물적 외침이 아버지의 목에서 터져 나왔던 것이다. 아버지는 화에 복받쳐 마구 날뛰면서 무슨 소리인지 분간이 안 되는 소리들을 쏟아 내었다. 그리고 아버지는 달걀 바구니에서 달걀 하나를 꺼내 문으로 나가고 있던 조 케인에게 던져 버렸는데, 조 케인이 몸을 피한 덕에 간발의 차이로 달걀은 머리를 맞히지 못했다.

그러고 나서 아버지는 손에 달걀 하나를 들고서 위층에 있는 어머니와 내게 온 것이다. 나는 아버지가 그 달걀로 어쩔 셈이었는지 모르겠다. 아버지가 그것, 달걀을 깨버리겠다는 생각이 무의식 속에 있었는지도 모르겠다. 아마도 세상의 모든 달걀을 없애 버리고 싶었을지도 모른다는 생각도 든다. 아니면, 자신이 달걀로 무엇인가를 해보려 애썼음을 어머니와 내게 보여주고 싶었는지도 모르겠다. 그러다가 어머니의 모습이 시야에 들어오는 순간 아버지는 어떤 서러움이 복받쳤던 것 같다. 앞서 말한 것처럼 아버지는 달걀을 순순히 사이드테이블 위에 내려놓고 털썩 무릎을 꿇고 주저앉아 엉엉 울었다.

잠시 후에 그날 밤은 식당 영업을 하지 않기로 결정했고, 아버지는 식당 문을 닫고 2층으로 와서 침대에 들었다. 그리고 아버지와 어머니는 불을 끈 뒤에도 한참이나 무슨 말인지 소곤소곤 이야기를 나눈 뒤 잠이 들었다. 나도 곧 잠이 들었던 것 같은데, 잠자리는 뒤숭숭했다.

나는 새벽녘에 잠이 깨어서 테이블에 놓여 있는 달걀을 오랫동안 바라보았다. 그러면서 나는 왜 달걀이 존재하게 되었으며, 어째서 달걀로부터 암탉이 나와서 다시 달걀을 낳는지 의문을 품었다. 그 의문은 내 혈관을 타고 흘러들어왔다. 그리고 그 자리에 계속 머물러 있었는데, 내가 내 아버지의 아들이기 때문에 그랬을 것이라는 생각이 들었다. 어찌 되었든 그 문제는 내 마음에 풀리지 않고 여전히 남아 있다. 나는 이것이야말로 달걀에 대한 또 다른 형태의 완벽하고 최종적인 정복의 증거라고 결론지었다. 적어도 우리 가족에겐 말이다.

셔우드 앤더슨
Sherwood Anderson, 1876~1941

오하이오 주의 작은 도시 클라이드에서 성장한 앤더슨은 14세에 가정형편으로 학업을 중단하고, 클라이드와 시카고에서 갖가지 노동일을 전전하다가 1898년엔 군에 입대해 쿠바 순찰 업무를 맡기도 했다. 쿠바에서 돌아온 이후에야 오하이오 주에 있는 고등학교에 입학, 그 다음 해에 졸업한 뒤 광고 카피라이터 일을 한다. 그 이후 오하이오 주에서 페인트 생산회사를 설립해 성공을 거두고 결혼도 해서 세 자녀를 두지만, 작가로서의 내적 욕구를 좇아 뉴욕, 시카고, 파리, 뉴올리언스 등을 떠돌기도 했다.

1927년 이후에는 네 번째 부인과 버지니아 주에서 농장과 두 개의 신문사를 사들여 많은 시간 공들였지만, 앤더슨은 자신의 작품에 대한 냉담한 평가와 창작력의 상실로 행복하지만은 않았다고 한다. 강렬하면서도 인습에 벗어난 스토리로 미 문학사에 공헌한 작가로 평가받는 앤더슨의 대표작으로는 단편집 『달걀의 승리』(1921), 『말과 인간』(1923) 등이 있다. 「아버지의 달걀 정복기」는 『달걀의 승리』에 수록된 작품이다.

옮긴이 **최희숙** duran002@hanmail.net

전북대 영문과를 졸업한 이후 번역을 하고 있다.
사람과 생명에 대한 관심으로 역사 분야의 번역에 집중하고 있다.

다자이 오사무
太宰治

아침
朝

나는 노는 걸 무엇보다 좋아해서 집에서 일을 하면서도 늘 먼 곳의 벗이 찾아오기를 은근히 바라는 상태인지라 현관문 열리는 소리가 나면 미간을 찡그리고 입을 일그러뜨리지만, 실은 설레는 마음으로 쓰던 원고를 이내 밀어놓고 손님을 맞는다.

"아, 이런. 일하는 중이었군요."

"일은 무슨."

그러고는 손님과 함께 놀러 나간다.

이래서야 마냥 일에 진척이 없으니 모처에 비밀 작업실을 만들기로 했다. 작업실이 어디에 있는지는 가족에게도 알리지 않았다. 매일 9시쯤, 집사람에게서 도시락을 받아들고 작업실로 출근했다. 과연 그 비밀 작업실에는 찾아오는 사람이 아무도 없어서 일도 대략 예정대로 진행되었다. 그러나 오후

3시쯤이 되면 피로도 몰려오고, 사람도 그리워지고 놀고 싶어져서 적당히 일을 접고 집으로 돌아갔다. 가는 도중에 오뎅집 같은 곳에 이끌려 갔다가 한밤중에나 집에 돌아가기도 한다.

작업실.

사실 그곳은 여자 혼자 사는 방이다. 그 젊은 여자는 아침 일찍 니혼바시의 어느 은행으로 출근한다. 나는 그 이후에 여자의 방으로 가서 네댓 시간 일을 하고 여자가 은행에서 돌아오기 전에 나온다.

애인이나 그런 관계는 아니다. 나는 여자의 어머니와 아는 사이인데, 그 어머니는 어떤 사정이 있어 딸과 따로 지내게 되어 지금은 도호쿠 쪽에 살고 있다. 가끔 내게 편지를 보내서 딸의 혼담에 관해서 내 의견을 묻고는 해서, 나도 그 후보자 청년을 만나보고서 그만하면 좋은 사윗감이지요, 찬성입니다라는 식으로 세상을 많이 겪어본 사람처럼 답장을 써 보내기도 했다.

하지만 지금은 어머니보다 딸 쪽이 더 나를 신뢰하고 있는 것 같다. 아무래도 내 생각에는 그런 것 같았다.

"기쿠. 지난번에 네 미래의 남편을 만났어."

"그래요? 어땠어요? 조금 밥맛이죠? 그렇죠?"

"뭐, 그래도 그만하면 됐지. 나하고 비교하면 어떤 사내든 간에 모자라 보일 테지만, 그 정도는 봐 줘야지."

"그건 그러네요."

기쿠는 그 청년과 결혼하기로 확실히 마음을 정한 것 같았다.

어느 날 밤, 나는 술을 많이 마셨다. 아니, 많이 마시는 것이야 매일 밤 있는 일이니 새삼스럽지도 않지만, 그날은 일을 마치고 돌아가는 길에 역 근처에서 오랜만에 친구를 만난 것이다. 그 길로 내가 자주 가던 오뎅집에 데려가 잔뜩 마셨는데, 슬슬 술 마시는 일이 고역이 될 즈음에는 잡지사 편집자가 여기 있을 것 같아서 찾아왔다면서 위스키를 가지고 나타났다. 편집자를 상대로 다시 그 위스키 한 병을 다 비우자, 이제는 토할지도 모르겠다 싶어 아무래도 이쯤에서 그만둬야겠다고 생각하고 있었는데, 이번에는 친구가 자리를 옮겨 자신이 한턱 내겠다고 하는 바람에 전차를 타고 그 친구가 잘 아는 작은 요릿집으로 끌려가 그곳에서 다시 청주를 마시게 되었다. 간신히 친구와 편집자하고 헤어졌을 때는 이미 걸을 수 없을 정도로 취해 있었다.

"재워 줘. 집까지 걸어갈 수 없을 거 같아. 그냥 이렇게 잘 테니까, 부탁 좀 하자고."

나는 고타쓰 밑으로 다리를 집어넣고 외투를 입은 채 잠이 들었다.

한밤중에 문득 눈이 뜨였다. 캄캄했다. 몇 초 동안, 난 내 방에서 자고 있는 줄로 알았다. 발을 조금 움직여보고 양말을 신은 채 잠들었다는 것을 알고서야 아차 싶었다. 이런! 또!

아, 이런 경험을 지금까지 몇백 번, 몇천 번이나 되풀이했던가!

나는 신음 소리를 냈다.

"춥지 않으세요?"

기쿠가 어둠 속에서 말했다.

나와 직각 방향으로 고타쓰에 발을 넣고 누워 있는 것 같다.

"아니. 춥지 않아."

나는 상반신을 일으키며 물었다.

"창문으로 소변을 봐도 괜찮을까?"

"상관없어요. 그 편이 간편하고 좋죠."

"기쿠도 종종 그러는 거 아냐?"

나는 일어서서 전등 스위치를 돌렸다. 켜지지 않았다.

"정전이에요."

기쿠가 작은 소리로 말했다.

손으로 더듬으며 조심조심 창문을 향해 가다 누워 있는 기쿠에게 발이 걸렸다. 기쿠는 꼼짝도 않고 있었다.

"이거, 안 되겠군."

혼잣말처럼 중얼거렸다. 간신히 커튼에 손이 닿았다. 커튼을 젖히고 창문을 조금 연 다음에 물 흐르는 소리를 냈다.

"기쿠 책상 위에 '클레브 공작부인'이란 책이 있던데."

나는 다시 아까처럼 누우면서 말했다.

"그 당시 귀부인은 궁전 정원이나 복도 계단 아래처럼 어두운 곳에서는 아무렇지도 않게 소변을 봤지. 창문으로 소변을 보는 건, 그러니까 원래는 귀족적인 일이야."

"술 드시고 싶으시면, 있어요. 귀족은 자면서도 마시지요?"

마시고 싶었다. 하지만 마시면 위험할 것 같았다.

"아니, 귀족은 암흑을 싫어해. 원래 겁쟁이거든. 컴컴하면 무서워서 안 돼. 초 없나? 촛불을 켜주면 마시는 것도 좋지."

기쿠는 말없이 일어났다.

그리고 초에 불이 붙었다. 나는 한숨 놓았다. 이로써 오늘 밤은 아무 일 없이 보낼 수 있을 것 같았다.

"어디 놓을까요?"

"촛대는 높은 곳에 두라고 성경에 쓰여 있으니까, 높은 곳이 좋아. 그 책장 위가 어떨까?"

"술은? 컵으로?"

"심야의 술은 컵에 따르라고 성경에 쓰여 있지."

나는 거짓말을 했다.

기쿠는 싱글싱글 웃으며 커다란 컵에 술을 찰랑찰랑 따라 왔다.

"아직 한 컵 정도 더 있어요."

"아니, 이걸로 됐어."

나는 컵을 받아들고 꿀꺽꿀꺽 마신 다음 천장을 바라보고 누웠다.

"자, 한숨 더 자야지. 기쿠도 잘 자."

나와 직각으로 기쿠도 똑바로 누웠지만, 속눈썹 긴 큰 눈을 계속 깜박이기만 하고 잠들 기색이 없었다.

나는 가만히 책장 위에 놓인 촛불을 보았다. 불꽃은 살아있는 것처럼 늘었다 줄었다 널름대고 있었다. 바라보는 사이에 문득 어떤 사실을 깨닫고 공포를 느꼈다.

"이 초는 짧군. 금세 없어지겠어. 좀 긴 초는 없나?"

"그것뿐이에요."

나는 입을 다물었다. 하늘에 빌고 싶은 기분이었다. 저 초가 다하기 전에 내가 잠들든지 한 컵 가득 마신 취기가 가시든지 하지 않으면 기쿠가 위험하다.

초는 가물거리며 타들어가 조금씩 조금씩 짧아졌지만 나는 도무지 잠이 오지 않았다. 한 컵 분의 취기는 깨기는커녕 온몸을 덥히고 갈수록 나를 대담하게 만드는 것이었다.

나도 모르게 한숨을 내쉬었다.

"양말을 벗는 게 어때요?"

"왜?"

"그 편이 따뜻해요."

시키는 대로 양말을 벗었다.

이제 더는 안 된다. 촛불이 꺼지면 거기까지다.

나는 각오를 했다.

어두워지던 촛불은 몸부림치듯 좌우로 흔들리더니 한순간

커다랗게 밝아졌다. 그리고 치직 소리를 내며 점점 잦아들다 꺼졌다.

희뿌옇게 날이 밝고 있었다.

방은 어슴푸레 밝아져 더 이상 어둡지 않았다.

나는 일어나 돌아갈 채비를 했다.

다자이 오사무
太宰治, 1909~1948

본명은 쓰시마 슈지(津島周治). 아오모리 현 쓰가루에서 태어나 유복하게 자랐다.

도쿄대학 재학 시절에는 좌익 운동에 참여하기도 했으나 자신의 출신과 가족의 권유로 이탈했다. 이러한 경험은 나중에 자기혐오로 발전해 자기 부정과 허무주의가 강하게 드러나는 작품 세계를 만들었다.

2차대전 후 열정의 대상을 상실한 일본 젊은이들을 매료시키며 유명 작가가 되었으나 몇 차례의 자살 시도 끝에 1948년에 자전적인 소설 「인간실격」을 남기고 끝내 자살로 생을 마감한다.

「아침」은 그가 죽기 한 해 전인 1947년에 발표된 작품이다.

옮긴이 최려진 hoho1017@hanmail.net

한국외대 환경학과 졸업. 일본에서의 독학 뒤에 방송대 일본학과를 졸업하기도 했다. 현재는 특허 관련 번역 등을 하고 있다.

잭 런던
Jack London

시나고
The Chinago

날이 갈수록 산호는 커지고 야자수도 자라지만 인간은 이 세상에서 사라진다. — 타히티 속담

아초는 프랑스어를 알아듣지 못했다. 그는 방청객이 꽉 들어찬 법정에 앉아 있었다. 격정적인 어조로 끊임없이 이어지는 프랑스 말을 듣고 있자니 넌더리가 나고 아주 기진맥진한 상태가 되었다. 관리 한 사람이 발언을 끝내나 했더니 또 다른 관리가 발언에 나섰다. 뭐라고 떠드는지 알아들을 수는 없어도 아초가 보기에는 모두 허튼짓을 하고 있다. 충가를 살해한 범인을 찾아내려고 그렇게 오랫동안 난리법석을 피우고서도 하나도 밝혀내지 못한 프랑스인들의 어리석음이란 그저 놀라울 따름이다. 농장에서 일하는 500명의 중국인 인부들은 아산이 살인범이라는 사실을 모두 알고 있었지만 아

산은 체포되지도 않았다. 인부들이 서로 불리한 증언을 하지 않기로 밀약을 맺은 것은 사실이다. 그래봤자 아주 단순한 사건이니 아산이 범인이라는 사실은 벌써 밝혀낼 수 있어야 했다. 이 프랑스인들은 정말 어리석은 자들이었다.

아초는 두려울 바가 아무것도 없었다. 살인에 가담하지 않았기 때문이다. 그가 현장에 있었던 것은 사실이다. 살인사건이 발생한 직후에 감독관 셰머가 인부 막사로 달려와 현장에서 자신과 너덧 명의 인부들을 체포한 것도 사실이다. 그렇지만 그게 도대체 무슨 문제가 되겠나? 충가는 단 두 번 칼에 찔렸을 뿐이다. 대여섯 명이 이 사건에 가담했다면 단 두 개의 칼자국만 남았을 리가 없다. 한 사람이 한 번씩 찔렀다고 가정해도, 기껏해야 두 사람이 가담했다는 증거밖에 없다.

아초는 그렇게 판단을 하고 법정에서 사건 경위를 진술할 때 네 명의 동료 피고인들과 함께 미리 입을 맞춰 거짓말을 하고 애매모호하게 답변하였다. 자기들도 셰머와 마찬가지로 사건 현장에서 시끄러운 소리가 나 현장으로 달려간 것이 전부라고 진술하였다. 그런데 셰머는 우연히 인부 막사 부근을 지나치다가 싸우는 소리를 듣고 밖에서 5분가량 멈춰 서 있다가 안으로 들어갔다고 진술하였다. 셰머는 막사로 들어섰을 때 이들이 이미 안에 있었다고 죄수들의 진술을 반박하였다. 막사에는 문이 하나밖에 없고 자신이 문가에 서 있었기 때문에 죄수들이 나중에 들어왔을 리가 없다고 주장했다.

그렇다 한들 달라질 것이 무엇인가? 아초와 네 명의 동료 죄수들은 세머가 잘못 보았다고 증언하였다. 결국 풀려나겠지. 죄수들은 모두 석방되리라고 확신했다. 단 두 개의 칼자국밖에 증거가 없는데 다섯 명의 목이 달아날 까닭이 없었다. 게다가, 살인을 목격한 외국 놈은 하나도 없지 않은가. 이 프랑스인들은 도무지 어리석기 그지없다. 만일 중국에서 이런 일이 일어났다면, 재판관이 죄수들을 고문하라는 명령 한마디만 내려도 진실이 금방 밝혀질 것이라고 아초는 생각했다. 고문을 하면 진실은 아주 쉽게 밝혀지기 마련이다. 그런데 이 프랑스인들은 고문이란 것을 알지 못하니, 이보다 더한 바보가 세상에 어디 있겠는가.

이런 식으로는 충가를 죽인 범인을 절대로 찾아내지 못하리라.

그러나 아초는 돌아가는 사정을 전부 파악하고 있지 못했다. 농장 소유자인 영국회사는 막대한 비용을 들여 500명의 인부를 타히티 섬에 들여왔다. 회사 주주들은 이익 배당을 하라고 아우성을 쳤지만, 회사는 아직 이익을 한 푼도 배당하지 못했다. 회사 입장으로는 비싼 임금을 주기로 계약하고 노동자를 들여왔기 때문에 노동자들 사이에 서로 죽이는 습관이 생기는 것을 달갑지 않게 여겼다. 게다가 프랑스의 식민지 관리들은 프랑스 법률을 중국인들에게 적용하여 자기 나라 법률의 고결함과 우월성을 보여주고 싶어 안달하였다.

이따금 본보기를 보여주는 것만큼 효과적인 방법은 없다. 더구나 인간의 천성적인 결함에서 비롯된 잘못을 저지른 나약한 자에게 고통과 비참한 삶으로 대가를 치르게 하지 않는다면 뉴칼레도니아 식민지 정부가 뭣 때문에 존재하겠는가?(뉴칼레도니아 섬은 프랑스 식민지였다—옮긴이)

아초는 이런 사정을 전혀 알지 못했다. 그는 법정에 앉아서 빨리 판결이 나기만 기다렸으나 판결은 지연되었다. 판결만 나면 자신과 동료 죄수들은 모두 석방되어 농장으로 돌아가 일을 하면서 나머지 계약 기간을 채울 수 있으리라 믿었다. 곧 판결을 내리겠지. 재판이 거의 막바지에 이르렀음을 알 수 있었다. 더 이상 증언도 없고, 격렬한 설전도 끝이 났다. 프랑스 녀석들도 이제 지쳐서 판결만 기다리는 모습이 역력해 보였다. 판결을 기다리는 동안, 그는 잠시 과거로 빠져들어 계약서에 서명을 하고 타히티로 오는 배에 올라 항해에 나선 때를 회상하였다. 해안가 고향에서 힘든 생활을 하다가 5년 동안 남태평양에서 하루에 멕시코달러로 50센트씩 받고 일하기로 계약을 했을 때에는 자신이 행운아라고 생각했다. 고향 마을에는 겨우 10달러를 받고 1년 내내 혹사당하는 남자들이 있다. 1년 내내 5달러를 받은 여자들이 있는가 하면, 소매상점에서 일하는 하녀들은 1년에 4달러를 받았다. 그런데 아초는 여기서 하루에 50센트씩 받는다. 단 하루에 그렇게 후한 임금을 받는다는 말이다. 일이 고되다 한들 무슨 상관이겠는가. 5년이 지나면 계약서에 쓴 대로 집으로 돌아갈 수 있고, 다시는 일할 필요가 없다. 평생 동안 부유하게 살 수 있고, 내 집을 장만해 아내와 함께 아이를 키우면서 자식들의 공경을 받을 수도 있을 것이다. 그렇다. 집 뒤에 조그마한 정원을 만들어 명상과 휴식을 위한 장소로 삼고, 작은 연못을 파서 금붕어를 기르고, 나무에 풍경을 달아 댕그랑댕그랑 울리는 소리를 감상하고, 집 주위에 높은 담장을 쌓아 아무도 명상과 휴식을 방해하지 못하게 해야겠다.

아초는 5년 계약 기간 중에 이미 3년을 마쳤다. 그동안 벌어 놓은 돈만 해도 고국에서는 이미 부자 행세를 할 수 있을 만큼 되었고, 타히티 목화 농장에서부터 자신을 기다리고 있는 명상과 휴식의 시간까지 가는 데 걸림돌이 되는 것은 고작 2년 남은 계약기간 말고 없었다. 그러나 지금 그는 운 나쁘게 충가 살인사건 현장에 있었던 이유만으로 큰 손해를 보고 있다. 감옥에 갇혀 있던 3주 동안 하루에 50센트씩 돈을 벌지 못한 것이다. 그렇지만 판결이 곧 떨어지면 다시 돌아가 일하게 되리라.

아초는 스물두 살이었다. 그는 자신의 생활에 만족했고 성격이 좋아 웃기를 잘했다. 여느 아시아인들처럼 체격이 호리호리하고 얼굴이 통통했다. 달처럼 동글동글한 얼굴에는 만족감이 부드럽게 번졌고, 다른 중국 사람에게서는 보기 어렵게 인상이 다정다감하고 얼굴에는 생기가 돌았다. 생김새에 어긋나는 일을 저지른 적도 없다. 문제를 일으킨 적도 없고, 언쟁에 끼어든 적도 없다. 도박도 하지 않았다. 도박꾼이 될 만큼 모진 성격을 갖추지도 못했다. 그는 그저 작은 일과 단순한 즐거움에 만족했다. 목화밭에서 격심한 노동을 하고 나서 서늘한 저녁 무렵에 고요 속에 잠겨 있으면 그것으로 끝없이 만족스러웠다. 단 한 그루 피어 있는 꽃을 바라보며 존재의 신비와 수수께끼를 풀어 보려고 사색에 잠겨 몇 시간씩 앉아 있기도 했다. 가느다란 초승달 같은 해변 백사장에 서 있는 파란색 왜가리 한 마리, 세차게 물을 튀기며 튀어 오르는 은빛 물고기 한 마리, 산호초 저편으로 진주처럼 영롱하고 장미처럼 붉은 빛을 토하며 저무는 석양. 이런 광경을 보고 있노라면 하루도 편할 날 없이 이어지는 고달픈 삶과 셰머의 악랄한 채찍을 완전히 잊어버리고 무아지경에 빠져 들어갔다.

  셰머, 칼 셰머는 짐승 같은 놈이다. 말할 수 없이 잔인한 놈이다. 그러나 그 녀석도 월급 받고 하는 짓이다. 그는 500명의 노예들에게서 노동력을 단 한 톨도 남김없이 쥐어짰다. 인부들은 계약기간이 끝날 때까지는 노예에 지나지 않았다. 셰머는 비지땀을 흘리며 일하는 500명을 더 부려먹으려고 기를 쓰며, 인부들의 노동력을 솜털같이 보드라운 수출용 목화 더미로 바꿔 놓았다. 위압적이고 야만적이며, 철면피를 쓴 듯 잔인하게 인부를 부려 노동력을 목화 가마니로 변화시켰다. 게다가 그는 두꺼운 가죽 벨트를 항상 들고 다녔다. 폭이 7센티미터 정도 되고 길이가 90센티미터쯤 되는 벨트인데, 말을 타고 다니면서 허리를 구부린 채 일하는 인부의 벌거벗은 웃통에 벨트를 내려치면 권총을 쏘는 듯한 소리가 났다. 셰머가 말을 타고 밭고랑 사이를 누빌 때면 이 소리가 자주 들렸다.

계약 노동을 처음 시작하던 무렵, 그는 주먹을 휘둘러 단 한 방에 인부 한 사람을 죽인 적이 있다. 단 한 방에 인부의 머리가 달걀껍질처럼 으스러진 것은 아니지만, 뇌 속을 곯게 만들어 그 인부는 1주일 동안 앓다가 죽었다. 그러나 중국인들은 타히티를 통치하는 프랑스 놈들에게 그를 고소하지 않았다. 셰머는 자신들의 감독관이자 골칫거리였다. 풀 속에 숨어 있다가 비가 오는 밤이면 숙소로 기어들어오는 지네의 독을 피하는 것과 마찬가지로, 인부들은 셰머의 분노를 피해야 했다. 게을러빠지고 갈색 피부를 가진 이 섬의 토착민들은 중국 노동자들을 '시나고(Chinago. 영어식으로는 '차이나고'라고 발음해야 하나 프랑스식으로 발음했을 것으로 추정—옮긴이)'라고 불렀다. 중국 인부들은 셰머의 기분을 상하게 만들지 않으려고 애썼다. 그 결과, 셰머는 최대한 효율적으로 노동력을 착취할 수 있었다. 셰머가 휘두른 주먹 덕분에 회사에는 수천 달러의 이득이 생겼고, 셰머는 아무런 추궁도 받지 않았다.

프랑스인들은 섬에 있는 자원을 개발하려고 별의별 유치한 짓을 다 해 보았으나 식민지 경영에 타고난 소질이 없어 별 효과가 없었다. 그런데 영국회사가 농장 개발에 성공을 거두니 프랑스 관리들로서는 고맙기 이를 데가 없었다. 셰머가 가공할 만한 위력을 가진 주먹을 휘둘렀다 한들 무슨 상관인가? 죽은 중국인? 중국 놈 하나쯤이야 아무렴 어떤가. 게다가 의사의 진단서에 따르면 그 중국인의 사인은 일사병이었다. 물론 역사적으로 타히티에서 일사병으로 죽은 사람은 하나도 없다. 그러나 바로 그렇기 때문에 그 중국인의 죽음은 희귀한 사례였다. 의사도 보고서에 그렇게 쓰지 않았던가. 아주 공정한 의사의 말이니 믿을 수밖에 없다. 이제는 회사 주주들에게 이익 배당도 해야 한다. 그렇지 않으면 오랫동안 실패를 거듭해온 타히티에서 한 번 더 실수를 저지르는 꼴이 될 것이다.

이렇게 악랄한 흰둥이 악마들의 생각을 아초가 알 리 없었다. 아초는 법정에 앉아서 판결을 기다리며 도무지 수수께끼 같은 흰 악마들의 심중을 헤아려 보려고 무진 애를 썼다. 하지만 백인들 머릿속에 무슨 꿍꿍이가 들어 있는지 아무런 실마리도 잡을 수 없었다. 여태까지 백인 몇 사람을 겪어 보았지만 모두 똑같은 인간들이었다. 타히티로 타고 온 배의 항해사와 선원들, 프랑스 관리들, 셰머, 그리고 농장에 있는 다른 백인들은 모두 수수께끼같이 움직여서 무슨 생각을 하는

지 도무지 종잡을 수가 없었다. 특별한 이유가 있어 보이지도 않는데 백인들은 화를 냈다. 화가 나면 언제나 위험한 존재였다. 마치 들짐승 같았다. 아주 사소한 일을 걱정하기도 하고, 어떤 때는 중국인보다 훨씬 열심히 일했다. 중국인처럼 절제할 줄 몰랐다. 지나치게 많이 먹고, 심하게 폭음하는 폭식가들이었다. 언제 어떤 행동을 해야 백인들이 좋아할지, 노도 같은 분노를 터뜨릴지 중국인은 도무지 알 수 없다. 이들이 어떤 반응을 보일지 예상할 수 있는 중국인은 한 사람도 없었다. 좋아하다가도 언제 태도를 바꾸어 화를 터뜨릴지 몰랐다. 백인들 눈에는 커튼이 드리워져 있어서 중국인은 그들 머릿속을 들여다 볼 수가 없었다. 무엇보다도 가장 두려운 것은 백인들의 그 지독한 효율성과, 일을 처리하고 진행시키고 결과를 얻어내고 숨죽이고 기어 다니는 모든 존재를 제 맘대로 휘어잡는 능력과, 그러한 각 요소가 발휘하는 힘이었다. 그렇다. 백인은 이상한 존재인 동시에 경이로운 존재고, 악마들이었다. 셰머만 봐도 알 수 있다.

아초는 판결을 내리는 데 왜 그리 오랜 시간이 걸리는지 이해할 수 없었다. 재판을 받는 사람 중에는 충가에게 손을 댄 사람이 아무도 없다. 아산이 혼자서 충가를 죽였다. 변발을 한 충가의 머리채를 한 손으로 잡아 고개를 젖히고, 등 뒤에서 다른 손으로 충가의 몸에 칼을 꽂았다. 아산 혼자 두 차례 찔렀다. 법정에 앉아 눈을 감고 있으면 살인 장면이 반복적으로 떠올랐다. 하찮은 입씨름으로 시작해서 천박한 말을 서로 주고받다가, 상스럽고 모욕적인 말로 상대방의 조상을 헐뜯고, 태어나지도 않은 후손에게 저주를 퍼붓자, 아산이 갑자기 달려들어 충가의 변발을 잡고 충가의 살 속으로 칼을 두 차례 찔러 넣던 장면, 갑자기 문이 벌컥 열리고 셰머가 뛰어 들어와 다른 사람들을 구석으로 몰아넣고 권총을 발사하던 모습이 생생하게 떠올랐다. 아초는 그때 일을 회상하면서 몸을 떨었다. 벨트가 자신의 뺨을 한 차례 훑고 지나가면서 살점이 떨어져 나갔다. 셰머는 증언대에서 그 상처를 지적하면서 아초를 범인으로 지목하였다. 이제는 그 상처 자국이 아물어 보이지 않는다. 단 한 차례 맞았지만, 1센티미터만 더 얼굴 가운데 쪽으로 맞았으면 눈 하나를 잃을 뻔 했다. 이런 생각이 머릿속을 스치자, 고향에 돌아가면 명상과 휴식을 즐길 수 있는 자신만의 정원을 꾸며보려던 공상이 깡그리 사라지고 말았다.

　재판관이 판결을 내리는 동안 아초는 담담한 표정을 짓고 있었다. 다른 네 명의 죄수도 모두 덤덤한 표정이었다. 통역사가 판결 내용을 설명해 줄 때에도 덤덤한 표정은 바뀌지 않았다. 다섯 명 전원이 충가 살인사건에 유죄라고 판결을 내리고, 아초우에게는 참수형, 아초에게는 뉴칼레도니아 감옥에서 20년 징역, 옹리에게는 12년, 아통에게는 10년의 징역형을 선고하였다. 판결에 대해 흥분해 봤자 소용없는 일이었다. 목이 잘릴 운명이었지만 아초우도 미라처럼 무표정하게 앉아 있었다. 재판관은 몇 마디를 덧붙였다. 통역사의 설명에 따르면, 아초우가 세머의 채찍질로 얼굴에 가장 심한 상처가 난 것을 볼 때 그가 범인이라는 사실에 의심의 여지가 없는 명백한 증거가 있고, 어차피 한 사람은 사형에 처해야 하니까 그가 참수형을 당해야 마땅하다는 것이었다. 재판관은 아초의 얼굴에도 심한 상처가 있었던 것으로 미루어 볼 때 그가 살인 현장에서 범행에 가담하였다는 것을 의심할 여지가 없으므로 20년의 징역형에 처한다고 선고했다. 통역사는 아통에게 내려진 10년 형까지 선고 이유를 차례로 설명하였다. 마지막으로 재판관은 이 중국인들이 가슴 깊이 뉘우치고, 타히티에서는 하늘이 무너지더라도 법이 엄격하게 시행된다는 것을 깨달아야 한다는 말로 끝을 맺었다.

다섯 명의 중국인은 감옥에 다시 수감되었다. 충격을 받지도 않았고 크게 슬퍼하지도 않았다. 예상치 못한 선고가 떨어졌지만, 평소에 백인들이 하는 처사와 똑같았기 때문이다. 범죄를 저지르지도 않았는데 무거운 처벌을 받았으나, 백인들이 저지른 헤아릴 수 없이 많은 기이한 일에 비하면 이상할 것이 전혀 없었다. 아초는 가벼운 호기심이 들어 아초우를 몇 차례 눈여겨보았다. 그의 머리는 농장에 세워질 단두대에서 잘려나갈 것이다. 그는 남아 있는 계약기간을 헤아릴 필요도 없고 편안히 쉴 정원을 꿈꾸지도 못하게 된다. 아초는 삶과 죽음에 대해 깊은 사색에 잠겼다. 그는 전혀 동요하지 않았다. 20년은 단지 20년일 뿐이다. 단지 그동안 꿈꾸어 오던 정원이 사라졌을 뿐이다. 아초는 아직 젊고, 아시아의 인내심이 그의 뼛속에 흐르고 있다. 그까짓 20년은 기다릴 수 있다. 그때가 되면 혈기가 식어서 정원에서 잔잔한 희열에 젖어 지내기에 훨씬 좋을 것이다. 그는 정원 이름을 뭐라고 지을까 고심하던 끝에 '고요한 아침의 정원'이라는 뜻을 가진 '조선원(朝鮮苑-옮긴이)'이라고 부르기로 했다. 새로 지은 정원 이름이 마음에 쏙 들어 기분이 들뜬 아초는 내친 김에 인내에 관한 격언을 만들어서 동료 죄수들에게 들려주었다. 옹리와 아통은 격언을 듣고 크게 위안을 받았다. 하지만 아초우에게는 격언이 아무런 도움이 되지 않았다. 곧 머리가 잘릴 판이라 사형이 집행될 때까지 참고 기다릴 것이 그에게는 아무것도 없었다. 그는 담배도 잘 피고, 먹기도 잘 먹고, 잠도 잘 자고, 시간이 더디게 지나간다고 걱정하지도 않았다.

크뤼쇼는 헌병이었다. 그는 나이지리아, 세네갈부터 남반구 해양에 이르기까지 여러 식민지에서 20년이나 복무하였으나 그의 우둔한 머리는 20년 전이나 지금이나 별로 나아진 것이 없었다. 프랑스 남부에서 농사를 지을 때와 똑같이 두뇌 회전이 더디고 어리석었다. 그는 규율을 철저히 지키고 권위를 두려워했다. 노예처럼 복종해야 하는 상전이라는 점에서 보면 그에게는 하느님이나 헌병 상사나 다를 것이 없었다. 하느님의 대변자들이 떠벌이는 일요일에는 하느님이 위대한 것처럼 느껴지지만, 평상시에는 상사가 훨씬 더 위대한 존재처럼 보였다. 하느님은 아주 멀리 계시지만, 상사는 늘 옆에 있기 때문이다.

크뤼쇼는 재판장으로부터 신병인도명령서를 받았다. 아초우의 신병을 인도하라고 재판장이 감방 간수에게 명령하는 문서였다. 재판장은 전날 밤 프랑스 군함의 선장과 장교들에게 만찬을 베풀었다. 재판장은 명령서를 써내려가는 동안 손이 떨리고, 눈이 지독하게 아파서 명령서를 다시 읽어보지 않았다. 결재하는 서류가 중국 놈의 목숨에 관한 것이니 신경 쓸 일도 아니었다. 그래서 그는 아초우(Ah Chow)의 이름 마지막 글자 'w'가 빠진 것을 알아채지 못했다. 명령서에는 '아초(Ah Cho)'라고 써 있었다. 크뤼쇼가 명령서를 내밀자 간수는 그에게 아초를 넘겨주었다. 크뤼쇼는 죄수를 두 마리의 노새가 끄는 마차에 태우고 출발했다.

아초는 밖으로 나와 햇빛을 보게 되니 기뻤다. 그는 헌병 옆자리에 앉아서 환하게 웃었다. 노새가 아티마오노를 향하여 남쪽으로 가고 있는 것을 알게 되자 그의 표정은 더욱 밝아졌다. 셰머가 사람을 보내 자기를 데려가는 것이 틀림없다고 생각했다. 셰머가 자기에게 일을 시키려 한다고 믿었다. 열심히, 정말 열심히 일해야지. 절대로 셰머가 투덜거리지 않게 일해야겠다. 더운 날이었다. 더위 때문에 목화 거래도 중단되었다. 노새가 땀을 흘렸다. 그러나 더위 따위는 전혀 관심 밖이었다. 그는 이미 3년 동안 이 농장에서 따가운 태양 아래 고된 노동을 했다. 아초가 계속 환한 웃음을 짓자 크뤼쇼의 무감각한 마음에도 이상한 생각이 들기 시작했다.

"너 정말 웃기는구나." 마침내 그가 입을 열었다.

아초는 고개를 끄덕이며 더욱 밝게 웃었다. 치안판사와는 달리 크뤼쇼는 남태평양 원주민 카나카인의 언어로 그에게 말을 건넸다. 이 말은 중국인이나 외국인이나 모두 알아들을 수 있는 말이라 아초도 알아 들었다.

"너, 너무 웃는다!" 크뤼쇼가 투덜거리는 말투로 말했다. "오늘 같은 날은 가슴에 눈물이 가득 차야 하는데…"

"감옥에서 빠져 나오니 기뻐서 그래요."

"그게 다냐?" 헌병이 어깨를 으쓱했다.

"그걸로 충분하지 않은가요?" 아초가 대꾸했다.

"그런데 목이 잘리면 기쁘지 않겠지?"

아초가 갑자기 당황스러운 표정으로 그를 쳐다보며 말했다.

"셰머가 농장에서 일을 시키려고 불러서 아티마오노로 돌아가고 있는 걸로 아는데요. 나를 아티마오노로 데려가는 거 아닌가요?"

크뤼쇼는 반사적으로 그의 긴 콧수염을 툭툭 건드리면서 말했다.

"뭐? 그럼 넌 모르고 있다는 말이냐?"

오른쪽 노새를 채찍으로 한 차례 탁 때리고는 마침내 말을 꺼냈다.

"뭘 몰라요?" 아초는 막연한 경계심이 생기기 시작했다. "셰머가 더 이상 내게 일을 시키지 않겠다고 하던가요?"

"오늘 이후부터는 안 시킨대." 크뤼쇼가 큰 소리로 한바탕 웃었다. 자신이 생각해도 멋진 농담이었다. "너도 알다시피, 오늘이 지나면 너는 일을 할 수 없어. 목 없는 사람이 어떻게 일을 해?" 그는 웃기는 중국 놈의 갈비뼈를 쿡쿡 찌르면서 낄낄거렸다.

노새들이 뜨거운 태양 아래서 1킬로미터 남짓 가는 동안 아초는 침묵을 지키다가 입을 열었다. "셰머가 내 목을 자른다고 해요?"

크뤼쇼는 고개를 끄덕이며 히죽거렸다.

"그건 착오예요." 아초가 차분하게 말했다. "나는 목이 잘려야 할 중국인이 아니어요. 나는 아초예요. 재판관님이 나는 뉴칼레도니아에 20년 동안 머물러 있어야 한다고 판결했어요."

헌병은 웃음을 터뜨렸다. "아주 멋진 농담이군. 이 웃기는 중국 놈은 단두대도 속이려고 하는군." 노새들이 코코아 열매 과수원을 지나 햇빛에 반짝거리는 바다를 끼고 1킬로미터 가까이 갔을 때 아초가 다시 입을 열었다.

"분명히 말하지만 나는 아초우가 아니어요. 재판관님은 내 목이 잘릴 거라고 말하지 않았어요."

"겁내지 마!" 죄수를 편하게 해주고 싶은 자비로운 마음이 들어 크뤼쇼가 말했다. "죽는 건 그렇게 어렵지 않아." 그는 자신의 손가락을 꺾어 딱 소리를 냈다. "이렇게 빨리 끝나지. 밧줄에 매달려 발로 채이고 얼굴을 찌푸리고 죽는 것과는 달라. 손도끼로 닭을 죽이는 것과 똑같아. 닭 모가지를 댕강 잘라버리면 그걸로 끝이지. 사람도 마찬가지야. 푸욱! 그러면 끝나는 거야. 아프지도 않지. 아프다고 생각할 겨를도 없어. 생각할 틈도 없이 목이 달아나 버리는 거야. 그러니 생각할 수가 없지. 아주 좋아. 나도 그런 식으로 죽고 싶어. 빨리, 아주 빨리 말이야. 너는 그렇게 죽으니 운이 좋은 거야. 문둥병에 걸려 서서히 몸이 부스러질 수도 있잖나. 한 번에 손가락 하나씩, 그리고 다시 엄지손가락이 떨어져 나가고, 그 다음에는 발가락이 하나씩 떨어지고 말이야. 뜨거운 물에 화상을 입은 사람도 봤지. 이틀이나 고통에 시달리다가 죽었어. 고통스러워 울부짖는 소리가 1킬로미터 밖에서도 들릴 정도였지. 그런데 넌 어때? 아주 간단해! 척! 칼이 네 목을 그렇게 잘라 버린다. 그러면 끝이야. 칼이 간지럽게 느껴질 수도 있겠지. 그 기분이 어떤지 누가 말할 수 있겠어? 그렇게 죽은 사람 중에는 그 느낌이 어떤지 돌아와서 말해 준 사람이 하나도 없거든."

그는 자신의 마지막 말이 기가 막힌 농담이라는 생각이 들어 한참 배를 잡고 웃었다. 웃음소리가 과장된 면도 있었지만, 그는 이 중국 녀석에게 용기를 북돋아주는 것이 사람된 도리라고 생각했다.

"그렇지만 저는 아초예요." 그런데 이 녀석이 또다시 우겼다. "저는 목이 잘리고 싶지 않아요."

크뤼쇼는 그를 째려보았다. 이 중국 녀석이 지나치게 어리석다는 생각이 들었다.

"저는 아초우가 아녜요…." 아초가 입을 열었다.

"그만하면 됐어." 헌병이 말을 막았다. 그는 양 볼에 바람을 잔뜩 집어넣고 험상궂은 표정을 하려고 애썼다.

"나는 아초우가 아니어요." 아초가 다시 되풀이했다.

"입 닥쳐!" 크뤼쇼가 고함을 질렀다.

그 이후 두 사람은 아무 말 없이 갔다. 파페에테에서 아티마오노까지는 30킬로미터 남짓 되는데, 반 정도 지났을 때 중국인이 다시 용기를 내어 말을 꺼냈다.

"법정에서 당신을 봤어요. 판사님이 우리에게 죄가 있는지 재판할 때요. 그래요, 목이 잘릴 사람은 아초우예요. 그런데 아초우는 키가 크다는 것 기억나세요? 날 보세요."

그는 갑자기 벌떡 일어섰다. 키가 작았다. 그러자 크뤼쇼 머릿속에 아초우의 모습이 순간적으로 어렴풋이 떠오르며, 아초우는 키가 크다는 것이 기억났다. 헌병이 보기에 중국인들은 다 똑같이 생겼다. 이 얼굴이 저 얼굴 같고, 저 얼굴이 이 얼굴 같았다. 그러나 키가 큰지 작은지는 분간할 수 있었다. 그때서야 크뤼쇼는 자기 옆에 엉뚱한 사람이 앉았다는 것을 알아챘다. 크뤼쇼가 노새의 고삐를 갑자기 당겨 마차를 세우는 바람에 마차와 노새를 연결한 채가 노새 앞으로 튀어나가면서 굴레가 위로 솟구쳤다.

"보시다시피 착오예요." 아초가 웃으면서 사근사근하게 말했다.

크뤼쇼는 잠시 생각에 잠겼다. 그는 마차를 멈춘 일이 벌써 후회가 되었다. 그는 재판장이 실수했으리라고는 생각할 수 없었고, 이 문제를 어떻게 풀어야 할지도 알 수 없었다. 그렇지만 이 중국인을 아티마오노로 데려가라고 인계 받은 것은 사실이고, 그를 아티마오노로 데려가는 것이 자신의 의무였다. 사람이 뒤바뀌어서 그의 목이 달아난들 무슨 문제겠나? 중국인 일꾼 하나 죽이는 일이니 어차피 대수롭지도 않은 문제 아닌가? 게다가 실수가 아닐 수도 있다. 상관들이 무슨 생각을 하는지 자기로서는 알 수 없는 노릇이다. 상관들은 자기 업무를 훤히 꿰뚫고 있는 사람이다. 누가 그 사람들이 하는 일을 대신 생각할 수 있겠나? 언젠가 오래전에, 상관들 대신 생각을 해보려고 한 적이 있었다. 그런데 상사가 말했다. "크뤼쇼, 너는 바보다! 그걸 빨리 깨달아야 더 편하게 지낼 수 있어. 너는 생각할 필요가 없어. 그저 시키는 대로 복종하고, 생각하는 일은 더 훌륭한 사람들에게 맡겨!" 그 일이 떠오르자 가슴이 쓰라렸다. 게다가 만일 파페에테로 돌아간다면 아티마오노에서의 처형이 지연되고, 돌아간 것이 잘못이라면 죄수를 기다리고 있는 상사에게 야단맞는 것은 물론 파페에테에서도 혼이 날 것이다.

그는 채찍으로 노새를 툭툭 치면서 길을 재촉했다. 시계를 들여다보니 이대로 가다가는 30분은 늦어 상사가 화를 낼 것 같았다. 그는 노새의 발걸음을 재촉했다. 아초가 착오라고 되풀이해서 설명할수록 그는 더욱 완고해졌다. 엉뚱한 사람을 데리고 간다는 사실을 알았지만 마음은 바뀌지 않았다. 자기 잘못이 아니라고 생각하니, 자신이 설령 잘못을 저지르고 있다고 해도 바르게 처신하고 있다는 신념이 확고해졌다. 상사의 기분을 상하게 하느니, 엉뚱한 사람이 걸려들었더라도 중국 놈 수십 명쯤이야 기꺼이 그들의 운명에 맡겨버리겠다.

헌병은 아초의 머리를 채찍 손잡이로 후려갈긴 후, 이제 선택의 여지가 없으니 입 다물고 조용히 있으라고 소리 질렀다. 한참 동안 침묵이 흘렀다. 아초는 외국 괴물들의 괴상한 일 처리 방식에 대해 곰곰이 생각했다. 그들에게는 설명이 통하질 않는다. 지금까지의 그들 행동을 보면 이제 와서 아초에게 무슨 짓을 하든 이상할 것이 없었다. 그들은 무고한 사람 다섯 명에게 죄가 있다고 판결을 내리고, 그 다음에는 20년 징역형이면 충분하다고 판단했던 사람의 목을 어리석게도 업무 착오로 베어버리려고 한다. 이제 그가 할 수 있는 일은 아무것도 없다. 그저 멍하니 앉아서 목숨을 좌지우지하는 주인들의 처분만 기다릴 뿐이다. 한동안 두려움이 엄습하여 온몸에 식은땀이 흘렀으나 이제는 두려움에서 벗어나려고 애썼다. 도교 경전 음즐문(중국에서 16세기에 유포된, 선행을 권장하는 민중 도덕서-옮긴이)에 나오는 구절을 외우며 운명에 맡기려고 애썼지만, 자신의 꿈인 명상과 휴식을 취할 수 있는 정원이 머리에 자꾸 떠올랐다. 정원의 모습이 처음에 떠오를 때는 잊으려고 애쓰다가, 이내 포기하고 꿈속에 빠져들어 나무 사이로 들려오는 풍경소리를 들으며 정원에 앉아 있는 모습을 상상하였다. 그렇게 꿈속에 빠져 들자, 경전의 구절이 더욱 또렷하게 떠올라 암송을 계속하였다.

 시간이 흘러 마침내 아티마오노에 당도했고, 노새는 단두대 발판 앞으로 향하였다. 사형대 밑에서는 상사가 조바심을 내며 기다리고 있었다. 그가 서 있는 아래로 농장 인부들이 모두 모여 있는 광경이 보였다. 세머는 이날 저녁에 거행되는 의식이 훌륭한 본보기가 되리라 판단하고 밭에서 일하는 인부를 모두 불러 모아 강제로 참석시켰다. 인부들은 착오를 금방 알아차렸지만, 아무도 말하지 않고 지켜보았다. 흰둥이 악마들이 생각을 바꾼 게 분명했기 때문이었다. 무고한 사람을 죽이려고 하더니, 이제는 또 다른 무고한 사람의 생명을 앗아가려고 한다. 아초우든 아초든 무슨 상관이겠나? 흰둥이 개들도 중국인을 이해하지 못하지만, 중국인들 또한 훤둥이 개들을 전혀 이해할 수 없었다. 아초는 목이 잘리겠지만 2년만 더 일하면 다른 사람들은 중국으로 돌아간다.

셰머는 손수 단두대를 만들었다. 단두대를 한 번도 본 적이 없지만, 그는 손재주가 있어서 프랑스 관리들로부터 기본적인 구조만 설명 듣고서도 만들어 냈다. 사형집행 장소를 파페에테에서 아티마오노로 옮기자고 제안한 사람도 그였다. 그는 범행 장소가 가장 좋은 처벌 장소고, 농장에서 처형하면 500명의 중국 놈들에게 유익한 교훈이 될 것이라고 주장했다. 게다가 셰머는 사행집행을 자원하였기 때문에 이제 집행관의 자격으로 단두대 발판 위에 서서 자신이 만든 기구를 시험해 보고 있었다. 사람 목 크기와 똑같은 바나나 나무를 단두대에 올려놓았다. 아초는 단두대를 뚫어지게 쳐다보았다. 셰머는 조그만 손잡이를 돌려 칼날을 단두대 꼭대기로 끌어올렸다. 단단한 밧줄을 확 잡아당기자 칼날이 풀어져 눈 깜짝할 사이에 떨어지며 바나나 나무를 깔끔하게 잘라 버렸.

"잘 되고 있나?" 상사가 발판 위로 올라오면서 물었다.

"아주 멋져요. 보여드리죠." 셰머는 의기양양하게 대답했다.

그는 다시 손잡이를 돌려 칼날을 끌어 올린 다음, 밧줄을 확 잡아채서 칼날을 연한 나무토막 위로 떨어지게 했다. 그러나 이번에는 칼날이 단두대에서 3분의 2 정도밖에는 내려가지 않았다.

"안 되겠군." 상사는 얼굴을 찌푸리며 말했다.

셰머는 이마에 흐르는 땀을 닦았다. "더 무거운 것을 달아야겠습니다." 그는 발판 끝으로 가서 대장장이에게 12킬로그램짜리 쇳덩이를 가져오라고 소리 질렀다. 셰머가 넓적한 칼날 위에 쇳덩이를 붙이느라고 허리를 굽히고 있는 동안 아초는 상사를 쳐다보며 말할 기회를 찾았다.

"판사님은 아초우가 참수형을 받는다고 말씀하셨어요." 그는 상사에게 말을 건넸다.

상사는 조바심을 내며 고개를 끄덕였다. 그의 머릿속은 그날 오후에 바람이 불어오는 섬 저편으로 20킬로미터쯤 말을 달려 자신을 기다리고 있는 진주 상인 라피에르의 아리따운 딸에게 달려갈 생각으로 가득 차 있었다. 그녀는 원주민의 피가 섞인 혼혈아였다.

"저…, 저는 아초우가 아니어요. 아초예요. 간수님이 착오를 일으켰어요. 아초우는 키가 큰 사람인데, 보시다시피 저는 키가 작아요."

상사는 그를 힐끗 쳐다보고 착오가 생겼다는 것을 금방 발견하였다. "셰머! 이리 와 봐." 그는 명령조로 셰머를 불렀다.

독일인은 투덜거리면서 허리를 구부리고 쇳덩어리를 단단히 동여매는 일을 계속했다. "중국 놈은 준비가 다 됐나요?" 그는 캐묻는 투로 대꾸했다.

"이 녀석을 보라고! 이게 그 중국 놈인가?" 상사가 응수했다.

셰머는 깜짝 놀랐다. 욕설을 몇 마디 퍼붓더니 아쉬운 듯 손수 만든 기계를 바라보았다. 그는 기계가 제대로 작동하는지 꼭 보고 싶었다. "이거 봐요. 처형을 미룰 수는 없어요. 저 500명의 중국 놈들은 이미 세 시간이나 일을 하지 않고 기다렸어요. 그냥 진행합시다. 결국 중국 놈은 중국 놈이니까 말이죠."

상사는 얼마나 먼 길을 달려 진주 상인의 딸에게 가야할지 어림짐작하면서 혼자 생각에 잠겼다.

"잘못이 드러난다 해도 크뤼쇼가 책임질 일이죠. 잘못이 드러날 염려도 거의 없어요. 어쨌든 아초우는 폭로하지 않을 테니까요." 독일인이 주장했다.

"크뤼쇼에게는 잘못이 없을 거야. 간수가 착각한 것이 틀림없어." 상사가 대꾸했다.

"그러면 그대로 진행합시다. 우리 잘못이 아닙니다. 중국 놈을 누가 누군지 어떻게 분간한단 말입니까? 우리는 그저 인계 받은 중국 놈을 지시에 따라 집행했다고 말하면 그뿐이죠. 이 인부들을 다시 일손을 놓고 놀게 할 수는 없어요."

두 사람은 프랑스어로 말을 주고받았다. 아초는 한마디도 알아듣지 못했지만, 이들이 자신의 운명을 결정하고 있다는 것은 알았다. 또, 결정은 상사에게 달려 있음을 알고, 상사의 입에서 시선을 떼지 못했다.

"좋아. 그대로 집행하지. 결국 중국 놈이기는 마찬가지니까." 상사가 결정을 내렸다.

"시험을 한 번만 더 해 보겠어요." 셰머는 바나나 줄기를 칼날 아래 놓고 칼날을 단두대 끝까지 끌어 올렸다.

아초는 음즐문의 금언을 기억해 내려고 애썼다. '사이좋게 살아라.' 금언 한 구절이 떠올랐으나 이제는 소용이 없다. 더 이상 살지 못하고 곧 죽게 될 테니까. 소용없는 짓이다. '악한 사람을 용서하라.' 그렇다. 그러나 여기에는 악한 사람이 없다. 셰머는 물론이고 나머지 사람들도 악한 마음으로 이 일을 하고 있는 것이 아니다. 밀림을 개간하고, 수로를 파고, 목화를 심는 일처럼 단지 그들이 해야 할 일 가운데 하나일 뿐이다. 셰머가 밧줄을 잡아당기자, 아초는 음즐문 구절을 떠올릴 수 없었다. 칼날이 쿵 소리를 내며 떨어지자 나무토막이 깨끗하게 잘렸다.

"멋지군!" 상사가 담배에 불을 붙이다 말고 탄성을 질렀다. "이봐. 정말 멋진걸."

셰머는 칭찬을 듣자 기분이 좋아졌다.

"아초우, 이리 와!" 그는 타히티어로 아초에게 명령했다.

"저는 아초우가 아니고…." 아초가 다시 말하기 시작했다.

"닥쳐! 다시 입을 열면 머리통을 부숴 버리겠어."

감독관이 주먹을 불끈 쥐고 협박하자 아초는 입을 다물었다. 저항한들 무슨 소용이 있겠나? 저 외국 괴물들은 항상 자기들 방식으로 일을 처리하는걸. 그는 자기 몸 크기에 딱 맞는 수직 판자에 몸을 묶게 내버려 두었다. 세머가 죔쇠를 꽉 조이자 가죽 끈이 살 속으로 파고 들어가 아팠다. 그러나 아초는 불평하지 않았다. 아픔도 오래 지속되지 않으리라. 그는 판자가 공중에서 돌면서 한쪽으로 기울어져 수평으로 놓이는 것을 느끼며 눈을 감았다. 그 순간 그의 머리에는 명상과 휴식을 즐길 수 있는 정원의 정경이 마지막으로 떠올랐다. 시원한 바람이 불고, 나무에 매달린 풍경에서 부드러운 소리가 들렸다. 새들은 나지막한 소리로 지저귀고, 높은 담장 너머로 마을사람들이 움직이는 소리가 아득하게 들려 왔다.

  판자의 움직임이 멈추는 것이 느껴지고, 근육에 몰리는 압력으로 미루어 볼 때 똑바로 눕혀졌다는 것을 알 수 있었다. 그는 눈을 떴다. 머리 바로 위에 칼날이 햇빛에 반짝거리며 걸려 있었다. 무게를 더하기 위해 달아 놓은 쇳덩이도 보이고, 세머가 묶어 놓은 매듭이 하나 풀어진 것도 보였다. 그러자 상사가 재빨리 명령을 내리는 소리가 들렸다. 아초는 서둘러 눈을 감았다. 칼날이 내려오는 것을 보고 싶지 않았다. 그러나 그는 느낄 수 있었다. 아주 눈 깜짝할 순간이었다. 그 순간 그의 머리에는 크뤼쇼가 떠오르고 크뤼쇼가 한 말이 생각났다. 크뤼쇼는 틀렸다. 칼날은 간지럽지 않았다. 그것으로 그의 생각은 멈추었다.

잭 런던
Jack London, 1876~1916

잭 런던은 「황야의 절규」「강철군화」「흰 엄니」 등 20여 편의 장편 소설과 200여 편의 단편 소설, 수필 등을 남긴 미국 샌프란시스코 태생의 소설가이다.

1904년 러일전쟁 종군기자로 한국에 들어와 한국에 대한 글을 여러 잡지에 기고하기도 했는데, 지금 시각으로 보면 아시아인에 대한 편견이 보이기도 하지만 그것은 당시 서양인들의 보편적인 시각을 대변한다고 해도 별 무리가 없을 것이다. 특히 한국에 관한 그의 글은 1982년 프랑스에서 『조선사람 엿보기』라는 제목으로 출판되었고 우리나라에서도 1995년에 출판된 바 있다.

「시나고」는 『하퍼스 먼슬리 매거진』 1909년 7월호에 발표된 단편이다.

옮긴이 김유신 kimonline@hanmail.net

연세대학교 법학과 졸업. 미국 에이브러햄 링컨 대학교 로스쿨 J.D.(법무박사) 과정 수료. 국내외 기업에서 기획 및 관리 담당 임원 역임.

현재는 전문번역가로서 우리나라 법령을 영문으로 옮기는 외에 경제경영,실용서 번역 등도 활발히 내놓고 있다. 주요 번역서로는 『BBC 구하기』『일곱 개의 씨앗에 담긴 비밀』『2010 비즈니스 트렌드』『새뮤얼 스마일스의 자조론』『세상을 바꾼 65개의 편지』 등이 있다.

요제프 로트
Joseph Roth

황제 폐하 슈테판 츠바이크에게
Seine k. und k. apostolische Majestät - Für Stefan Zweig

옛날에 한 황제가 있었다. 나는 청소년기의 대부분을 이 황제의 때로는 무자비하기까지 한 광채 속에서 보냈다. 나는 오늘 그에 관하여 이야기할 권리가 있다. 왜냐하면 당시 나는 황제에게 격렬히 대들었기 때문이다. 황제와 나, 우리 둘 가운데 내가 옳았던 것으로 판명되었다. 그렇다고 해서 반드시 내가 옳았다는 것은 아니다. 황제는 이제 카푸친 교단 묘소에 왕관의 잔해와 함께 묻혔고, 나는 아직도 살아서 그 주변을 배회하고 있다. 황제의 죽음과 비극의 위엄 앞에서 — 황제 자신의 위엄이 아니라 — 나의 정치적 신념도 할 말을 잃었다. 다만 그때의 기억이 떠오른다. 기억을 떠올리게 한 무슨 외적 계기가 있는 것은 아니다. 굳이 따지자면, 감춰진 내면의 사적인 계기가 하나 있기는 하다. 작가들은 때때로 이런 계기 때문에 누가 듣든 말든 이야기를 꺼내곤 한다.

황제가 묻히던 날, 나는 빈(Wien) 수비대의 일원으로서 다른 많은 병사들과 함께 새 회색 군복 차림으로 — 우리는 이 군복을 입고 몇 주 후 전장으로 가야 했다 — 길 양쪽에 길게 도열해 있었다. 역사적인 하루가 막 저물고 있다는 생각에 몸서리치는 순간, 자신의 자식들을 스스로 반대파로 키운 조국의 몰락에 착잡한 슬픔이 몰려들었다. 나는 여전히 조국을 비난하고 있었지만, 다른 한편으론 애도의 마음도 싹트고 있었다. 이미 죽은 황제의 병사로서 그의 죽음을 가까이서 씁쓸히 지켜보는 동안, 황제의 장례식이 — 당시는 오스트리아 · 헝가리 제국이었다 — 내 마음을 휘어잡았다. 황제의 말년이 무의미했음을 나는 분명히 깨닫고 있었다. 하지만 바로 그 무의미함이 또한 내 소년기의 일부임을 부정할 수 없었다. 합스부르크 가의 차디찬 태양은 꺼졌다. 그러나 그것은 어쨌든 태양이었다.

중앙 대로에서 계속된 퍼레이드를 뒤로한 채 2열 종대로 병영으로 돌아온 그날 저녁, 어릴 적 외경심에 이끌려 황제를 가까이서 보고자 했던 날들을 회상했다. 그런 외경심이 사라졌음을 한탄하지는 않았다. 다만 그런 날들이 지나가버린 것이 한탄스러울 따름이다. 황제의 죽음으로 조국은 물론 내 소년기도 끝을 맺었기에, 황제와 조국의 운명을 내 소년기와 더불어 애도하였다. 그날 저녁 이후로, 지난 여름 아침들을 머릿속에 떠올리곤 한다. 당시 나는 황제가 이슐로 떠나는 것을 보려고 아침 6시 쉰브룬행 전차를 타곤 하였다. 전쟁, 혁명, 또 혁명을 정당화했던 나의 신조. 그 어떤 것도 그 여름 아침들을 퇴색시키거나 잊게 하지는 못했다. 성대한 장례식 때 내가 그렇게 예민했던 까닭도 바로 그 아침 날들 때문이라고 생각한다. 그런 예민함이란, 다시 말해 종교 행사나 크렘린 붉은 광장에서 11월 9일에 벌어지는 퍼레이드, 그 밖에 인류 역사에서 위대한 만큼 아름다운 순간들, 또는 적어도 자신의 과거를 지닌 모든 전통 앞에서 묵상에 잠길 수 있는 능력이다.

그 여름 아침 날들에는 대개 비가 오지 않았다. 그리고 일요일 아침일 때가 많았다. 전차가 증편 운행되었다. 많은 사람들이 그저 길가에 늘어서 구경할 목적으로 전차에 올라탔다. 서둘러 움직이는 수백 명의 발걸음 소리가 아득히 들려오는 종달새의 매우 높고 풍성한 지저귐 소리와 미묘하게 교차하였다. 사람들은 그늘 속에서 바삐 걸었다. 햇빛은 기껏해야 주변 건물 3층이나 키 큰 나무 꼭대기에나 비쳤다. 땅과 돌에서는 아직도 축축한 냉기가 올라왔다. 하지만 머리 위에서는 벌써 여름 기운이 감돌았다. 봄이 가고 여름이 오는 게 아니라 마치 위아래 동시에 존재하는 것 같았다. 이슬이 아직도 반짝이는가 싶더니 어느새 증발해 버렸다. 정원에서는 라일락꽃 향기가 감미로운 바람을 타고 상큼하게 풍겨 왔다. 하늘은 청명했다. 탑시계가 7시를 쳤다.

그때 성문이 열리면서 무개마차가 천천히 밖으로 나왔다. 백마가 고개를 숙인 채 얌전히 걸음을 옮겼다. 누르스름한 제복 차림의 마부는 높은 마부석에 앉아 꼼짝도 하지 않았다. 고삐는 말 등에 부드럽게 늘어져 있었다. 말들이 제멋대로 걸어도 될 만큼 고삐가 느슨했는데, 왜 저리도 꼿꼿하게 걷는지 도무지 이해할 수 없었다. 채찍도 움직이지 않았다. 마부는 어떤 처벌 수단도, 아니 어떤 경고 수단도 사용하지 않았다. 마부에게 주먹 이외의 힘과 고삐나 채찍 이외의 수단이 있음을 어렴풋이 깨닫기 시작했다. 마부의 손은 가로수 길 녹음 한가운데서 눈이 부실 정도로 하얀 두 개의 점과 같았다. 마차 바퀴는 높고 크면서도 우아했다. 가느다란 바퀴살은 반짝이는 지휘봉이나 그림책에 나오는 아이들 놀이와 그림을 연상시켰다. 바퀴가 자갈길 위를 몇 번 부드럽게 굴러갔다. 하지만 곱게 빻은 모래처럼 아무 소리도 나지 않았다. 이윽고 마차가 멈춰 섰다. 말들은 발 하나 까딱하지 않았다. 다만 말 한 마리가 한쪽 귀를 늘어뜨렸을 뿐이었다. 그런 동작조차 마부는 버릇없는 행동으로 여겼다. 그렇다고 해서 마부가 움직였다는 얘기는 아니다. 다만 아주 희미한 그늘이 마부의 얼굴에 드리웠고, 그래서 나는 마부의 불쾌한 감정이 마부 자신 때문이 아니라 주변 분위기 때문에 생긴 것임을 확신했다. 모든 것이 정지해 있었다. 모기만이 나무 주위에서 춤추었고, 햇볕은 점점 더 따뜻해졌다.

조금 전까지 제복 차림으로 근무를 섰던 경찰들이 갑자기 소리 없이 사라졌다. 겉으로 드러나게 무장하고서 자기 주변을 경호하지 말라는 것은 늙은 황제의 교활한 지시였다. 경찰 끄나풀 노릇을 하던 사람들은 눈에 띄지 않도록 녹색 대신 회색 모자를 쓰고 있었다. 실크해트를 쓰고 검은색과 노란색의 완장을 찬 관리들이 질서를 유지하면서 황제에 대한 백성들의 사랑을 적정선에서 통제했다. 백성들은 감히 움직이려 하지 않았다. 이따금 나지막이 중얼거리는 소리가 들렸다. 그 소리는 마치 경의를 표하는 합창의 속삭임 같았다.

그래도 마치 초대 받은 소수에 포함된 것 같은 친밀한 분위기가 감돌았다. 그가 보내는 낮과 밤의 모든 시간 중에서 황제가 침대에서 나와 욕실과 화장실을 드나드는 아침 시간이야말로 어찌 보면 가장 인간적인 시간이었으며, 바로 이 아침 시간에 여름이면 황제가 단출히 여행을 떠나곤 하였기 때문이다. 마부도 부잣집 마부들이 흔히 입는 것과 별 차이가 없는 평범한 제복을 입고 있었다. 그래서 마차에는 지붕도 없고 뒤편에 따로 좌석도 없었다. 마차가 출발하기 전까지는 마부석에 마부 외에 아무도 없었다. 이것은 스페인 한낮의 태양에 어울리는 합스부르크가의 스페인식 의전이 아니었다. 쇤브룬의 아침시간에 펼쳐진 작은 오스트리아식 의전이었던 것이다.

그러나 바로 그렇기 때문에 광채를 더 잘 체험할 수 있었다. 광채는 황제를 둘러싼 법률보다는 황제 자신에게서 비롯한 것처럼 보였다. 온화해서 바라보아도 눈부시지 않은 빛이었다. 사람들은 그 핵심을 바로 볼 수 있었다. 무개마차를 타고 하녀도 없이 휴양을 떠나는 아침의 황제. 한 개인으로서의 황제. 인간적인 폐하. 통치 업무를 잠시 접고 휴가를 떠나는 황제. 구두장이조차 마치 자기가 황제의 휴가를 허락하기라도 한 것처럼 흐뭇한 공상에 빠질 수 있었다. 신하란 으레 주인에게 뭔가 바칠 것이 있다고 생각할 때 몸을 가장 깊이 숙이게 마련인데, 그날따라 사람들은 정말 신하다웠다. 백성과 황제를 갈라놓는 의전이 따로 없었기에 백성들은 저마다 자기와 황제가 참석하는 의전을 마음속으로 마련하였다. 백성들은 궁정에 초대 받지 않았기에 저마다 황제를 마음의 궁정에 초대하였다.

이따금 어떤 얘기가 멀리서 조심스럽게 떠도는 느낌이 들었다. 감히 크게 떠들지는 못하고 겨우 들릴락 말락 한 얘기였다. 어느새 황제가 성에서 나온 것 같았다. 사람들은 궁정에서 소년이 낭독하는 시를 듣는 황제의 모습을 충분히 느낄 수 있다고 생각했다. 불어오는 바람에서 잠시 후 다가올 커다란 폭풍우를 예감하듯이, 사람들은 폐하가 풍기는 인자함을 느끼면서 잠시 후에 나타날 황제를 예감하였다. 몇몇 관리들이 황제의 인자함에 내몰린 듯 여기저기 분주히 움직였다. 사람들은 온도계로 온도를 읽듯이 그 분주함에서 성 안

일들이 지금 어떻게 되어 가는지 읽어냈다.

 마침내 앞에 서 있던 사람들이 하나둘 머리를 내밀기 시작했고, 뒤에 서 있던 사람들은 갑자기 웅성거리기 시작했다. 어찌 된 일인가? 폐하에 대한 존경심을 잃기라도 했단 말인가?! 그럴 리가 없다! 묵묵히 지켜보던 그들에게 호기심이 생겨 그 대상을 바삐 찾았을 뿐이었다. 사람들은 이제 발로 땅을 비벼대기까지 했고, 잘 훈련된 말들조차 두 귀를 다시 늘어뜨렸다. 그러자 정말 믿기 어려운 일이 일어났다. 마부까지도 사탕을 빠는 아이처럼 입술을 뾰족이 내민 것이었다. 그러면서 마부는 말에게 백성들처럼 행동해서는 안 된다고 신호를 보냈다.

 그때 정말로 황제가 나타났다. 늙어서 허리가 구부정한 자세로 걸어왔다. 시를 듣느라 지쳤고, 신하들의 충성에 이른 아침부터 마음이 번잡해졌으며, 여행에 대한 기대로 조금 들뜬 모습이었다. 나중에 신문에서는 이것을 가리켜 '소년처럼 생기가 도는 군주'라고 하였다. 느릿느릿한 노인 걸음으로 박차소리를 맥없이 쨍그랑거리며 종종걸음을 치다시피 했다. 신문에서는 이것을 '경쾌하게'라고 썼다. 머리에는 라데츠키 시대에도 썼던 다소 구식의 낡은 검정 장교 모자를 쓰고 있었다. 젊은 장교들은 남자 손가락 네 개의 높이도 되지 않는 이 모자 형태를 경멸했다. 군인들 가운데서 황제만이 유일하게 규정을 엄격히 지켰다. 왜냐하면 그가 바로 황제였으니까.

황제는 빛바랜 붉은색 안감의 오래된 외투를 걸치고 있었다. 옆구리에 찬 군도가 조금씩 덜거덕거렸다. 광을 낼 대로 낸 매끄러운 장화가 까만 거울인 양 반짝였고, 폭이 좁은 검정색 바지에는 붉은색 장군 줄무늬가 넓게 붙어 있었다. 다림질하지 않은 이 바지는 옛 스타일대로 둥근 원통 모양이었다. 황제는 경례하느라 빈번히 손을 모자 위로 올렸다내렸다 했고, 그럴 때마다 미소를 머금은 채 고개를 살짝 끄덕였다. 그의 시선은 아무것도 보지 않는 듯했지만, 모두가 그의 시선을 느꼈다. 그의 눈길이 태양처럼 반원을 그리면서 모든 이에게 은총의 빛을 뿌렸다.

  황제 옆에는 부관이 따라다녔다. 부관은 거의 황제만큼 늙었지만 황제처럼 피곤해 보이지는 않았다. 겁에 질린 듯 조급하게 늘 폐하의 반걸음 뒤에서 따라다녔다. 황제도 이제 그만 마차에 앉고 싶은 양, 신하들의 충성도 이제 그만 규정대로 끝내면 좋을 텐데 하고 마음속으로 바라는 듯했다. 만약 부관이 곁에 없었다면 황제 혼자서 마차로 가지도 못하고 군중 속에서 길을 잃을 것 같은 상황에서, 부관은 들리지 않게 아주 작은 소리로 황제의 귀에다 무어라 계속 속삭였다. 그리고 실제로 황제는 부관이 속삭일 때마다 거의 눈에 띄지 않게 방향을 틀었다. 마침내 둘은 마차에 이르렀다. 황제는 자리에 앉아 여전히 미소를 머금은 채 주위 사람들에게 반원을 그리며 인사했다. 부관도 자리에 앉으려고 마차 뒤로 돌아 달려갔다. 그때 부관이 황제 옆자리 대신 맞은편에 앉으려는 동작을 보이자 황제가 약간 비켜 부관에게 자리를 권하는 것이 또렷이 보였다. 어느새 두 사람 앞에 서 있던 시종은 들고 있던 담요를 두 노인의 다리 위로 천천히 내려뜨렸다. 그리고 민첩하게 몸을 돌려 마치 고무줄로 잡아당기기라도 하듯이 마부 옆자리로 뛰어올랐다. 그는 황제의 몸종이었다. 몸종은 거의 황제만큼 늙었지만 소년처럼 기민했다. 통치가 그의 주인을 늙게 만들었듯이, 종노릇이 그를 아직도 젊게 유지시키고 있었다.

어느새 말들이 마차를 끌기 시작했고, 사람들은 황제의 흰 구레나룻에서 얼핏 은빛 광채를 보았다. "만세! 만세!" 사람들이 외쳤다. 바로 그 순간 한 여자가 앞으로 뛰쳐나왔고, 흰 종이 한 장이 놀란 새처럼 마차 안으로 날아들었다. 사면 청원서! 사람들이 여자를 붙잡았다. 마차가 멈추었다. 사복경찰들이 여자의 어깨를 잡고 있는 동안 황제는 마치 경찰이 여자에게 가한 고통을 누그러뜨리기라도 하려는 듯 여자에게 미소를 지어 보였다. 황제는 모를지 몰라도 여자는 곧 감금될 거라고 다들 굳게 믿었다. 그러나 여자는 위병소로 끌려가 심문을 받고는 바로 풀려났다. 사람들은 청원서가 벌써 효력을 발휘한 모양이라고 생각했다. 어쨌든 그것은 황제가 알아서 할 일이었다.

마차는 떠났다. 규칙적인 말발굽 소리가 군중의 외침 속에

파묻혀 버렸다. 어느새 햇볕이 뜨겁게 내리쬐고 있었다. 무더운 여름 낮이 시작되었다. 탑시계가 8시를 쳤다. 하늘은 짙푸르렀다. 전차의 종소리가 울렸다. 세상의 소음이 깨어났다.

요제프 로트
Joseph Roth, 1894~1939

로트는 1차대전 뒤 합스부르크제국이 멸망하자 고향을 잃고 베를린으로 와서 기자와 작가로 활동했다. 정치적으로는 원래 좌파였으나 나중에는 다민족국가였던 합스부르크제국을 이상적인 세계주의 국가로 보면서 파시즘에 대비시켰다.

실향민이나 전쟁 피해자들의 운명을 주로 다룬 그의 작품에는 당시 유럽의 위기 상황이 잘 반영되어 있으며 사라진 군주제에 대한 작가의 향수 또한 짙게 배어 있다.

로트는 1950년대에 들어와 독일어권의 뛰어난 작가로 재평가되었으며, 대표작으로는 『욥』과 『라데츠키 진군』이 꼽힌다.

「황제 폐하」는 1928년 『프랑크푸르터차이퉁』 문예란에 발표된 단편으로, 청년 시절 좌파 자유주의자로서 열렬히 비판했던 구 오스트리아제국의 멸망에 대하여 작가가 느끼는 모순된 애도의 감정이 잘 묘사되어 있다.

옮긴이 **최호영** hy_choe@hanmail.net

베를린자유대학 심리학박사.
주요 번역서로 『마인드 해킹』과 『인식의 나무』가 있다.

가지이 모토지로
梶井基次郎

진창
泥濘

1

어느 날 있었던 일이다.

기다리던 환어음을 집에서 부쳐왔기에 돈으로 바꿀 겸 혼고로 나가기로 했다. 눈이 내린 뒤였다. 교외에 살고 있는 나로서는 귀찮기 그지없는 때였지만 돈이 아쉬운 터라 개의치 않고 나서기로 했다.

얼마 전에 나는 꽤나 공을 들여 힘들게 쓰던 글을 끝내 포기하고 말았다. 물론 포기할 수도 있는 일이다. 하지만 포기하기까지의 과정이 너무나 병적인 나머지 그 후의 생활에까지 좋지 않은 영향을 미쳤다. 그래서 나에게는 무언가 기분 전환이 필요했다. 그러나 돈이 떨어져서 나가고 싶어도 그럴 수가 없었다. 게다가 집에서 보내 준 환어음에 문제가 있어서 되돌려 보내는 바람에 더더욱 기분이 상해 나흘이나 기다려야 했다. 이날 도착한 것이 다시 보내온 어음이었다.

글쓰기를 포기하고 나서 일주일쯤 지났을까. 그새 나는 기력이 빠져 생활의 균형이 무너져 있었다. 앞서 말했듯이 글쓰기 실패로 인해 어딘가가 병든 것 같았다. 우선은 글을 쓰려고 마음을 다잡기 어려웠고, 어찌어찌해서 머릿속에 떠오르는 것을 막상 글로 옮기려는 순간 이상하게도 기억이 나질 않았다. 원고를 다시 읽어가며 고치곤 했는데 이제 그조차 되지 않는다. 어떻게 고치면 좋을지, 처음에 어떤 기분으로 글을 쓰기 시작했는지 도무지 생각나지 않는 것이다. 이러면 안 된다고 조금씩 자각하기 시작했지만 나는 그다지 집요하지 못했다. 이런 증상은 계속되었다.

손을 놓은 뒤로, 아니나 다를까 상태는 심각했다. 나는 멍해져 있었다. 이러한 무기력감은 평소에 느끼던 그것과는 어딘가 달랐다. 가령 꽃이 시들고 물도 썩어버린 화병 때문에 견딜 수 없이 불쾌한데도 손끝 하나 움직이기 싫을 때가 있다. 볼 때마다 비위가 상하지만 어떻게든 치워야겠다는 마음은 들지 않았다. 귀찮아서라기보다는 무언가에 빠져든 기분이었다. 나는 나의 무기력함 속 어디에선가 그런 냄새를 맡았다.

무엇을 시작해도 도중에 멍해져 버렸다. 정신을 차려 하던 일을 마저 했지만, 그것은 몸만 따라 움직일 뿐이었다. 한번 멍한 상태를 경험한 이후로는 이상하게도 일을 할 때마다 건성으로 대했다. 무엇을 해도 흐지부지 이어졌다. 또한 그런 상태가 거듭되면서 당연히 대부분의 생활이 어정쩡해졌다. 그렇게 나는 꼼짝할 수 없는 늪에 빠진 것처럼 헤어날 수가 없었다. 늪 바닥부터 기어오르는 메탄가스 같은 녀석이 있었다. 불쾌한 망상이란 녀석이다. 부모님께 불길한 일이 있을 듯한, 친구에게 배신당한 것 같은 망상이 난데없이 고개를 쳐들었다.

때는 마침 화재가 많은 계절이었다. 나는 곧잘 부근 들판을 산책하곤 했는데, 새 집을 짓는 공사 현장이었다. 현장 근처에 뒹굴고 있는 대팻밥을 보았다. 부주의하게 담배꽁초를 버렸다는 사실을 깨닫고서 위험하다는 생각이 들었다. 그런 생각을 해서인지, 근방에 두어 번 화재가 있을 때마다 막막해졌고, 잡혀갈 것만 같은 불안이 엄습했다. "이 부근을 산책했지?"라고 물으며, "당신이 버린 담배꽁초 때문이야."라고 하면 정말이지 변명할 여지가 없을 것 같았다. 지나가는 우편배달부를 보자 찜찜했다. 망상은 나를 약하고 비참하게 만든다. 말도 안 되는 이유 때문에 참으로 나약하고 비참해져 갔다. 그렇게 생각하니 견디기 힘들었다.

아무 것도 하기 싫은 나는 곧잘 우두커니, 거울이나 장미가 그려진 도자기 주전자를 물끄러미 바라보곤 했다. 안식처까지는 아니어도 뭔가 마음이 편안해지는 대상이다. 예전에 들판에서 이와 비슷한 기분을 자주 경험한 적이 있다. 아주 희미하지만 바람에 흔들리는 풀잎을 바라보고 있자면 어느새 나도 풀잎처럼 흔들리는 게 느껴진다. 뚜렷하지는 않다. 비록 아련한 느낌이지만, 그러나 이상하게도 가을바람에 산들산들 흔들리는 풀잎의 감각 같은 것이 느껴졌다. 마치 술에 취한 듯, 그런 다음에는 언제나 기분이 맑아졌다.

거울이나 주전자를 마주한 나는 자연스레 그런 경험을 떠올렸다. 들판에서 맛본 기분이 그리워 애써 열중하기도 했다. 하지만 이유야 어쨌든, 나는 곧잘 거울이나 주전자를 멍하니 주시하곤 했다. 차갑고 하얀 표면에 한 점의 전등 모양이 담긴 예쁜 주전자는 아무 의욕도 없는 내게 실제로 묘한 매력을 느끼게 한다. 두세 시를 알려도 나는 잠들지 않았다.

늦은 밤 거울을 바라보는 것은 때론 몹시 무서운 일이다. 자신이 마치 낯선 사람처럼 보이기도 하고, 눈이 피로해진 탓인지 가만히 바라보고 있자면 기가쿠(伎楽. 일본 고전의 가면극—옮긴이)에 나오는 흉측한 하레멘(腫面. 부은 얼굴의 노파 탈—옮긴이)처럼 보이기도 한다. 거울 속 얼굴은 금세 연기처럼 사라졌다 나타나곤 한다. 외눈박이로 나타나 한참을 노려본 적도 있다. 그러나 공포라는 감정은 어느 정도 스스로 집어넣었다 꺼냈다 조절할 수 있는 성질의 것이다. 나는 거울 속의 탈을 무서워하면서도 같이 놀고 싶다는 흥미에 사로잡혔다. 마치 바닷가의 아이들이 파도가 밀려오고 쓸려나갈 때마다 쫓기거니 쫓거니 신나게 뛰어노는 것처럼.

그러나 꼼짝도 하기 싫은 나의 기분은 그대로였다. 거울을 보거나 주전자를 보고 있을 때 느끼는 이상하리만치 신기한 기분은, 반대로 침체된 기분과 잘못 얽혀 있는 것 같았다. 그렇지 않아도 한낮까지 온갖 꿈을 꾸며 잠에 취해 있는 나로서는 꿈과 현실의 경계가 모호해져 고약하게 피곤한 하루가 되곤 한다. 나는 언제부턴가 자신이 경험하고 있는 세계를 순간순간 괴이하다고 느꼈다. 거리를 걷다가도 내 모습을 본 사람이 "저런 녀석이 오다니." 하고 도망치지 않을까 싶어 소스라칠 때가 있다. 고개를 숙이고 아기를 돌보던 보모가 내 쪽으로 돌아보면, 그녀의 눈에 내 얼굴이 괴물로 비칠 것만 같았다.

— 그래도 기다리던 환어음이 드디어 도착했다. 나는 오랜만에 눈 쌓인 길을 걸어 전차를 타러 갔다.

2

오차노미즈에서 혼고로 나오는 동안에 세 명이나 눈에 미끄러졌다. 은행에 도착했을 때는 나도 썩 기분이 좋지 않았다. 빨갛게 타고 있는 가스난로에 젖어서 무거워진 나막신을 말리면서 은행원이 부르기를 기다렸다. 내 앞에는 가게 점원으로 보이는 아이가 한 명 마주하고 있었다. 다시 나막신을 신고 나서 얼마 뒤에 왠지 그 점원 아이가 나를 보고 있다는 느낌이 들었다. 눈에 쓸려온 진흙 때문에 더러워진 바닥을 보는 내 눈은 묘하게 허둥댔다. 혼자 생각임을 알면서도 나는 스스로 가정한 상대의 시선에 얽매여 버렸다. 이럴 때면 곧잘 얼굴이 달아오르던 나의 모습이 떠올랐다. 벌써 조금은 빨개지지 않았을까? 그런 생각이 들자 얼굴이 달아오르기 시작했다.

은행원은 좀처럼 내 이름을 부르지 않았다. 좀 지나치게 꾸물거렸다. 어음을 맡긴 담당 직원한테 두 번이나 다가가 눈치를 주었다. 결국에는 담당 직원에게 말을 꺼냈다. 어음을 건네받은 담당 직원이 잠시 깜빡했던 모양이다.

은행 건물에서 나와 정문 쪽으로 갔다. 걷다가 쓰러졌거나 넘어져서 기절을 했는지, 웬 젊은 여자를 두 명의 순경이 좌우로 부축하여 데려가고 있었다. 오가던 사람들이 멈춰서서 그 광경을 바라보았다. 나는 그 길로 이발소에 들어갔다. 이발소에는 더운 물이 없었다. 세안을 하고 싶다고 했더니 비누칠을 해주고서 젖은 수건으로 닦아 내는 게 고작이었다. 제아무리 신식이래도 말이 안 된다고 생각했지만, 이상하게도 입이 떨어지질 않았다. 하지만 비눗기가 얼굴에 불쾌하게 남아 있어 참을 수가 없었다. 이유를 묻자, 이발사는 물 데우는 가마솥이 깨졌다고 했다. 그러면서 젖은 수건으로 거듭 내 얼굴을 닦았다. 돈을 내고 모자를 건네받으며 얼굴을 만져보니 역시 비눗기가 남아 있었다. 뭐라고 따지지 않으면 바보 취급당할 것 같았지만 그냥 밖으로 나왔다. 모처럼 기분전환해볼 요량이었던 터라 묘하게 성질이 났다. 비눗기는 친구네 하숙집에 가서 씻었다. 그리고 얼마간 잡담을 나눴다.

이야기를 하는 동안 친구의 얼굴이 이상하리만큼 낯설게 느껴졌다. 또한 내가 말하려는 얘기의 요점이 전혀 전달되지 않는 것 같았다. 왠지 평소의 그 친구가 아닌 것 같다는 느낌도 들었다. 나는 이 친구도 분명 내가 좀 이상하다고 여기겠거니 생각했다. 자상한 친구지만 겁이 나서 말 못 하고 있는 게 아닌가 싶었다. 하지만 어딘가 이상하지 않느냐고 내 쪽에서 묻고 싶지는 않았다. "그러고 보니 이상하군." 하는 소리를 들을까 두렵다기보다는 이상하지 않느냐고 말해 버리면 스스로 이상한 점을 인정하는 꼴이 된다. 인정해 버리면 모든 게 끝난다. 그런 두려움이 있던 것이다. 이렇게 생각하면서도 여전히 나는 떠들고 있었다.

"집에만 틀어박혀 있으면 안 좋아. 좀 더 바깥바람을 쏘이는 게 좋아." 현관까지 바래다주면서 친구는 그렇게 말했다. 나는 뭔가 말하고 싶었지만 고개를 끄덕인 채 밖으로 나왔다. 고역을 치른 듯한 기분이었다.

거리에는 아직도 눈발이 날리고 있었다. 헌책방으로 걸어갔다. 사고 싶은 것이 있어도 돈에 자유롭지 못한 나는 어느새 구두쇠가 되어 있었고, 선뜻 물건을 살 수가 없었다. '이걸 살 바엔 아까 그걸 사자.' 또 다른 책방에 가서는 방금 전 그 책방에서 사지 않은 걸 후회했다. 이런 짓을 거듭하면서 나는 상당히 지쳐버렸다. 우체국에 가서 엽서를 샀다. 고향

집에는 돈을 부쳐줘서 고맙다고, 친구에게는 그간 연락하지 않아 미안하다는 말을 썼다. 책상에 앉아서는 도대체 써지지 않았던 글들이 의외로 술술 나왔다.

헌책방인 줄 알고 들어간 곳은 새 책만 파는 가게였다. 아무도 보이지 않더니만 인기척을 느꼈는지 안쪽 어디에서 사람이 나왔다. 하는 수 없이 제일 싼 문예 잡지를 샀다. 뭔가 사 가지 않으면 오늘밤은 참기 힘들 것 같았다. 과장이라 할 만큼 참기 힘들었다. 그렇게까지 힘들겠어, 라고 생각해봤지만 벗어날만한 기분은 이미 아니었다. 좀 전의 헌책방으로 다시 되돌아갔다. 마찬가지로 사지 못했다. 너무 인색하다고 생각해 봤지만 도저히 살 수가 없었다. 눈이 제법 오기 시작했고, 마지막으로 들어간 책방은 밖에 진열된 책들을 거두고 있었다. 아까 얼마인지 묻기만 했던 잡지를 이번에는 꼭 사리라 마음먹고 들어갔다. 처음 들어간 책방, 그것도 처음으로 값을 물었던 그 헌 잡지, 그것이 결국은 마지막 선택이 되었구나 생각하니 바보스러웠다. 다른 가게의 점원 아이가 눈덩이를 던져댔고 여기 책방 점원도 눈싸움에 정신이 팔려 있었다. 분명히 기억해 두었던 자리에 그 잡지가 보이지 않았다. 혹시 가게를 잘못 들어 왔나 싶어 불안한 마음에 점원에게 물어 보았다.

"뭐 두고 가셨어요? 그런 물건은 없었는데요."라고 말하면서 눈싸움 상대를 혼내주려는 마음에 건성으로 날 대하는 모습이었다. 결국 잡지는 찾지 못했다. 나 역시 포기하고 말았다. 버선을 하나 사고 오차노미즈로 서둘러 갔다. 벌써 밤이었다.

오차노미즈 역에서는 정기권을 샀다. 앞으로 매일 학교에 가면 하루 왕복에 얼마나 들지 전철 안에서 암산을 해보았다. 몇 번을 해봐도 그때마다 계산이 틀렸다. 그때그때 표를 끊는 것과 다를 바 없다는 결론이 나오곤 했다. 도중에 유라쿠초에 내려 긴자로 가서 차와 설탕, 빵, 버터 등을 샀다. 거리는 한산했다. 여기서도 가게 점원 서넛이 눈싸움을 하고 있었다. 딱딱한 게 아플 것 같았다. 나는 이상하게도 불쾌했다. 많이 지쳐 있기도 했다. 오늘 있었던 말도 안 되는 황당한 패배감이 나를 반항적으로 만든 탓도 있었다. 8전짜리 빵 하나를 사며 10전을 내고 거스름돈을 받으면서도 나는 줄곧 무엇인가에 반항의 기색을 드러냈다. 찾는 물건이 없거나 하면 묘하게 살기가 돋았다.

라이온이라는 레스토랑에 들어가 식사를 했다. 몸을 녹이며 맥주를 마셨다. 칵테일 만드는 것을 보았다. 여러 가지 술을 하나의 용기에 넣어 뚜껑을 닫고 흔들어 댄다. 처음에는 용기를 흔들다가 나중에는 용기 때문에 사람이 흔들리는 것처럼 보인다. 잔에 따르고 과일을 곁들여 쟁반에 놓는다. 그 정확하고도 민첩한 모습은 보기만 해도 재미있다.

"너희들은 아라비아 병사처럼 늘어서 있군."

"그래, 바그다드의 축제 같아."

"무엇보다도 배가 고팠는데."

쭉 늘어선 양주병을 보면서 나는 조금씩 맥주의 취기를 느꼈다.

3

라이온에서 나와 잡화상에 들러 비누를 샀다. 어느 샌가 뒤죽박죽된 기분으로 되돌아왔다. 비누를 사고만 나는 지금의 행동이 이상하다고 느끼기 시작했다. 확실히 비누를 사고 싶었는지 아닌지 도무지 생각나지 않았다. 허공에 발을 디딘 것처럼 위태위태한 기분이었다.

"비몽사몽이니 늘 그 모양이지."

잘못 같은 것을 했을 때 어머니는 곧잘 그런 소리를 했다. 그 말이 우연찮게 지금의 내 행동을 가리키는 것 같았다. 비누는 지금의 나로서는 터무니없이 비싼 것이었다. 나는 어머니를 떠올렸다.

"게이키치… 게이키치!" 나는 내 이름을 불러보았다. 슬픈 표정을 한 어머니의 얼굴이 뇌리에 또렷이 비쳤다.

― 3년 전쯤 어느 날 밤, 술에 취해 집에 돌아온 적이 있다. 나는 그야말로 앞뒤도 분간할 수 없을 정도로 취해 있었다. 데려다 준 친구 말에 의하면 꽤나 심했다고 하니, 나는 그때의 어머니 기분을 떠올릴 때마다 항상 암담했다. 친구는 나

중에 나를 야단치시던 어머니를 흉내 내며 당시 얘기를 들려줬다. 어머니 목소리를 똑 닮았다고 말해 주고 싶을 정도로 그럴싸했다. 그냥 말만 들어도 충분히 참담했다. 친구가 재현해 보인 어머니의 모습은 나를 울리고도 남을 힘을 지니고 있었다.

모방이란 이상한 것이다. 친구의 흉내를 이번에는 내가 따라해 보았다. 나하고 가장 가까운 사람의 말투를 거꾸로 남에게서 배웠다. 나는 그 뒤로 말을 잇지 않아도 그저 '게이키치'라고 부르기만 해도 그때 어머니의 기분을 생생하게 느낄 수 있게 되었다. 어떤 수단보다 "게이키치!" 하고 한번 소리 내는 것이 가장 직접적이었다. 눈앞에 떠오르는 어머니의 얼굴은 나를 꾸짖기도, 위로하기도 했다.

하늘이 개이고 달이 나와 있었다. 오와리초에서 유라쿠초로 가는 포장도로 위에서 나는 "게이키치!"를 반복했다.

섬뜩했다. '게이키치'라는 소리에 불려온 어머니가 어느새 다른 얼굴로 바뀌어 있었다. '재수 없는 놈.' 어머니 대신 나타난 그 자가 불쑥 내게 던진 말이다. 듣기 싫은 목소리를 듣고 말았다….

유라쿠초에서 내가 내릴 역까지는 상당한 시간이 걸린다. 역에 내려서도 10분 정도는 걸린다. 밤 깊은 언덕의 비탈길을 나는 녹초가 되어 걷고 있었다. 바지자락 소리가 이상하게 귀에 거슬렸다. 오르막길을 반사경이 달린 가로등이 비추었다. 그 빛을 등진 내 그림자가 길고도 또렷하게 땅을 기고 있었다. 외투 안에 물건 꾸러미를 끼고 있어서 다소 부푼 내 그림자를 양옆 가로등이 번갈아 비춰주었다. 뒤에서 앞으로 돌아와 쭉 늘어난 그림자는 어느 집 대문 앞에서 돌연 고개를 쳐들곤 했다. 변화무쌍한 그림자의 움직임을 쫓던 내 눈은 조금도 변하지 않는 그림자 하나를 찾아냈다. 아주 짧은 그림자다. 가로등이 멀어지면 선명해지고 가까워지면 숨는다. '달그림자로군.' 하고 생각했다. 올려다보니 음력 보름께로 짐작되는 달이 내 위를 약간 빗나간 곳에 걸려 있었다. 나는 그 그림자에게만은 뭐라고 표현할 수 없는 친근감을 느꼈다.

큰 길을 벗어나 가로등이 드문 한적한 길로 들어섰다. 처음으로 달빛이 깊숙하고 신비하게 설경을 비췄다. 아름다웠다. 그제야 내 기분이 제법 정리되고, 차분해져 가고 있다고 느꼈다. 내 그림자는 왼쪽에서 오른쪽으로 자리를 옮겼지만 여전히 내 앞에 있었다. 그리고 지금은 어지럽지 않고 뚜렷했다. 방금 전 내게 생긴, 왠지 모를 친근한 기분에 대해 신기해하며 걸었다. 찌그러진 중절모를 쓰고, 조금 빈약한 목부터 약간은 각진 어깨, 나는 그림자를 보고 있는 동안에 점점 원래의 나를 잃어 갔다.

그림자 안에서 살아있는 무언가 기척이 보였다. 무슨 생각을 하는지 몰라도 분명 무엇인가를 생각하고 있다. ― 그림자라고 여겨왔던 것은, 그것은 생생한 나 자신이었다!

내가 걸어간다! 그리고 여기에 있는 나는 달이 바라보는 위치에서 또 다른 나를 내려다보고 있다. 지면은 무슨 수정을 깔아놓은 듯 투명해서 나는 가벼운 현기증을 느꼈다.

'저건 어디로 가는 거지?' 막연한 불안감이 들기 시작했다. …

길을 따라 이어진 대나무 숲 앞 도랑에는 대중목욕탕에서 흘러나온 뜨거운 물이 흐르고 있었다. 더운 김이 병풍처럼 올라와 냄새가 코를 자극했다. ― 나는 차분한 자신으로 돌아와 있었다. 목욕탕 옆 튀김가게는 아직 열려 있었다. 나는 하숙집을 향해 어두운 길로 접어들었다.

가지이 모토지로
梶井基次郎, 1901~1932

오사카에서 태어났다. 폐결핵 때문에 5년이나 걸려 고등학교를 졸업하고서 도쿄대에 진학했던 가지이는 간결한 묘사와 서정 풍부한 소품을 많이 남겼다. 하지만 동시대에 눈부신 활약을 보인 아쿠타가와나 다니자키 등과는 달리 문단의 인정을 받기 시작한 지 얼마 되지 않아 31세에 폐결핵으로 요절했다.

그렇지만 흔히 환각과 착각을 동반한 사소설로 불리는 그의 작품은 사후에 날로 평가가 높아져 지금은 근대 일본문학의 고전이라는 칭호를 얻기에 이르렀다.

「진창」은 1925년 7월에 발표된 작품으로 이렇다 할 사건 전개는 없지만 정신과 심리의 미묘한 음영 변화를 담은 투명하면서도 비밀스런 묘사가 매력적이다.

그 외 대표작으로 「레몬」 「벚나무 아래에는」 「성이 있는 마을에서」 「태평스런 환자」 등이 있다.

옮긴이 한지영 un_past@hanmail.net

일본 쇼와여자대학에서 건축을 전공하였고 우쓰노미야국립대 대학원 국제문화연구과를 졸업했다. 현재는 번역 외에도 일본의 과학기술 정책이나 각 산업 등에 관한 리서치 및 제안서를 작성하고 있다.

마크 트웨인
Mark Twain

에드와 조지

Edward Mills and George Benton: A Tale

두 사람은 먼 친척 간이었다. 군이 촌수를 따지자면 한 10촌쯤 된다고나 할까? 둘 다 갓난아기였을 때 고아가 되었지만, 금방 아이가 없었던 브랜트 부부에게 입양되어서 그들의 사랑을 듬뿍 받았다.

브랜트 부부는 "순수해라, 정직해라, 침착해라, 부지런해라, 남을 존중해라. 그러면 네 인생은 성공할 것이다."라는 말을 늘 입에 달고 살았다. 아이들은 무슨 뜻인지도 모를 그 말을 수도 없이 반복해서 듣고 또 들었다. 주기도문을 외우기도 훨씬 전부터 아이들은 자기들끼리 이 말을 주절거릴 수 있을 정도였다. 아이들이 글자를 읽을 때쯤 되자 브랜트 부부는 아이들 방문에 이 말을 떡하니 써서 붙여 놓기까지 했다. 그리고 이 말은 당연히 에드워드 밀스에게만큼은 앞으로 살아가는 데 있어서 확고한 생활신조가 될 터였다. 브랜트 부부는 그 좌우명을 조금 바꿔 말할 때도 있었다. "순수해라, 정직해라, 침착해라, 부지런해라, 남을 존중해라. 그러면 많은 친구를 갖게 될 것이다."라고….

밀스는 아주 온순한 아기였다. 사탕을 먹고 싶다고 하다가도 마침 사탕이 없어서 지금은 줄 수가 없으니 다음에 먹자고 타이르면 곧잘 알아듣고 금방 포기할 줄을 알았다. 그러나 아기 벤턴은 사탕을 손에 넣을 때까지 떼를 쓰며 울었다. 장난감을 가지고 놀 때도 마찬가지였다. 아기 밀스는 장난감을 얌전히 잘 가지고 놀았지만, 아기 벤턴은 장난감에 손을 대는 족족 망가뜨리기 일쑤였다. 더구나 장난감이 망가지면 다시 새것을 내놓으라고 소란을 피워 대는 통에 집안의 평화를 위해서는 밀스가 갖고 놀던 장난감을 벤턴에게 양보하라고 설득하는 수밖에 없었다.

아이들이 조금 더 자라자, 조지 벤턴은 수시로 새 옷을 사 입혀야 할 정도로 옷을 자주 찢어 먹었다. 이는 자연히 집안에 경제적 부담이 되었는데, 에드워드 밀스의 경우는 생전 그런 일이 없었다. 아이들은 빨리 자랐다. 에드는 점점 모범생이 되어갔고, 조지는 점점 골칫거리가 되어갔다. 수영이나 스케이트, 소풍이나 나무열매 따기, 또는 서커스 구경처럼 아이들이 좋아하는 놀이를 허락해 달라고 조르는 일이 생기기도 했는데, 그럴 때에도 에드에게는 항상 "우린 네가 그러지 않았으면 좋겠구나."라는 말 한마디면 충분했다. 하지만 조지에겐 그 어떤 말도 통하지 않았다. 그는 자기가 원하는 대로 해주지 않으면 무슨 수를 써서라도 하고 싶은 일은 꼭 하고야 말았다. 자연히 수영이나 스케이트, 또는 열매따기와 같은 놀이를 가장 많이 즐기는 데 있어서는 조지를 따라갈 소년이 아무도 없었다. 여름철이 되면, 착실한 브랜트 부부는 아이들의 통금시간을 밤 9시로 정해 놓고 그 시간대에 어김없이 아이들을 재웠다. 그럴 때에도 에드는 브랜트 부부의 말을 고분고분 잘 따랐지만, 조지는 밤 10시쯤에 창문으로 몰래 집을 빠져나가 자정까지 놀다 오기 일쑤였다. 조지의 이런 나쁜 습관을 고치는 것은 불가능해 보였다. 사과나 구슬로 조지를 구슬려 간신히 집에 붙들어 두는 것이 고작이었다. 착한 브랜트 부부는 조지의 행실을 바로 잡기 위해 온갖 정성을 다 기울였지만 소용없는 일이었다. 그러는 한편, 에드는 너무 착하고 이해심 많고 모든 면에서 너무나 완벽해서 자기네들이 해줄 것이 하나도 없다면서 눈물을 글썽이며 고마워했다.

  세월이 흘러 두 소년은 충분히 일할 나이가 되어 어느 상점의 견습 종업원으로 가게 되었다. 에드워드는 기꺼이 일하러 갔지만, 조지는 브랜트 부부가 달래고 어르다 못해 돈으로 구슬러서야 겨우 보낼 수 있었다. 상점에 간 다음에도 에드워드는 맡은 일을 성실하고 열심히 해서 착한 브랜트 부부에게 걱정을 끼치지 않았다. 브랜트 부부뿐만 아니라 상점 주인의 칭찬도 끊이지 않았던 에드워드와는 반대로 조지는 그곳에서 도망쳐 버렸다. 조지를 찾아 데리고 오는 일은 당연히 브랜트 부부의 몫이었다. 조지는 찾아서 데려다 놓자마자 이내 또 도망을 쳤고, 브랜트 부부는 또다시 전보다 더 많은 고생과 돈을 들여 조지를 다시 잡아다 놓아야만 했다. 조지가 세 번째로 도망을 쳤을 때는 상점에 있던 몇몇 물건까지 훔쳐갔다. 그것이 다시 브랜트 부부에게 큰 고통과 부담을 지웠음은 두말할 나위 없었다. 게다가 브랜트 부부는 조지를 절도죄로 고소하지 말아달라고 상점 주인을 설득하느라 애간장이 다 탈 지경이었다.

착실하게 일한 에드워드는 마침내 상점 주인과 정식으로 동업자가 되었다. 하지만 조지의 태도는 좀처럼 나아지지 않았다. 그는 자신을 늘 후원하고 걱정해주는 사람들의 마음 따위는 안중에도 없는 듯했다. 그런데도 그를 바른 길로 인도하고자 했던 후원자들은 그들 나름대로 쉬지 않고 도움의 손길을 내밀었다. 한편, 어렸을 적에 교회 주일학교, 토론 클럽, 1페니 선교사업, 금연협회, 신성모독방지협회를 비롯하여 그와 유사한 협회 활동에 자진해서 참여하던 에드워드는 어른이 된 다음에도 교회와 금주협회, 그리고 사람들에게 힘을 주고 도움을 주는 모든 단체의 든든한 후원자가 되어 자신을 드러내지 않고 꾸준한 후원 활동을 펼쳤다. 그렇지만 그의 활동은 남들의 주목을 받거나 관심을 끌지는 못했는데,

이는 그의 '타고난 성격' 때문이었다.

마침내 브랜트 부부는 나이가 들어 세상을 떠나게 되었다. 그들은 에드워드를 자랑스럽게 여기고 있으며, 조지에게는 얼마 되지 않지만 모든 재산을 물려주겠다는 내용의 유언장을 남겼다. 에드워드가 아니라 조지에게 재산을 물려주는 이유는, 조지는 '재산이 필요한' 사람이지만 에드워드는 '신의 은총을 가득 받은 덕택에' 재산이 꼭 필요하지 않다는 것이었다. 다만 조지에게 재산을 남기는 대신에 브랜트 부부는 한 가지 조건을 달았다. 그 재산으로 에드워드가 일하는 상점의 동업자의 지분을 사야한다는 조건이었다. 그렇지 않으면 죄수들을 돕는 자선단체인 수감자 친우회에 전부 기부하겠다는 얘기였다. 그리고 브랜트 부부는 편지 한 장을 더 남겼는데, 그 편지에는 사랑하는 아들 에드워드에게 부모의 입장이 되어 조지를 돌봐 주고, 자신들이 했던 것처럼 그를 돕고 감싸 주라는 간곡한 바람이 적혀 있었다.

에드워드는 묵묵히 그들의 유언을 따랐고, 조지는 에드워드의 동업자가 되었다. 그렇지만 조지는 동업자로서 전혀 도움이 안 되는 인간이었다. 전부터 술을 마시고 시비나 일삼던 조지는 이제 아예 술에 절어 사는 주정뱅이가 되었다. 그의 몸과 눈은 항상 불만으로 가득 차 있었다.

그러던 어느 날, 에드워드는 상냥하고 친절한 여성과 사귀게 되었다. 두 사람은 서로를 진심으로 사랑했다. 그런데 조지가 그들 사이에 끼어들어 애처로운 눈길을 보내면서 그녀 주변을 맴돌기 시작했고, 끝내 그녀는 에드워드를 찾아가 울면서 말했다. 그녀는 자신에게 주어진 고결하고 숭고한 의무를 솔직하게 받아들여야 하며, 그러기 위해서는 '불쌍한 조지'와 결혼하여 '그를 구원해 줘야만 한다.'는 것이었다. 조지와 결혼하게 되면 자신의 가슴은 찢어지게 아프겠지만, 아무리 그렇더라도 자신의 이기적 욕심 때문에 그 의무를 소홀히 해서는 안 된다면서 흐느꼈다. 그리하여 결국 그녀는 조지와 결혼했고, 에드워드의 비통함은 그녀와 마찬가지로 말로 다 표현할 수 없을 정도였다. 그래도 에드워드는 이내 그런 비통함을 극복하고 다른 여자와 결혼하였고, 그 여자도 그녀처럼 아주 훌륭한 여성이었다.

두 가정에 아이가 태어났다. 조지의 아내가 된 메리는 온 정성을 다해 남편의 마음을 바꿔 보려고 노력했지만 그 결혼은 애초부터 무리한 것이었다. 조지는 계속 술을 마셨고, 급기야는 아내와 어린 자식들에게 폭력을 휘두르기까지 했다. 그의 아내 외에도 많은 사람들이 조지의 행실을 바로잡으려고 온갖 노력을 기울였다. 하지만 조지는 그런 노력을 그 사람들이 응당 해야 할 의무가 아니겠냐는 식으로 생각했다. 또한 마치 그럴 권리라도 가진 양 그런 사람들의 도움을 당연하게 받아들이면서 조금도 자신의 태도를 바꾸려들지 않았다. 그런 와중에 조지는 몰래 도박을 하다가 엄청난 노름 빚을 지게 되었다. 그 노름빚에 견디다 못한 조지는 상점을 담보로 내놓고 돈을 끌어 썼는데, 어찌나 용의주도했던지 어 느 날 아침 법원에서 부동산을 압류하러 가게로 들이닥쳤을 때까지 그런 사실을 눈치 챈 사람이 아무도 없을 정도였다. 그리하여 조지는 물론 에드워드까지 졸지에 무일푼이 되고 말았다.

힘든 나날이 이어졌다. 시간이 갈수록 두 사람의 생활은 점 점 더 어려워졌다. 에드워드는 가족을 이끌고 어느 조그만 다락방으로 이사해서 낮이고 밤이고 일거리를 찾아 거리를 헤맸다. 그는 일자리를 구걸해 봤지만 그에게 주어지는 일은 정말 하나도 없었다. 에드워드는 자신이 환영받지 못하는 인 간으로 전락하는 데 그리 오랜 시간이 걸리지 않는다는 사실 에 놀라워했다. 예전에 알고 지냈던 사람들이 한결같이, 또 어쩌면 그렇게 빨리 자신에게 등을 돌리는지 그저 놀라울 따 름이었다. 그래도 일이 필요했던 그는 억울한 마음을 억누르 고 일자리를 찾아 헤맸다. 그러다가 간신히 사다리를 오르내 리며 벽돌을 지어 나르는 일을 얻게 되었는데, 그나마도 그 로서는 감지덕지였다. 그 이후에도 에드워드를 보고 아는 체 를 하거나 관심을 보여 주는 이는 아무도 없었다. 오히려 그 는 후원금을 내지 않는다고 그가 속해 있던 여러 자선단체들 에서 강제 탈퇴 당하는 고통을 감내해야만 했다.

에드워드에 대한 사람들의 관심이 빠르게 줄어드는데 반해 조지에 대한 관심은 빠르게 늘어났다. 어느 날 아침, 거지꼴로 술에 취해 어느 골목 수챗구멍에 처박혀 있던 조지는 여성 알코올중독자 피난처인 여성의 집 회원 한 사람에게 발견되어 그 단체에 가게 되었다. 그 회원은 그를 위해 기부금을 모아 주고, 1주일 동안 정신을 추스르게 도와 주고, 일자리도 구해 주었다. 그런 일이 세상에 알려지자 이 형편없던 친구는 세인의 관심을 모으게 되었다. 그로 인해 수많은 사람들이 그를 개심시켜 보겠다고 나서서 후원과 격려를 아끼지 않았다. 덕분에 조지는 두 달 동안 술을 한 방울도 입에 대지 않았고, 그러는 동안만큼은 착한 애완견처럼 굴었다. 그러다가 다시 수챗구멍에 처박혔고, 그러면 사람들은 이를 슬퍼하고 애통해했다. 그래도 그 고매한 여성 단체는 그를 다시 구해 주었다. 그들은 조지를 씻기고 먹인 다음 그의 애처로운 참회에 귀를 기울여 주고 일자리를 다시 구해 주었다. 이 일 또한 세상에 알려졌고, 그 지역 사람들은 치명적인 술독에 빠져 몸부림치는 불쌍한 인간이 또 한 번 구제되었다는 소식에 안도의 눈물을 줄줄 흘렸다.

대대적인 금주 집회도 열렸다. 그 집회에서 몇몇 여성의 집 회원들이 감동적인 연설을 했고, 이에 고무된 회장의 말이 이어졌다. "우리는 여러분에게 이 금주 서약서에 서명하라고 강요할 생각은 전혀 없습니다. 전 여기에 모인 여러분들

가운데 눈물 없이 이 광경을 지켜볼 수 있는 사람은 거의 없을 거라고 생각합니다." 청중을 사로잡던 회장의 말이 잠시 중단되자, 조지 벤턴이 붉은 어깨띠를 두른 한 회원의 안내를 받으며 단상 앞으로 걸어 나와 금주를 맹세하는 서약서에 서명했다. 청중 사이에서 우레와 같은 박수와 함께 환호성이 터져 나왔다. 집회가 끝났을 때, 사람들은 이 새롭게 회개한 사람의 손을 꽉 쥐며 격려를 아끼지 않았다. 그리고 다음 날이 되자 그에게 엄청난 성금이 들어왔다. 그는 그 지역의 화젯거리이자 영웅이었다. 이에 대한 신문기사가 실린 것은 당연한 일이었다.

조지 벤턴은 세 달에 한 번씩 규칙적으로 술병이 도졌지만, 그럴 때마다 변함없이 구원의 손길이 뻗어 왔고, 같은 과정이 되풀이되면서도 상황은 그에게 유리하게 돌아갔다. 마침내 그는 회개한 술주정뱅이로서 지방을 돌며 강연을 하게 되었다. 그리하여 그는 멋진 저택을 장만했고 좋은 일도 많이 할 수 있었다.

그렇게 조지는 그가 사는 지역에서 유명해졌고, 술에 취하지 않았을 동안에 유명인으로서 얻은 신용을 이용하여 은행에서 거액의 돈을 빼낼 수 있게 되었다. 그러다가 결국 그는 문서위조죄로 재판에 회부되었는데, 그때에도 여기저기서 그를 구하려는 사람들의 강력한 압력이 가해졌다. 이러한 압력은 재판에도 영향을 미쳐 상당히 유리한 결과를 이끌어

냈고, 조지는 겨우 2년 형을 언도받고 수감되었다. 거기에 그치지 않고, 수감된 지 1년 만에 자선가들이 쏟은 각고의 석방 노력이 성과를 거두어 가석방으로 교도소에서 나올 수 있었다. 그러자 이번에는 수감자 친우회에서 교도소 정문까지 찾아와 그를 맞아주면서 일과 안정적인 보수를 약속해 주었다. 더하여 다른 자선가들도 기꺼이 그에게 조언과 격려와 도움을 아끼지 않았다. 에드워드 밀스도 한때 절박한 상황에서 수감자 친우회에 일자리를 신청한 적이 있었지만, 그의 경우에는 "전과가 있느냐?"는 질문 한마디로 간단히 처리되고 말았다.

이러한 일들이 일어나는 동안에도 에드워드 밀스는 조용히 자신의 역경을 헤쳐 나갔다. 그는 여전히 가난했지만, 그래도 존경받고 신뢰받는 은행원이 되어 안정적으로 급여를 받으며 만족스럽게 살아가고 있었다. 조지 벤턴은 그의 근처에는 얼씬도 하지 않았고 그에 대한 어떤 질문도 받으려 하지 않았다. 조지는 이미 오래 전부터 그 도시를 떠나 있는 상태였고 그에 관한 좋지 않은 소식들이 간혹 들리기는 했지만 확실한 것은 하나도 없었다.

어느 겨울날 밤, 에드워드 밀스가 당직을 서던 은행에 복면강도들이 침입했다. 그때 그 은행에는 에드워드 밀스 혼자였다. 강도들은 그에게 목숨을 구하고 싶거든 자기들 일에 '협조'하라고 요구했다. 에드워드가 그 요구를 거부하자 강도들은 그를 죽이겠다고 위협했다. 에드워드는 자신을 믿고 있는 고용주의 신뢰를 저버릴 수 없다고 말했다. 그러면 뻔히 목숨을 잃게 될 거라는 사실을 알면서도 살아있는 동안만큼은 직분에 충실하고자 했다. 그는 끝내 '협조'하라는 그들의 요구를 받아들이지 않았고 결국 강도들의 손에 죽고 말았다. 경찰이 범인 추적에 나섰는데, 곧 그 주동자가 조지 벤턴임이 밝혀졌다.

한편, 죽은 이의 미망인과 남은 자녀들을 동정하는 목소리가 줄을 이었다. 그곳 신문들은 지역의 모든 은행이 살해당한 은행원의 충절과 영웅적 행위에 감사의 뜻을 표해야 할 것이며, 그 표시로 가장을 잃은 가족을 돕기 위한 충분한 성금을 솔선해서 내놓아야 한다고 호소했다. 그렇지만 그 결과는 고작 500달러가 조금 넘는 동전더미에 불과했다. 미국 내 은행 숫자로 따져보면 한 은행당 평균 약 25센트 정도밖에 안 낸 꼴이었다. 오히려 에드워드가 다녔던 은행은 비할 데 없이 훌륭했던 자기 은행원에게 감사하기는커녕, 그의 회계장부가 딱 맞지 않음을 집어내면서 에드워드가 그 같은 사실이 발각될 경우 처벌을 두려워한 나머지 자기 스스로 몽둥이로 머리를 내려친 것에 불과하다는 점을 애써 증명하려 들었다(은행의 그런 노력은 굴욕적인 실패로 끝이 났다).

주범 조지 벤턴은 재판에 회부되었다. 이미 불쌍한 조지에 대한 연민에 사로잡혀 있던 대부분의 사람들은 과부가 된 에드워드의 아내와 자식들은 까마득히 잊어버린 것 같았다. 그리고 조지를 구하기 위해 가능한 한 많은 돈과 영향력이 동원되었다. 하지만 모두 실패로 돌아갔고, 조지에게 사형이 언도되었다. 그러자 이번에는 즉각 주지사 앞으로 감형이나 사면을 해달라는 탄원서가 밀려들어왔다. 이들은 주로 눈물로 호소하는 젊은 여성들, 슬픔에 가득 찬 나이든 아낙네들, 애처로운 자신의 처지를 내세운 과부들과 불쌍한 고아들이었다. 그렇지만 그것도 소용없었다. 이번만큼은 주지사가 양보할 수 없는 일이었기 때문이다.

감옥에서 조지 벤턴은 신앙생활을 하기 시작했다. 그리고 그 기쁜 소식은 전국으로 퍼져 나갔다. 그로 인해 그의 독방은 항상 면회 온 다양한 연령층의 여자들과 싱싱한 꽃들로 가득 찼고, 식사를 하기 위한 5분간의 짧은 휴식 시간 외에는 누구의 간섭도 받는 일 없이 하루 종일 기도와 찬송과 감사와 설교와 눈물이 넘쳐흐르는 곳이 되었다.

이런 극성스런 상황은 조지의 교수형이 코앞에 다가온 순간까지도 계속되었다. 그리고 조지 벤턴은 교구 안에서 가장 훌륭하고 아름다운 참관인들이 지켜보면서 애통해하는 가운데 얼굴에 검은 천을 뒤집어쓰고 당당하게 세상을 떠났다.

그 뒤에도 한동안 그의 무덤은 매일같이 싱싱한 꽃으로 뒤덮였다. 비석의 머릿돌에는 손으로 가리키기 딱 좋은 높이에 이런 비문이 새겨졌다. "그는 아주 잘 싸웠노라."

용감한 은행원이었던 에드워드의 머릿돌에도 비문이 새겨졌다. "순수해라, 정직해라, 침착해라, 근면해라, 남을 존중해라, 그러면 결코 … 할 것이니." 누가 이런 비문을 주문했는지는 아무도 아는 이가 없었다. 그냥 그렇게 쓰여 있었을 뿐.

 은행원 에드워드의 가족은 경제적으로 어려운 상황에 처해 있었지만 대수롭지 않게 여겨졌다. 그 대신에 아무런 보답이 없다면 그처럼 용감하고 참된 행동을 할 사람들은 아니었지만, 그래도 그의 뜻을 높이 산 많은 고상한 사람들이 4만 2000달러의 성금을 모아 그를 추모하는 의미에서 교회를 세워 주었다.

마크 트웨인
Mark Twain, 1835~1910

본명은 사무엘 랭혼 클레멘스(Samuel Langhorne Clemens)로, 필명 '마크 트웨인'은 미시시피 강에서 물 깊이를 나타내는 용어이다. 태생은 미주리 주 플로리다로, 미국 '현대문학의 아버지'라 불린다.

수로 안내인, 기자, 출판업자 등 여러 직업에서 얻은 다양한 체험을 녹여 글을 쓴 그는 남북전쟁 이후 미국 리얼리즘 문학을 대표하는 작가의 한 사람으로 일컬어진다.

대표작으로는 『톰 소여의 모험』 『미시시피 강의 추억』 『허클베리 핀의 모험』 『왕자와 거지』 『인간이란 무엇인가』 등 많은 작품이 있다.

당시에 만연하는 부조리한 사회를 풍자한 「에드와 조지」는 1880년에 발표된 단편이다.

옮긴이 **전경화** wijimon@hanmail.net

전남대 영어영문학과를 졸업한 뒤 『다중지능』 『감성지능』 등 아동의 발달지능에 관한 학술서적을 전문적으로 번역하는 한편, 문학작품 번역에 대해서도 많은 애정과 관심을 기울이고 있다.

구스타보 아돌포 베케르
Gustavo Adolfo Bécquer

영혼의 숲
El Monte de las Ánimas

그날 '죽은 자들의 밤'(스페인 소리아 지역에서는 만성절 밤에 죽은 자들을 위한 위령제를 지낸다—옮긴이)에 나는 몇 시인지는 모르겠지만 종소리 때문에 잠에서 깨어났다. 단조롭고 긴 종소리 때문에 얼마 전 소리아에서 들었던 전설이 머릿속에 떠올랐다.

다시 자려고 노력했지만 불가능했다. 상상력이란 한번 자극을 받으면 미쳐서 날뛰고 고삐를 잡아당겨봤자 소용없는 말과도 같다. 시간을 보내기 위해 이 이야기를 쓰기로 결심하고 그대로 실행에 옮긴다.

사건이 발생한 바로 그곳에서 난 이 이야기를 들었다. 그리고 차가운 밤공기로 삐걱거리던 내 발코니 창문의 유리 소리를 들을 때마다 가끔씩 두려움에 고개를 돌려가며 이 이야기를 쓴다.

그 이야기가 어떻게 되었는지, 대략 이렇게 써보려고 한다.

1

"개들을 묶어. 사냥꾼들이 모이게 나팔 신호를 보내고 도시로 돌아가자. 밤이 가까워 오고, 또 오늘은 만성절(가톨릭교의 '모든 성인의 날'—옮긴이)인데다가 우린 지금 영혼의 숲에 와 있잖아."

"돌아가자고! 벌써?"

"다른 날이었다면 굴에서 나온 늑대 무리를 몽땅 해치웠을 테지만 몽카요 산에 내린 눈 때문에 오늘은 불가능해. 조금만 있으면 기사단 성당에서 기도 소리가 날 텐데, 유령이 그 성당의 종을 치기 시작할지도 몰라."

"저 낡은 성당에서! 설마! 나를 겁주려고 말하는 거야?"

"아냐. 넌 타향에서 온 지 1년밖에 되지 않아서 이 고장에서 일어나는 일을 몰라. 말 좀 천천히 몰아. 나도 속도를 맞춰갈 테니까. 돌아가는 길에 얘기를 해 줄게."

하인들은 즐거운 모습으로 떠들면서 모여 들었다. 보르헤스 백작과 알쿠디엘 백작도 그들의 아름다운 말에 올라탔다. 그리고 꽤 멀리서 행렬에 앞장서고 있던 베아트리스와 알론소를 따라가기 시작했다. 돌아가는 길에 알론소는 약속했던 이야기를 들려줬다.

"지금 영혼의 숲이라고 사람들이 부르는 이곳은 예전에는 기사단의 영역이었고, 그들의 수도원은 저기 보이는 강변에 있었어. 그 기사단은 군인인 동시에 성직자였지. 소리아 지역을 아랍인들에게서 되찾은 후 왕은 먼 곳에서 기사들을 데리고 와서 다리가 놓여 있는 쪽에서 도시를 지키라고 했어. 그 사건은 이곳 카스티야 귀족에게는 매우 심각한 치욕이었지. 왜냐하면 그들 스스로 이곳을 정복했던 것처럼 스스로 지킬 수도 있다고 생각했거든. 결국 새롭고 막강한 기사단과 도시의 귀족들 사이에 몇 년 동안 깊은 증오심만 키우다가 일이 터지고 말았어.

기사단은 양식을 구할 수 있는데다가 쾌락의 장소이기도 한 사냥감 풍부한 숲에 경계를 그어 놓고 통제했어. 그런데 귀족들은 숲에서 거창하게 사냥을 벌이기로 했지. 그들의 적인 박차를 착용한 성직자들의 엄격한 통제에도 불구하고 말이야.

이 도전에 대한 소문은 빨리 퍼졌고 아무것도 귀족들의 사냥에 대한 집착이나 그것을 방해하기 위한 기사단의 노력을 막지 못했어. 그리고 사냥은 계획대로 이루어졌지. 숲의 짐승들은 사냥에 대한 아무런 기억도 없는데, 오히려 많은 어머니들만 자식의 초상을 치러야 했어. 사냥이 아니라 끔찍한 전투였거든. 숲은 시체로 덮였고 없애려고 했던 늑대들은 오히려 피로 얼룩진 파티를 벌였지. 결국 왕의 권한에 의해 수

많은 불행의 원인이 되었던 숲은 황무지로 남게 되었고 전우와 적이 함께 묻혀 있는 숲 속 성당은 낡은 모습으로 변해갔어.

그 이후로 '죽은 자들의 밤'이 되면 아무도 없는 성당에서 종소리가 들리고 유령이 수의 조각에 싸여서 거친 땅과 가시덤불 사이로 괴이한 사냥을 하는 것처럼 뛰어다닌다고 해. 사슴들은 놀라서 울고 늑대들도 울부짖고 뱀들은 끔찍한 휘파람 소리를 내고, 다음 날에 눈밭 위로 해골들의 앙상한 발자국이 선명하게 찍혀 있는 것을 봤다는 마을 사람들도 있어. 그래서 소리아에서는 그곳을 '영혼의 숲'이라고 부르지. 그래서 밤이 오기 전에 그곳에서 빠져 나오고 싶었던 거야."

알론소의 이야기는 도시를 연결하는 다리에 도착했을 때 끝이 났다. 그곳에서 말을 탄 두 사람은 행렬의 나머지 사람들을 기다렸고, 그들과 합류한 다음에 좁고 어두운 소리아의 길 속으로 사라졌다.

2

하인들은 상을 치우고 있었고, 알쿠디엘 백작의 저택에 있는 벽난로는 그 둘레에서 다정하게 이야기를 나누는 신사들과 귀부인들을 향하여 생명감 있는 빛을 내뿜고 있었다. 그리고 바람은 그 살롱 아치의 회색 유리를 채찍질했다.

오직 두 사람만이 이런 일상적인 대화에 끼어들지 않은 것 같았다. 베아트리스와 알론소. 베아트리스는 막연한 생각에 잠겨 불꽃의 움직임을 눈으로 좇았고 알론소는 그녀의 파란 눈망울에 반사되는 불꽃을 바라보고 있었다. 둘 다 오랫동안 침묵을 지켰다.

귀부인들이 '죽은 자들의 밤'에 걸맞게 귀신과 유령이 주인공인 괴담을 들려주고 있을 때 소리아 성당의 종이 멀리서 슬프고 단조로운 소리로 울리기 시작했다.

"아름다운 나의 사촌, 베아트리스."

둘 사이에서 흐르고 있던 긴 침묵을 알론소가 깨뜨렸다.

"우리는 어쩌면 곧 영원히 이별할지도 몰라. 카스티야의 황야나 전투적이고 거친 풍습, 가부장적이면서도 단순한 생활습관이 네 마음에 들지 않는다는 건 알아. 멀리 있는 한 신사 때문에 네가 한숨짓는 것을 여러 번 들었기 때문일 수도 있어."

베아트리스는 차가운 무관심의 몸짓을 했다. 그리고 그 얇은 입술의 경멸스러운 떨림에 그녀의 성격이 드러났다.

"아니면 지금까지 네가 살아온 프랑스 황실의 호화로움 때문일지도 모르지."

젊은이는 성급하게 말을 이었다.

"어쨌든 내 느낌으로는, 곧 너를 잃어버릴 것 같아…. 우리가 헤어지더라도 나에 대한 기억만은 가져갔으면 좋겠어…. 이곳에서 네 건강이 회복되어 하느님께 감사드리기 위해 성당에 갔을 때 기억나니? 내 모자의 깃털을 고정시키는 보석 장식에 네가 관심을 보였잖아. 그게 네 검은 머리카락 위에 면사포를 씌울 때 쓰인다면 얼마나 아름다울까! 전에는 다른 여성의 것이었어. 나의 아버지께서 나를 낳아주신 분께 선물했고, 그녀는 결혼식에 그 장식을 사용했지…. 그걸 갖고 싶지 않아?"

"너희 고장에서는 어떤지 몰라도, 우리 고장에선 선물을 받는다는 건 약속을 하는 것과 같아."

아름다운 그녀가 대답했다.

"의식이 치러지는 날에만 친척에게 선물을 받을 수 있어…. 그리고 꼭 선물을 받아야 할 필요도 없고."

그 말을 하는 베아트리스의 차가운 음성 때문에 젊은이는 한동안 혼란스러웠지만 마음을 가라앉히고 슬프게 말을 이었다.

"알아. 하지만 오늘은 모든 성인을 기리는 날이잖아. 그런데 나한테는 네 수호성인의 날이 중요하니까 의식과 선물이 있어야 하는 거지. 내 선물을 받아주겠어?"

베아트리스는 입술을 살짝 깨물며 다른 말은 하지 않고 그 보석을 받기 위하여 손을 내밀었다.

두 젊은 남녀는 다시 침묵에 빠져들었고 마녀와 귀신에 대해 이야기하는 늙은이들의 거친 목소리, 그리고 타원형 창문의 유리를 삐걱거리게 하던 바람소리와 슬프고 따분한 종소리가 다시 들려오기 시작했다.

 몇 분이 지나서야 그들은 끊어졌던 대화를 다시 이어나갔다.

 "다른 뜻이 아니라, 서로의 성인을 축하하는 만성절이 끝나기 전에 그냥 너한테 선물을 받았으면 좋겠는데, 주지 않을래?"

 젊은이는 사악한 생각으로 번개처럼 번뜩이는 사촌의 눈을 바라보며 말했다.

 "그럴까?"

 대답하면서 오른쪽 어깨로 손을 가져가며 금으로 수놓인 넓은 우단 옷소매 자락 사이에서 무언가를 찾았다. 그리고 어린아이 같은 표정을 지으며 말했다.

 "오늘 사냥을 나가면서 내가 걸쳤던 푸른 어깨 띠 기억해? 그 색깔이 무엇을 상징하는지는 모르겠지만, 넌 네 영혼의 상징이라고 했잖아."

 "그래."

 "그런데… 없어! 선물로 주려고 했는데 잃어버렸나 봐."

 "잃어버렸다고! 어디서?"

 알론소는 자리에서 일어나면서 두려움과 동시에 기대감을 감추지 못하고 물어보았다.

 "몰라…, 아마 숲 속에서….."

 "영혼의 숲에서!"

창백해져 자리에 털썩 주저앉으며 우물거렸다.

"영혼의 숲이라니."

그리고 거의 들리지도 않게 끊어지는 목소리로 말했다.

"수천 번을 들어서 너도 알 거야. 이 도시에서, 아니, 카스티야 전체가 나를 사냥꾼의 왕이라고 불러. 내 조상들처럼 전쟁터에서 내 힘을 증명할 수가 없기 때문에 전쟁의 상징인 사냥에 내 젊음의 힘과 우리 민족의 유산인 정열을 쏟아 부었어. 네가 밟고 있는 그 카펫도 내 손으로 죽인 맹수의 가죽이야. 난 맹수들의 은신처나 습관도 잘 알고 밤낮없이 걷거나 말을 타면서 혼자서 혹은 여럿이서 맹수와 싸웠어. 그리고 그 위험한 상황에서 한 번도 도망쳐 본 적이 없어. 다른 밤이었다면 어깨 띠를 찾으러 축제에라도 가는 양 나는 듯 달려갔을 거야. 하지만, 오늘 밤은…. 오늘 밤에 그곳에 가기는…. 네게 무엇을 숨기겠어? 난 두려워. 듣고 있니? 종소리가 울리고 산 후안 델 두에로에서 들리는 기도 소리는 이미 멈췄고 숲 속의 영령들은 무덤을 덮고 있는 잡초 사이로 그 누런 해골을 들어 올리기 시작할 거야…. 영령들이! 아무리 용감한 자라고 해도 그들의 눈빛에 피가 얼고, 머리카락이 하얗게 변하고, 바람에 휩쓸리는 나뭇잎처럼 자신도 모르는 곳으로 끌려 다닐 수도 있어."

젊은이가 이렇게 말하는 동안 베아트리스의 입술에 아주 미세한 웃음이 그려졌고, 말이 끝나자마자 수천 색의 불꽃이 튀는 화덕을 불쏘시개로 뒤적이며 담담한 목소리로 놀라는 척했다.

"아! 절대 그러면 안 되지. 미친 짓이야. 그 사소한 어깨 띠 때문에 지금 숲으로 가다니! 이렇게 어둡고, 유령이 돌아다니는 밤에, 더구나 길에는 늑대들이 우글거리잖아."

마지막 말을 특별히 강조했기 때문에 알론소는 그녀가 자신을 놀리고 있음을 눈치챌 수밖에 없었다. 용수철처럼 자리에서 일어난 알론소는 화덕에 몸을 기울이고 불을 뒤집으며 재미있어 하는 그녀를 향해 마음이 아닌 머릿속에 있는 두려움을 떨쳐 버리듯이 확고한 목소리로 소리쳤다.

"안녕, 베아트리스. 안녕…. 곧 다시 만나자."

"알론소! 알론소!"

그녀는 재빠르게 몸을 돌려서 말했지만, 그를 멈춰 세우려는 몸짓을 했을 때에는 벌써 그가 사라진 다음이었다.

몇 분이 지나, 말을 타고 멀어지는 소리가 들려왔다. 아름다운 그녀는 양쪽 뺨에 화색이 돌 정도로 오만에 가득 찬 표정으로 점점 작고 희미해져 결국에는 들리지 않는 소리에 귀를 기울였다.

한편 늙은 귀부인들은 유령 이야기에 몰두해 있었다. 바람은 발코니 유리창을 울리고 멀리서 도시의 종소리가 들려왔다.

3

한 시간이 지나고, 두 시간이 지나고, 세 시간째…. 곧 자정이 찾아올 시간에 베아트리스는 기도실로 향했다. 한 시간이면 충분히 돌아올 수 있을 알론소는 아직 돌아오지 않고 있었다.

여자는 '죽은 자들의 밤'을 기억하며 성당에서 기도를 하려 했지만 헛되이 시간만 보내다 기도책을 덮고 침실로 발걸음을 돌리며 이렇게 혼자서 말했다.

"무서웠을 거야!"

불을 끄고, 침대 둘레의 이중 실크 커튼을 치고 잠에 빠져들었다. 걱정스럽고 심란하고 불안한 잠이었다.

성 후문의 시계가 12시를 알려왔다. 베아트리스는 잠든 채 느리고 무거운, 그리고 매우 슬픈 종소리를 듣고서 살며시 눈을 떴다. 그 울림은 자기 이름을 부르는 것 같았다. 멀리, 아주 멀리서 꺼져가는 고통스러운 목소리였다. 바람은 창문 유리 사이로 울음소리를 내고 있었다.

"바람이겠지."

말하고서 가슴에 손을 얹어 진정하려 애썼다. 하지만 심장은 더욱 더 세게 뛰었다. 기도실 노송나무 문의 경첩이 길고 날카로운 소리로 삐걱거렸다.

처음에는 그 문에서, 나중에는 그녀의 방으로 향하는 모든 문이 차례로 소리를 내기 시작했고, 어떤 문에서는 묵직하고 낮은 소리가 또 다른 문에서는 길고 날카로운 소리가 들려왔다. 그리고 침묵, 이상한 소리가 섞여 있는 침묵, 먼 곳에서 들려오는 물소리와 함께 하는 자정의 침묵, 개들이 짖는 소리, 어수선한 목소리, 뜻을 알 수 없는 말들, 왔다갔다 하는 발자국 소리, 옷자락이 끌리면서 내는 소리, 꺼져가는 한숨 소리, 힘이 들어서 내는 희미한 숨소리, 보이지는 않지만 어둠에서 무언가가 다가옴을 예언하는 무의식적인 떨림.

베아트리스는 꼼짝도 못하고 떨면서 커튼 밖으로 머리를 내밀고 잠시 귀를 기울였다. 여러 소리가 들렸는데, 손으로 이마를 닦은 뒤에 다시 들으면 또다시 침묵으로, 아무 소리도 들리지 않았다.

정신착란 증세처럼 광기 어린 눈에는 사방으로 움직이는 시커먼 것들이 보이는 것 같다가 눈을 크게 뜨고 한 곳을 쳐다보면 다시 암흑과 형태를 알 수 없는 그림자만 보일 뿐이었다.

"흥!"

침대에 놓인 파란 융단 베개 위에 아름다운 머리를 다시 올려 놓으며 혼자 말했다.

"유령 이야기만 들어도 갑옷 속에서 두려움에 떠는 저 불쌍한 사람들처럼 내가 그렇게 겁쟁이란 말이야?"

그러고 눈을 감고 다시 자려 했다…. 하지만 아무리 노력을 해도 소용이 없었다. 더욱 창백해지고 더욱 불안해지고 더욱 겁이 나 몸을 일으켰다. 더 이상 환각이 아니었다. 문에 걸려 있던 금실로 수놓은 비단 천이 스르르 열리면서 카펫 위로 천천히 다가오는 발자국 소리가 들려왔다. 그 소리는 묵직했고, 거의 들리지 않을 정도였지만 끊이지 않고 이어졌다. 나무나 뼈가 삐걱거리는 것 같은 소리도 함께 들렸다. 점점 더 가까워지다가 마침내 침대 끝부분에 있는 기도대가 움직였다. 베아트리스는 날카로운 비명소리를 질렀고, 몸을 움츠리며 걸치고 있던 옷 속으로 머리를 감추고 숨도 쉬지 않았다.

바람은 발코니의 유리를 스쳐 지나갔고, 멀리 있는 분수대의 물은 끊임없이 따분한 소리를 내며 떨어졌다. 개 짖는 소리는 바람을 따라서 더 멀리 퍼져갔고 소리아의 종들은 가까이서 혹은 멀리서 영령들을 위해 슬픈 소리를 냈다.

그렇게 한 시간, 두 시간, 하룻밤, 100년이 지나갔다. 베아트리스에게는 영원히 그 밤이 끝나지 않을 것 같았다. 그러다가 마침내 날이 밝았다. 두려움에서 벗어나 방으로 들어오는 첫 햇살에 눈을 살며시 떴다. 두려움 때문에 한 숨도 못 자고 밤을 보낸 후에 맞는 아침의 희고 밝은 빛은 얼마나 아름다운가! 침대의 실크 커튼을 걷고 지난 두려움을 웃음으로 잊어버리려는 순간, 차가운 땀이 온 몸을 덮으면서 눈이 크게 열렸고, 그녀의 뺨은 죽음과 같은 창백함으로 변했다. 그녀가 잃어버려 알론소가 찾으러 간 그 푸른 어깨띠가 피범벅이 되고 갈기갈기 찢겨진 채 기도대 위에 걸려 있었던 것이다.

아쿠디엘 가문의 장손이 아침에 영혼의 숲에서 늑대들에게 물려 뜯겨 죽은 채로 발견되었다는 소식을 알리려고 하인들이 급하게 그녀의 방으로 왔다. 그런데 그녀는 눈을 크게 뜨고 두 손으로 침대의 흑단 기둥을 붙잡은 채 입을 벌리고 있었다. 입술은 하얗게 변했고 사지가 뻣뻣한 상태였다. 공포로 죽은 것이었다!

4

이 사건이 일어난 후, 또 다른 '죽은 자들의 밤'에 어떤 사냥꾼이 영혼의 숲에서 길을 잃고 밤을 지새우게 되었다. 그리고 그는 다음 날 죽기 전에 끔찍한 말을 했다고 한다. 기도 소리와 함께 성당 터에 묻혀있는 옛 기사단과 소리아 귀족들의 해골들이 무서운 소리를 내며 무덤에서 일어났다고 하며, 한 여자가 소리를 지르며 피 흐르는 맨발로 알론소의 무덤을 맴돌고 있었다고 했다. 그리고 뼈밖에 없는 말을 탄 기사들이 맹수를 잡듯이 그 여자를 추격하는 것을 봤다고 이야기했다.

구스타보 아돌포 베케르

Gustavo Adolfo Bécquer, 1836~1870

후기 낭만주의 시대의 전설문학 작가이며 스페인 최초의 현대시인 중 한 사람.

11세가 되기도 전에 고아가 되어 화가인 형 발레리아노에게서 많은 영향을 받은 베케르는 14세에 문학 수업을 쌓기 위해 마드리드로 갔고, 거기서 일간지 『콘템포라네오』에 다수의 작품을 기고했다. 이후 34세의 나이로 생을 마감하기까지 일간지에만 작품을 발표하다가 죽은 뒤에야 친구들의 도움으로 『전집』이 출간되었다.

주요 작품으로는 100여 편에 달하는 시를 담은 『서정 시집』, 스페인의 전설을 모은 20편 가량의 산문집 『전설집』, 문학평론집 『감옥에서 보내는 편지』 등이 있다.

『전설집』 속의 작품은 중세를 배경으로 요정을 비롯한 초자연적 인물이 등장하는 신비스럽고 환상적인 분위기가 특징인데, 「영혼의 숲」은 그 중 하나이다.

옮긴이 전재훈 jjaehun4466@hanmail.net

아르헨티나 부에노스아이레스 대학에서 경영학 전공. 스페인과 중남미 국가의 지리와 역사, 언어 등에 깊은 관심을 가지고 스페인어 통역 및 번역, 강습을 하고 있다.

프란츠 카프카
Franz Kafka

죽은 사냥꾼 그라쿠스
Der Jäger Gracchus

두 아이가 부둣가에 앉아서 주사위 놀이를 하고 있었다. 어떤 사람은 칼을 치켜든 영웅 동상 그림자가 드리워진 계단에 앉아서 신문을 읽었다. 아가씨는 우물에서 동이에 물을 긷고, 과일장수는 물건 옆에 누워 호수를 바라보았다. 열린 선술집 문과 창문으로 두 사람이 구석에서 술 마시고 있는 모습이 보였다. 주인은 앞 테이블에 앉아서 꾸벅꾸벅 졸고 있었다. 배 한 척이 소리 없이 물에 실려 작은 항구에 들어오는 중이었다. 푸른 작업복을 입은 사람이 뭍으로 올라가서 고리에 걸린 밧줄을 끌어당겼다. 은빛 단추가 달린, 칙칙한 재킷을 입은 두 사람이 사공 뒤에서 들것을 들고 있었다. 들것에는 어떤 사람이 꽃무늬가 수놓이고 술이 길게 늘어진, 큰 비단보를 덮고 누워 있었다.

두 사람이 들것을 내려놓고, 아직도 밧줄을 잡고 낑낑대는 사공을 기다렸지만 부두에서는 그들을 거들떠보는 사람이 아무도 없었다. 다가오는 사람도 없고, 말을 거는 사람도 없고, 유심히 보는 사람조차 없었다.

헝클어진 머리카락에 아이를 가슴에 안은 여자가 갑판으로 올라오는 것을 보고 사공은 잠시 일손을 멈추었다. 사공이 다가와서 바다 가까운 곳 왼편에 솟아 있는 노란 3층 집을 가리키자 들것을 든 사람은 기둥이 가늘고 나지막한 대문으로 들어갔다. 웬 꼬마가 창문을 열더니 들것 든 사람이 집안으로 들어가는 것을 보고서 급히 창문을 닫았다. 검은 오크나무로 정교하게 만들어진 대문도 이제는 닫혔다. 여태껏 종탑 주위를 날아다니던 비둘기 떼가 집 앞에 내려앉았다. 집에 모이가 있기라도 한 듯이 비둘기들은 문 앞에 모여들었다. 한 마리가 2층으로 날아올라가 부리로 창을 쪼았다. 비둘기는 잘 먹어서 그런지 오동통했고, 힘이 넘쳤고, 깃털에도 윤기가 돌았다. 여자가 배에서 비둘기에게 모이를 획 던져주자 비둘기들은 모이를 입에 물고 여자 너머로 날아가 버렸다.

실크해트를 쓰고 소매에 상장을 단 사람이 항구로 이어지는 좁고 몹시 가파른 길을 따라 내려왔다. 그 사람은 조심스럽게 주위를 둘러보았다. 모든 것이 그를 슬프게 했다. 그 사람은 모퉁이에 쌓인 쓰레기를 보더니 얼굴을 찌푸렸다. 동상 계단에는 과일 껍질이 나뒹굴고 있었다. 그는 지나가면서 지팡이로 과일 껍질을 땅바닥으로 밀쳐냈다. 그 사람은 문을 두드리고서 검은 장갑을 낀 오른손으로 실크해트를 벗었다. 곧 문이 열리고, 50명 남짓한 꼬마들이 긴 복도에 늘어서서 인사를 했다.

사공이 계단을 내려와서 신사에게 인사하고, 신사를 위층으로 안내했다. 두 사람은 멋있는 발코니를 지나 경외하는 표정으로 뒤따라오는 아이들을 뒤로한 채 집 뒤쪽의 시원하고 넓은 방으로 들어갔다. 맞은편에는 집이라고는 없었고, 나무 한 그루 없는 거무스레한 암벽만 보였다. 들것을 든 사람이 들것 앞에 긴 초를 몇 개 꽂고 부산을 떨며 불을 붙였다. 그렇지만 불빛은 신통치 않아 앞에 드리워진 그림자만 겨우 몰아내며 벽에 어른거릴 뿐이었다. 들것을 덮은 천이 걷혔다. 들것에는 어떤 사람이 누워 있었다. 머리카락과 수염이 아무렇게나 자라 있고 온몸이 구릿빛인 그 사람은 사냥꾼처럼 보였는데, 숨도 안 쉬는 것처럼 꼼짝하지 않아서 마치 죽은 사람 같았다.

신사가 들것에 다가가 거기에 누워 있는 사람의 이마에 손을 얹더니 무릎을 꿇고 기도했다. 사공이 들것을 들고 온 사람에게 방에서 나가라고 눈짓했다. 그들은 밖으로 나가 아이들을 쫓아내고서 문을 닫았다. 신사가 그러한 고요함도 성에 차지 않는 듯 사공을 보자 사공은 일어나서 옆문을 통해 옆방으로 가버렸다. 그러자 들것에 누워있던 사람이 곧 눈을 뜨더니 일그러진 웃음을 띠고 신사를 보며 "누구십니까?"라고 말했다. 신사는 태연히 일어나면서 대답했다. "리바 시장입니다."

들것에 누워있던 사람은 고개를 끄덕이며 힘없이 팔을 뻗어 안락의자를 가리키면서 "시장님인 줄은 알고 있습니다. 그렇지만 한 번 본 건 금방 잊어버려 모든 게 헷갈립니다. 그래서 아예 아는 것도 묻지요. 내가 사냥꾼 그라쿠스라는 건 알고 계십니까?"라고 말했다.

"물론, 알고 있습니다." 시장이 말했다. "당신이 오늘 밤 온다는 전갈을 받았습니다. 한참 자고 있는데 자정 무렵에 아내가 '살바토레(제 이름입니다)' 하고 부르더니 '창가의 비둘기 좀 봐요.'라고 하더군요. 정말 비둘기가 있었죠, 그것도 닭만한 비둘기가요. 비둘기가 내게로 날아오더니 '내일, 죽은 사냥꾼 그라쿠스가 올 테니 시의 이름으로 환영하세요.'라고 하더군요."

사냥꾼은 고개를 끄덕이면서 입술 사이로 비어져 나온 혀를 끌어당겼다. "그래요? 비둘기가 나보다 먼저 날아왔군요. 시장님은 내가 리바에 머물러야 한다고 생각하십니까?"

"그건 뭐라 말할 수 없겠군요. 당신은 죽지 않았습니까?" 시장이 말했다.

"예." 사냥꾼이 말했다. "아시다시피 나는 몇 년 전 슈바르츠발트에서 영양을 쫓다가 바위에서 떨어져 죽었습니다."

"그렇지만 이렇게 살아있지 않습니까?" 시장이 말했다.

"그야 그렇지요." 사냥꾼이 말했다. "난 이렇게 살아있습니다. 내가 탄 죽음의 배는 저승으로 가지 못했습니다. 사공이 한순간 방심하여 키를 잘못 돌리는 바람에 아름다운 내 고향을 벗어나 버렸죠. 그게 무엇을 뜻하는지는 모르지만 이렇게 살아있다는 것과 그때부터 내 배가 이승의 물을 떠다니고 있다는 건 알고 있습니다. 오직 산에서 살고자 하던 내가 죽은 뒤에 세상 모든 나라를 여행하고 있는 겁니다."

"저승에서는 아무 일도 없었나요?" 시장이 이맛살을 찌푸리며 물었다.

"나는 위로 뻗어 있는 큰 계단에 있었습니다." 사냥꾼이 대답했다. "밑도 끝도 없고 넓은 계단에서 헤맸죠. 오르락내리락 거리기도 하고 왼쪽으로 갔다가 오른쪽으로 갔다가 하면서 계속 움직였습니다. 계단을 벗어나면 나는 나비가 되죠. 웃지 마십시오."

"웃는 게 아닙니다." 시장이 대꾸했다.

"매우 사려 깊은 분이시군요." 사냥꾼이 말했다. "나는 끊임없이 움직였습니다. 애써 올라갔더니 위에 있던 문이 나를 비추었는데, 눈을 떴더니 이승의 물에 씻긴 낡은 배였습니다. 지난 번 죽음의 근본적 결함 탓에 선실에서는 나를 비웃고 있습니다. 사공의 아내인 율리아가 방금 배가 지나온 바닷가 마을에서 음료수를 가지고 왔는데, 나는 더러운 수의를 입고 희끗희끗한 머리카락과 엉망으로 자란 수염을 하고 나무 침대에 누워 있었습니다. (이런 내 모습을 보는 건 기분 좋은 일이 아닙니다) 다리에는 치렁치렁한 긴 술이 달려 있고 꽃무늬가 수놓인 여자 비단옷이 덮여 있었고, 머리에는 예배용 양초가 나를 비추었습니다. 맞은편 벽에는 작은 그림이 걸려 있었는데, 그림 속 사람은 아프리카 원주민이 틀림없죠. 그 녀석이 멋지게 장식된 방패로 몸을 가리고 창으로 나를 겨누고 있었습니다. 배를 타고 가다 보면 형편없는 그림을 가끔 보게 됩니다만 그거야말로 정말 형편없는 그림이었습니다. 내 나무 새장은 늘 비어 있었지만 옆벽의 창으로는 남녘 땅의 훈훈한 밤공기가 불어오고 낡은 배에는 바닷물 부딪히는 소리가 들렸습니다.

활기찬 사냥꾼이던 그라쿠스는 슈바르츠발트에서 영양을 쫓다가 실족한 이후로 이렇게 누워 있는 겁니다. 모든 건 순서대로 되어 가기 마련이죠. 나는 영양을 뒤쫓다 떨어져 골짜기에서 피를 흘리며 죽었습니다. 이 배는 나를 저승으로 데리고 갈 배였습니다. 처음으로 나무 침대에 누웠을 때 얼마나 기쁘던지, 기억이 생생합니다. 어떤 산도 내가 부르는 어스름한 불빛이 비치던 네 벽이 들려주는 것 같은 노래를 들어본 적이 없습니다.

나는 미련 없이 살다가 미련 없이 죽었습니다. 갑판에 오르기 전에 늘 자랑스레 가지고 다니던 사냥 무기, 배낭, 상자 따위를 기꺼이 내던져 버리고 신부가 웨딩드레스를 입듯 수의를 입었습니다. 나는 여기 누워서 기다렸죠. 그런데 불행한 일이 일어났습니다."

시장은 언짢은 듯이 손을 들어올리며 "얄궂은 운명이군요." 하고 말했다. "그렇게 된 데 당신 잘못은 없습니까?"

"그렇습니다." 사냥꾼이 말했다. "나는 사냥꾼이었습니다. 그게 잘못인가요? 당시만 해도 이리가 출몰하던 슈바르츠발트에서 나는 사냥꾼으로 살았습니다. 매복해 있다가 방아쇠를 당겨 명중시킨 뒤에 가죽을 벗겨냈습니다. 그게 잘못인가요? 나는 축복 받을 일을 했고, '슈바르츠발트의 대 사냥꾼'이라고 불렸습니다. 그것도 죄인가요?"

"나는 결정할 자격이 없습니다. 그렇지만 여기 누워 있는 게 잘못인 것 같지는 않습니다. 누구에게 잘못이 있는 겁니까?" 시장이 말했다.

"사공입니다." 사냥꾼이 말했다. "내가 여기서 쓰는 걸 읽을 사람도 없고, 나를 도와주러 올 사람도 없을 것입니다. 도와달라고 하면 다들 문과 창문을 닫아버리고 머리에 이불을 뒤집어쓴 채 침대에 누울 테죠. 온 세상이 밤의 처소가 될 것입니다. 그건 참 잘된 일이죠. 왜냐하면 나를 아는 사람이 없으니까요. 나를 아는 사람이 있다고 해도 주소를 아는 사람은 없습니다. 설령 내가 있는 곳을 안다 해도 나를 잡지는 못할 것입니다. 그러니 나를 도와줄 방법을 알 도리가 없습니다. 나를 돕겠다는 생각은 병이니, 침대에 누워서 치료나 받아야

할 것입니다.

  나는 그걸 알기 때문에 순간적으로(예를 들면 지금처럼 막무가내로) 그런 생각이 강하게 들어도 도와달라고 소리치지 않습니다. 내 꼴을 알고, 내가 지금 어디 있고, 수백 년 전부터 어디서 살고 있었는지를(이런 말을 해도 된다면) 깨닫는다면 그런 생각은 쉽게 떨쳐버릴 수 있습니다."

  "별나십니다." 시장이 말했다. "정말 별난 사람입니다. 그런데 리바에서 우리와 같이 머무실 겁니까?"

  "그럴 생각은 없습니다." 사냥꾼은 웃으면서 말하고 빈정거림을 감추려는 듯 시장의 무릎에 손을 얹었다.

  "나는 여기 있습니다. 그 이상은 아는 바도 없고 할 것도 없습니다. 내 배에는 키가 없습니다. 내 배는 죽음의 밑바닥에서 부는 바람으로 나아갑니다."

프란츠 카프카

Franz Kafka, 1883~1924

프라하 태생의 유대계 독일 작가.

인간 운명의 부조리성, 인간 존재의 불안을 날카롭게 파헤친 실존주의 문학의 선구자로 평가받으며, 주요 작품으로는 「변신」「심판」「성(城)」 등이 있다.

「죽은 사냥꾼 그라쿠스」는 카프카의 유고집에 실린 작품으로, 카프카 특유의 주제와 서술 기법의 싹이 보인다는 점과 정신 세계와 현실이 양극화된 상태에서 영원히 평행선을 달리는 인간의 모습을 독특한 비유적 시각으로 그리고 있다는 점에 의의가 있다.

옮긴이 **김하락** dmun-i@hanmail.net

'바른번역' 소속 번역자이자 '왓북' 공동운영자이다. 국어단체연합 국어상담소 국어상담원과 국어문화운동본부 문장비평가로도 활약하고 있다. 옮긴 책으로는 『콘클라베』『느림에의 초대』『뉴욕타임스가 선정한 교양, 역사/지리 편』『시간관리 팁 120』 등이 있다.

후예핀
胡也频

명사들의 사냥
名人的打獵

　화창한 봄빛이 작은 도시를 비추었다. 이 도시의 손꼽히는 명사라고는 국장 한 명, 비서(고위 관료의 직함—옮긴이) 한 명, 정치가 한 명, 의학박사 한 명이었다. 이들은 황홀한 햇살의 유혹에 봄나들이라도 떠나자고 계획하다가 마침내 교수의 말대로 사냥을 떠나기로 했다.

　도시는 반식민지 비슷한 상황의 작은 상업도시였다. 여러 나라 영사관의 양옥 지붕들이 높이 솟아 있어 푸른 하늘을 찌르는 예리한 검을 연상케 했다. 그러나 이런 지붕들은 단지 이 도시를 빛내 주는 특색에 지나지 않았다. 그 바깥에서 성읍을 감싸고 있는 낮은 ― 양옥들에 비하면 병든 발바리가 엎드린 것 같은 ― 집들은 모두 초라한 기와집이었다. 비가 새는 기와집에서 검은 연기가 뭉게뭉게 밀려나왔다. 얼핏 봐도 유럽보다 300년은 뒤떨어진 중국 마을임을 알 수 있었다. 불이 나기만 하면 몇 개의 구역이 사라져 버리곤 했다. 화재 현장에 소방대가 대기하기는 했지만 소방관들은 대부분 서서 소리만 질렀고 소방기구는 화재 현장의 유류품 줍는 도구로 변했다. 물 호스는 불구경이라도 하는 것처럼 힘없이 물을 뿜어내 사람들의 조롱거리밖에 되지 않았다. 그러나 이러한 이유로 새로운 건물들도 많이 생겼다. 화재가 없었다면 30도 가량 기울어진 집들은 아마 온 세상 집들이 모두 무너진 뒤에야 재건됐을 것이다. 이 도시에서 일어난 화재가 결과적으로 시정부의 개혁에 기여한 것은 분명했다.

"굳이 허물어서 뭐해? 언젠가는 불에 타버릴 건데 그때 다시 지어도 늦지 않아."

사람들은 모두 그렇게 생각했다. 낡은 집들 역시 역사의 한 페이지에 남겨질 것이었다. 그러나 주정뱅이 걸음걸이마냥 비뚤비뚤 서 있던 낡은 집들은 마침내 불운의 날을 맞이하게 되었다. 다름 아닌 청천백일의 깃발(국민당의 깃발―옮긴이)이 도시의 상공에 걸리고 얼마 지나지 않아 낡은 집들을 죄다 허물어버린 것이다. 언제 다시 그 자리에 새 집을 지을지는 누구도 알지 못했고, 기왓장들이 널려있는 공터는 언제부터인가 사람들이 자기 편의에 따라 멋대로 버린 쓰레기가 쌓여갔다. 쓰레기장 옆에는 간혹 "과거와 미래에 능하다."라는 글귀가 적힌 점쟁이의 깃발이 펄럭였다. 어떤 곳은 경찰들마저 눈독 들이는 가지각색의 도박장으로 변해서 수십 명에 달하는 도박꾼들이 모였다. 한마디로 그 도시는 전혀 사냥할 곳이 못 되었다.

그럼 교외는 어떠했을까? 넓게 펼쳐진 논밭이며 푸르고 싱싱한 채소밭, 그리고 농민들의 초가집 위에 덮인 새 볏짚, 과일나무에 주렁주렁 열린 과일들. 그러나 그것이 전부였다. 날짐승과 길짐승이 있긴 했지만 비둘기 아니면 소나 양처럼 농업에 쓰이는 것뿐이었다. 하늘에는 까마귀나 참새 따위가 날아다녔지만 그것도 좋은 사냥감은 아니었다.

그리하여 명사들은 부득이 도시를 떠나 부근 산간 마을로 갔다. 새나 짐승 같은 사냥감이 있는 곳이라고는 100킬로미터 남짓 떨어진 M현밖에 없었는데, 그곳은 한 감리교 목사가 모든 주민의 마음속에 예수의 존재를 심어놓은 곳이었다.

소문에 의하면 그곳 현지사 역시 독실한 신자라고 했다. 지사는 목사의 말이라면 중앙정부의 명령처럼 따랐다. 그는 열여덟 개 마을이 홍수에 밀려간다는 경보를 무시하고 목사의 분부대로 경건하게 마태복음을 세 번 읽는 숙제부터 할 정도였다. 만약 현지사가 자신의 앞날을 생각하지 않았다면 삼민주의를 버리고 구약성서로 백성들을 다스렸을 것이다. 하지만 무슨 일이 있어도 식사 전과 취침 전에는 두 눈을 꼭 감고 "하나님, 보우하여 주옵소서!", "하나님, 복을 내려 주옵소서!" 하고 100번씩 읊는 것을 절대 잊지 않았다. 때문에 코쟁이 목사는 기도가 끝나면 늘 신자들에게 이렇게 설교하였다. "하나님을 믿고 사랑하십시오. 하나님은 당신들에게 큰 복을 내려주실 것입니다. 현지사가 바로 산 증인이 아니겠습니까? (모두가 알다시피) 호빵을 팔던 아이였던 그가 하나님을 믿고 사랑함으로 인하여 지금은 당신들의 지사가 되었습니다. 오직 마음과 뜻을 다하여 하나님을 사랑하고 경외하면 언젠가 당신이 대통령도 될 수 있을 것입니다."

목사의 능력은 참으로 대단했다. 그가 마을에 온 지 5년인가 6년이 지나자 '하나님 보우하사'라는 한마디는 주민 모두의 머릿속에 깊이 뿌리를 내려서, 토속신이나 부처님은 똥구덩이 속에 버려지고, 집안 제일 눈에 띄는 곳에는 십자가에 못 박힌 예수의 사진이 걸렸다. 주민 모두 하나님의 자녀인 사실 외에도 이 도시는 산토끼가 많기로 유명했다.

찬란한 햇빛이 버드나무의 여린 이파리를 어루만지던 어느 날, 명사들로 구성된 사냥 부대는 새 사냥복 차림에 엽총을 메고 갖가지 사냥 도구를 챙겨 가지고 쇠약한 민족을 정복하러 떠나는 듯 무리를 지어 M현으로 향했다.

그 사건은 분명 작은 일이 아니었다. 도시의 한 위대한 인물이 M현으로 호랑이 구경을 간 적이 있긴 하지만 이미 오래 전 일이었다. 그래도 30년이 지난 오늘까지 성(省)의 일지에 그 영광스러운 일로 특별 기재되어 있었다. 때문에 오늘 명사들의 사냥은 참으로 대단한 행사가 아닐 수 없었다(호랑이 구경보다 훨씬 위대한 일임에는 틀림없다). 많은 사람들이 부럽고 놀라운 눈길과 설레는 마음으로 일생에 한번 있을까 말까 한 경사라고 구경 나왔다. 기자 양반들도 자신의 직무에 소홀히 할 리 없었는지라 따뜻한 이불을 박차고 나와 그 의식에 참가하였다.

명사들의 출발지는 교육회관 앞이었다. 그곳은 사면이 높은 담장에 둘러싸인 공터였는데, 양측에는 100년 남짓한 용수나무 몇 그루가 있어서 새들이 나뭇가지 사이에서 지저귀었다. 공터를 가득 채운 사람들은 목을 빼고 멍한 눈으로 기상천외한 복장을 한, 다른 세상에서 온 것 같은 사람들과 아침햇살 속에서 반짝이는 검은 부츠, 그리고 차에 실린 이름 모를 물건들을 바라보고 있었다.

머리가 반들반들한 기자가 열심히 명사들을 위해 기념사진을 찍었다. 중간에 있는 네모 얼굴에 팔자수염을 한 사람이 국장이었다. 그 분은 공문서에 유럽 서체로 서명하는 일 말고는 꼼짝 않고 마작 서른두 판을 칠 수 있다고 해서 동년배들에게 명성이 자자했다.

그의 왼편에는 키가 다른 사람보다 머리 반쯤 작고 몸도 반쯤 야윈 교수가 시들하지만 엄숙한 표정으로 서 있었다. 이른바 '이렇게 해야 타인의 경외를 받을 수 있다.'는 철학이 교수로 부임한 후 몸에 배였고, 그로써 국장에 이은 두 번째 우상이 되어 있었다.

그와 키가 비슷한 사람이 바로 비서였다. 그래도 교수에 비하면 젊고 잘생겼을 뿐만 아니라 손수건과 동전으로 마술을 부릴 줄도 알아서 비서실이나 다른 단체 내에서는 화제의 인물이었다. 농담도 곧잘 했는데, 이를 테면 땀에 흠뻑 젖은 친구한테 "어? 햇볕이 쨍쨍한데 자네는 비를 맞았구먼." 하는 식이었다.

그와 같은 줄 오른쪽 끝에 선 분은 의학박사로 동그란 안경을 쓰고 있었다. 그는 자신의 주사법이 세상에 널리 알려진 덕분에 박사가 되었다. 한번은 간열병에 걸린 청년에게 살바르산 세 대를 놓아 환자의 얼굴이 호빵처럼 붓게 만든 적도 있었지만, 그것 역시 주사가 효과를 본 경우였다. 그의 말에 따르면 주사가 아니었다면 그 청년은 아마 성병 때문에 그 물건이 썩었을지도 모른다고 했다.

그의 왼편에 일본식 콧수염을 기른 사람은 정치가 겸 혁명가로, '총리의 유서'는 그가 지닌 유일한 학문으로서 삼민주의의 정통파로 인정되었다. 이들은 각자 특색이 있었는데, 그 순간만은 모두 눈 깜짝하지 않고 렌즈를 바라보며 기자가 셔터 누르기만을 기다렸다.

찰칵 하는 소리와 함께 촬영이 끝나고 명사들은 출발하였다.

차가 떠나자 기자들은 모자를 흔들었고 사람들은 우르르 밀려나왔다. 모두들 사냥개가 차창으로 머리를 내밀고 금빛 눈을 반짝이는 모습을 바라보았다.

"Laly!" 국장이 혀 꼬부라진 소리로 부르며 개의 등을 어루만졌다. 개는 머리를 살짝 돌리는가 싶더니 다시 창밖을 내다보았다.

의학박사가 비웃으며 말했다. "개가 주인을 닮았군."

교수는 영국인 얼굴에 비치던 거만한 태도가 생각났다. 영국인은 다른 나라에는 아주 온화했지만 중국인이 보기에는 뭔가 침범할 수 없는 기색이 있었다. 이 개도 교섭자란 명목으로 영국영사관에서 빌렸다는데, 'Laly'라 부르는 것은 그다지 내키지 않는 모양이다.

정치가가 나서서 화제를 돌렸다. "여기 좀 봐요. 사냥하는 폼이 나지 않소?"

"완전히 멧돼지 사냥꾼이네." 국장이 그를 흘긋 쳐다보고 말한다. "멋있군!"

비서도 부츠를 비비며 거만한 표정을 지었다.

교수는 나지막한 소리로 농담 삼아 정치가에게 말을 건넸다. "18세기의 기사 같군요."

차가 부둣가에 도착했다. 거기서 모두 가마로 갈아탔다.

다음 날, 별빛이 은은히 흐르고 석양이 하늘을 신비한 밤으로 물들이며 모든 것들의 윤곽이 옅은 검은 그림자 속으로 희미하게 사라질 무렵, 가마는 잇달아 M현의 관청으로 들려 들어갔다.

현지사는 즉시 산 입구에 이런 팻말을 걸었다.

요인이 이곳에서 사냥하니 백성들은 진입하지 말 것이며 큰소리로 떠들지도 말라.

다음 날 이른 아침, 명사들의 사냥이 시작되었다.

좋은 날씨였다. 봄날의 태양은 요염하게 금빛을 자랑하며 산봉우리마다 휘황찬란하고 변화무쌍한 빛깔들로 비추고 있었다. 눅눅한 냄새로 뒤덮인 숲 속에서는 새들이 한가히 날아다니며 지저귀고, 나뭇잎들이 잔잔한 바람에 흔들리며 속삭였다. 흰색, 검은색, 잿빛 토끼가 기다란 귀를 세우고 겁에 질린 눈으로 나무그림자 사이를 오가며 통통한 엉덩이와 짧은 다리를 드러냈다. 이따금 몸집이 여위고 하얀 점이 박힌 사슴 비슷한 아름다운 동물 한두 마리가 수줍은 소녀마냥 모습을 살짝 드러냈다가 어디론가 사라졌다.

사냥에 나선 다섯 명사는 각자 엽총을 들고 여기저기를 겨냥했다.

"탕!"

"탕탕!" 총소리가 연달아 울렸다.

수많은 새들이 놀라 동시에 하늘로 날아오르며 미친 듯 지저귀었다. 토끼들도 쏜살같이 굴로 몸을 피했다.

"맞혔나?"

"아니요."

"그쪽은?"

"마찬가지요."

"약삭빠른 것들."

명사들은 일제히 소나무의 굵은 가지에 앉아 꾸벅꾸벅 졸고 있는 부엉이를 겨냥했다.

"탕…."

괴상한 소리를 지르며 부엉이도 날아가 버리고 총알이 나뭇잎을 꿰지르는 소리만 숲의 정적을 깨뜨렸다.

"안 되네." 의학박사는 이미 흥미를 잃은 듯했다.

교수는 총구를 땅에 꽂으며 이맛살을 찌푸렸다.

"Laly!"

국장은 괜히 개한테 소리를 질러보았지만 개는 못들은 척 머리도 들지 않고 긴 주둥이를 곰팡이 낀 음지에 대고 킁킁댔다.

"내가 해보죠." 정치가가 용기를 내어 말하더니 한쪽 눈을 지그시 감고 총을 들어 공중을 겨냥했다.

"좋아요, 지켜보겠습니다." 비서가 힘 있게 대답한다.

"탕!" 정치가는 재빨리 앞으로 달려 나갔다. 분명 새 한 마리가 나뭇가지에서 떨어지는 것이 보였는데, 나무들 사이에서 한참을 찾아봐도 땅에는 작년에 떨어진 마른 잣송이와 낙엽들뿐이었다.

"어때요?" 비서가 멀리서 물었다.

"분명히 맞았는데…, 젠장!" 그는 두 눈을 유리알마냥 이리저리 굴리다가 하늘을 치솟는 측백나무 아래에서 거무칙칙한 물건을 발견했다.

"그럼 그렇지!" 두근거리는 가슴을 안고 달려가 보니 아니나 다를까 새 한 마리가 떨어져 있었다.

"내가 잘못 본 게 아니라니까." 의기양양해서 다가가 보니 새의 뱃가죽은 벌써 썩어서 구더기가 우글거렸다.

그는 그것을 끈으로 매어 손에 들고서 죽은 물고기를 잡은 아이처럼 자랑스레 돌아왔다.

"역시 당신답군요." 비서는 정치가의 어깨를 다독이며 찬사를 아끼지 않았다.

"내가 총알 날아가는 걸 봤는데." 정치가는 다소 허무한 듯 대답했다.

국장은 수염을 내리쓸며 새를 유심히 쳐다보았다.

의학박사와 교수는 서로 눈빛을 나누었다. 그들도 이 새를 얼마나 힘들게 얻었는지를 말하고 있는 듯했다.

나중에 운 나쁜 토끼 한 마리가 굴에서 뛰어나와 놀란 나머지 미친 듯 짧은 다리를 움직이다가 나무에 부딪쳐 까무러쳤다. 이 뜻밖의 조우는 명사들의 수확이 되었고, 사냥도 이로써 종지부를 찍었다.

둘째 날과 셋째 날의 결과라고는 야수가 날뛰는 산 속에 남겨진 수많은 나뭇잎 떨어지는 소리와 명사들의 의기소침한 얼굴뿐이었다.

그렇지만 돌아가는 날, 명사들의 대열에는 눈에 띄게 많은 새와 토끼, 그리고 뿔 달린 네발짐승이 보였다. 이것들이 사냥의 성과를 충분히 설명했기에 명사들은 흐뭇한 기색이었지만, 모두가 자랑으로 생각하는 물건들이 사실은 시장에서 사온 것임을 망각한 듯했다.

그들은 M현을 떠났다. 그 순간, 명사들은 최고의 정복자라도 된 양 미소를 지으며 개선하고 있었다. 모두들 이번 사냥에 대해 대만족이었다. 이들은 자랑스레 사냥의 재미에 대해 말을 주고받았다. 비서는 심지어 손짓까지 하며 큰소리로 말했다.

"탕! 하는 소리가 나더니…." 마치 그의 총이 백발백중이었던 것처럼 떠들어댔다.

서로 웃고 떠들고 있을 때 교수가 갑자기 허둥대며 소리 질렀다.

"호, 호랑이다!"

모두들 낯이 새하얗게 질렸다.

의학박사가 떨리는 목소리로 물었다.

"어디?"

교수가 손가락을 들어 먼 곳을 가리켰다.

산등성이에 사냥꾼처럼 보이는 짧은 옷을 입은 사람들이 황갈색의 큰 짐승을 들고 이쪽으로 오고 있었다.

명사들은 그제야 정신을 차렸다.

"당신 때문에 놀랬잖은가." 의학박사는 가슴을 쓸어내리며 원망했다.

"에이, 죽은 거로군."

역시 비서의 생각이 빨랐다. "우리가 저걸 사는 게 어때요?"

국장이 제일 먼저 찬성을 표했다.

"좋고 말고!"

모두들 또 다른 즐거운 표정을 지었다. 결국 호랑이는 200원의 대가를 치른 뒤에 명사들의 최대 전리품이 되고 말았다. 정말이지 이번 명사들의 사냥에 대한 사람들의 반응은 혁명 시대에 보인 열의와는 비교되지 않을 정도로 열광적이어서, 마치 지진이 일어난 듯 온 도시를 뒤흔들었다. 신문마다 대서특필로 다섯 명사의 이름과 호랑이, 그리고 사냥개의 사진을 실었고, 사냥에 대한 이야기를 과장해 썼는데, 심지어 이런 찬사마저 있었다.

"…다섯 식자의 능력으로 용맹무쌍한 호랑이를 잡았다는 것은 우리 성으로서는 전대미문의 위대한 일이며 세계적으로도 놀라운 일이 아닐 수 없다."

이 얼마나 영광스러운 명사들의 명예인가!

후예핀
胡也频, 1903~1931

중국 복건성 복주에서 태어난 후예핀은 1920년대 북경, 상해 등지에서 활동하다가 1930년 '좌익작가연맹'에 가입, 이듬해 국민당 특무대에 의해 처형되면서 짧은 생을 마쳤다.

소설, 시가, 희곡 등을 두루 집필한 그는 좌익 작가답게 중국의 낙후한 농촌, 농민들의 비참한 인생, 그리고 지식인들의 사랑, 고뇌와 꿈을 주로 다뤘다.

「모스크바로」「광명은 우리 앞에」 등의 작품이 있다.

옮긴이 **염수연** eve7764@hanmail.net

중국 장춘공업대학 정보통신학과를 졸업하고, 현재 중국어 번역 프리랜서로 기술 및 기독교 관련 번역에 전념하고 있다.

나는 선명하게 기억하고 있는 것들을, 그녀는 얼마만큼 기억하고 있을까?

시간이 흘러도 잊히지 않는 사랑도 있습니다.
단 두 번 말을 나누었을 뿐인
여자를 위해
남자는 모든 것을 버리고 시간마저 뛰어넘습니다.

문이 닫혔다.
전철이 다음 역을 향해 움직이기 시작했다. 그때 전철 안에 남겨진 그녀는 플랫폼에 서 있는, 아직 이름조차 모르는 청년과 문 유리창 너머로 눈짓을 (아마도 마지막이 될 눈짓을) 나누었다. 1980년 9월 6일 토요일, 시모키타자와 역 플랫폼. 전철이 도착하고, 승객이 엇갈리고, 발차벨이 울리고, 문이 닫히고, 다시 전철이 움직이기 시작한다. 이것은 실로 그 찰나의 시간을 둘러싼 이야기다. 그 찰나의 시간이라도 이 손으로 되돌릴 수 있다면 ─ 그날 그 시각에 일어나 버린 과거의 사실을 다른 모양으로 바꿀 수 있다면. 긴 인생 가운데에서 누구나 한 번쯤은 바랐을 기적을 진심으로 바라왔던 남자의 이야기다.

[Y]
_와이

사토 쇼고

값 9000원

1998
Backgammon
cigarette
Criterion Collection
iris-out / iris-in
Iwanami Hall
PARCO part 3
Wednesday
platform
Truffaut, Francois

'스바루 문학상' 수상 작가
사토 쇼고가 한국에 처음 선보이는 장편 미스터리 멜로!

- 누구든 이 이상한 세계를 맛보게 되면 서서히 빠져들어가 이제까지의 자기 인생에 대해 돌아보는 자신을 깨닫게 될 것이다.
- 만화밖에 읽지 않던 23세의 내가 처음으로 '너무 재밌다!'고 생각한 소설.
- 서점에 들렸다가 문득 손에 들게 된 책. 프롤로그를 훑어보다가 손에서 놓지 못하게 되고 말았다.
- 읽어 보면 알 것이다. 지금 우리의 후회가 옳은 것인지 그렇지 않은 것인지.

  - 「아마존 저팬」 독자서평 중에서

- 비오는 날, 전철을 기다리기 위해 플랫폼에 서면 가끔 생각날 것 같다. 그때 나는 나의 '지금'을 어떻게 살아가고 있을까?

  - 「교보문고」 독자서평 중에서

- 내게도 시간의 아이리스 인 기회가 온다면, 난 언제를 선택하게 될까?

  - 「인터파크」 독자서평 중에서

- 시간을 거슬러 올라가는 수많은 이야기들 중에 독창적인 재미를 보여준다.

  - 「알라딘」 독자서평 중에서

- 과거로 시간을 되돌려 '그녀'를 구하고 싶은 그의 간절한 마음.
  또 한가지는 시간이 되돌려 진다고 해서 그가 원하는 것처럼 될 거라는 착각.

  - 「예스24」 독자서평 중에서

- **기회가 된다면 이 작품 연출을 꼭 하고 싶습니다.**
  - 영화감독 곽경택 (「YES24」 인터뷰 중에서)

벤자민 버튼의 시간은 거꾸로 간다

세계 단편소설 모음

초판 1쇄 발행 2006년 12월 21일
재판 1쇄 발행 2009년 2월 16일

지은이 F.S. 피츠제럴드 외
옮긴이 김진석 외
교정 강진영, 박우진
디자인 조희정
편집 박수용
기획 윤덕주
발행 (주)엔북

(주) 엔북
우) 121-829 서울 마포구 상수동 341-9 보림빌딩 B동 4층
http://www.nbook.seoul.kr
전화 02-334-6721~2
팩스 02-332-6720
메일 goodbook@nbook.seoul.kr

신고 제300-2003-161
ISBN 978-89-89683-48-3 03800

값 8000원

이 책의 한국어판 저작권은 (주)엔북이 소유합니다. 저작권법에 의하여
한국내에서 보호를 받는 저작물이므로 무단전재와 복제를 금합니다.